T0279473

El jardín de Olavide

Nuria Quintana

El jardín de Olavide

SUMA de letras

Papel certificado por el Forest Stewardship Council®

Primera edición: mayo de 2023

Printed in Spain – Impreso en España

ISBN: 978-84-9129-787-1
Depósito legal: B-4225-2023

Compuesto en Mirakel Studio, S. L. U.

Impreso en Rotoprint by Domingo, S. L.
Castellar del Vallés (Barcelona)

SL 9 7 8 7 1

A todas las mujeres que nacieron
con unas ganas abrumadoras
de aprender, pero el mundo les negó el conocimiento

1. PALACIO
2. TEMPLETE
3. RUEDA DE SATURNO
4. ABEJERO
5. ESTANQUE NORTE
6. RUINA
7. ZONA DE JUEGOS
8. RÍA
9. LAGO
10. CASINO DE BAILE
11. CASA DE PIEDRA
12. EXEDRA
13. ERMITA
14. ESTANQUE PRINCIPAL
15. PLAZA DE LA FUENTE
N
8.
9.
10.
11.

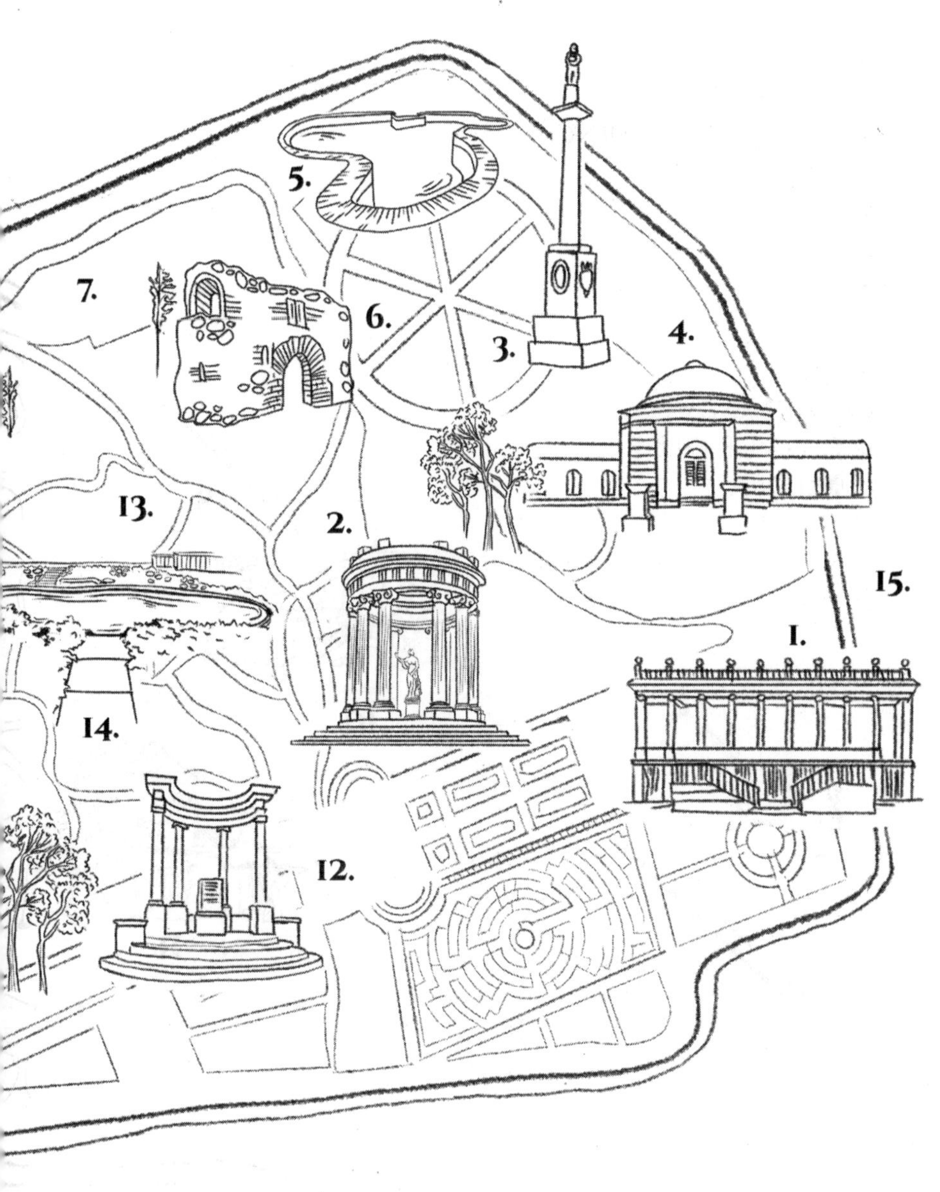

5.
7.
6.
3.
4.
13.
2.
15.
1.
14.
12.

CAPÍTULO 1

Diciembre de 1870

Victoria

La noche más larga de aquel año dio comienzo bajo una niebla densa y sepulcral. A través del cristal húmedo de mi cuarto, observé el lento avance del manto blanco que fue desdibujando los contornos del jardín hasta sellar cada uno de sus rincones. Cuando el reloj de pared anunció la medianoche, la hora acordada, aquella bruma se había instalado definitivamente alrededor del palacio. Me puse en pie, cogí mi capa y abandoné la calidez del edificio, sumergiéndome en el ambiente húmedo y penetrante de la noche. El carruaje aguardaba fuera, detenido en medio de la neblina. Atravesando la oscuridad, me condujo hasta el extremo opuesto del jardín. Las demás esperaban mi llegada en lo alto de una ladera.

Cuando el coche se detuvo, escondí mi rostro bajo la capucha para protegerme del frío invernal y descendí del carruaje. Mis amigas, apenas cuatro siluetas oscuras y desdibujadas en la negrura de la noche, avanzaron hacia mí. Al unísono, prendimos los candiles y el resplandor iluminó un edificio de piedra situado en lo alto de la colina, envuelto en las redes de un rosal. En silencio, nos dirigimos hacia él.

Galia, la mayor de las cinco, se situó delante para marcar el ritmo. Su voluminosa figura se deslizaba por la ladera con movimientos pausados. A su alrededor había algo intangible y poderoso: un aura invisible de solemnidad. Tras nosotras, las capas que cubrían nuestros vestidos se arrastraban por el manto de hojas secas con el suave siseo de una serpiente.

Las llamas proyectaron sombras sobre la fachada del edificio, apresado por ramas desnudas y nudosas. La gran puerta de madera cedió bajo un crujido y, una a una, pasamos al interior en penumbra. La tibia luz de la luna llena atravesaba la niebla y se filtraba por las ventanas, bañando las estancias con un resplandor blanquecino. Sin detenernos, dirigimos nuestros pasos hacia el segundo piso. Subimos los peldaños mientras la madera crujía bajo nuestro peso y quebraba el silencio de la noche.

Al llegar a una amplia estancia, el lugar habitual de nuestras reuniones, encendimos decenas de velas distribuidas en palmatorias doradas. Lo hicimos sincronizadas, movidas por el ritmo de una melodía que solo nosotras podíamos escuchar. Tras aquel ritual, ocupamos nuestro sitio alrededor de una mesa de madera presidida por un candelabro central de seis brazos. Con su calma habitual, Galia prendió el incienso aromático y dulce, que quedó suspendido en el ambiente húmedo de la habitación. Se situó frente a su asiento en uno de los extremos del tablero y solo entonces nos quitamos las capuchas. La luz del fuego bañó con un tono rojizo nuestros rostros. Alrededor no se escuchaba nada más que el crepitar de las velas y el lejano canto de las aves nocturnas.

—Bienvenidas. —La voz de Galia, que resonaba con eco contra las paredes desnudas de la estancia, dio comienzo a la reunión—. Como sabéis, hoy celebramos el solsticio de invierno. A partir de esta noche, la luz crecerá y la oscuridad perderá su fuerza. A nuestro alrededor, la vida yace dormida, detenida por el frío. Debemos agradecer este descanso, porque los periodos de ausencia, silencio y vacío son necesarios para que la vida vuelva a nacer.

Tras aquella bienvenida, nos hizo un gesto para que tomásemos asiento. Ella fue la última en hacerlo. Con elegante calma, extrajo una baraja del bolsillo de su capa y comenzó a entremezclar las cartas. En el más absoluto silencio, colocó la primera encima de la mesa. Cerró los ojos y comenzó a hablar:

—Victoria, tú eres la primera.

Al oír sus palabras, levanté la mirada hacia ella e hice un leve asentimiento en señal de respeto. Sobre sus párpados caídos se proyectaban sombras tintineantes al resplandor de la luz de las velas.

—Esto es lo que veo para ti: sabiduría y amor. —Mientras revelaba el mensaje que tenía para mí, su concentración era tan intensa que sus ojos temblaban—. Hay algo más, la llegada inminente de alguien que colmará tu corazón, alguien que te necesitará más allá de los lazos familiares que os unirán.

Requerirá tu presencia para encontrar su lugar, para hallar la verdad en su alma y guiarse a través de este confuso mundo.

Con sus arrugadas manos, dispuso la siguiente carta sobre el tablero. Como si fuese el nexo entre este mundo y otro que se escapaba de la consciencia, alguien, desde el más allá, parecía estar dictándole lo que debía decir. Contrajo el rostro, elevándose su estado de concentración.

—También percibo algo muy muy lejano —anunció.

En su voz distinguí un matiz extraño, como si ella misma estuviese sorprendida por el mensaje que estaba a punto de revelar. Presté atención a sus palabras con un nudo en el estómago.

—Algo intenta abrirse paso para llegar hasta mí —sentenció—. Veo un nacimiento inesperado dentro de muchos años.

Mi corazón comenzó a latir con fuerza mientras Galia, sin abandonar aquel inquietante estado de ensimismamiento, ponía dos cartas más sobre la mesa.

—Una fuerza opuesta a él, envuelta en oscuridad, intentará arrebatar el bebé a sus padres. —Abrió los ojos de golpe—. Victoria, cuando esto suceda, posiblemente tú ya no estés en este mundo. Sin embargo, lo que acabo de ver es algo certero, es importante que guíes a esa persona que está a punto de aparecer en tu vida. Es necesario que le transmitas tus verdades, lo trascendental, la fuerza y la magia de este jardín. Lo necesitará cuando ya no estés.

Ante la precisión y la contundencia de su mensaje, quise intervenir y preguntarle a quién podría referirse. Como si pudiese leer mi pensamiento, se adelantó:

—Cuando llegue a tu vida, lo sabrás. No debes inquietarte; para hallar determinadas respuestas tan solo es necesario esperar.

Asentí con gravedad. Galia, con la misma calma y sin perder la concentración, comenzó a mezclar de nuevo la baraja.

—Valentina, tú eres la siguiente —anunció disponiendo una nueva carta sobre la mesa.

Si en aquel momento hubiese prestado la suficiente atención, me habría percatado de que algo iba mal cuando las facciones de Galia se contrajeron de dolor al poner sobre el tablero la segunda carta. Entonces interrumpió su mensaje con un inusual silencio y abrió los ojos para observarnos con la mirada humedecida. Pero cuando estos se posaron sobre mí, mi mente vagaba lejos de allí, dando vueltas a la noticia que acababa de revelarme. No supe interpretar aquel gesto en su mirada. Sin embargo, teniendo en cuenta lo que estaba a punto de ocurrir, estoy segura de que Galia visualizó el final que, silenciosamente, se cernía sobre nosotras. En aquel instante supo que no habría más reuniones, que aquella sería la última vez que estaríamos juntas. Pero no quiso decir nada y, con la intención de protegernos, se guardó la verdad para sí misma.

Así era el don de Galia: un arma de doble filo. La gente la temía porque podía ver lo que iba a suceder, pero no podía hacer nada para evitarlo. Por esa razón, consciente de que se escapaba de los límites del entendimiento, nunca manifestaba su secreta sabiduría fuera de los muros de mi jardín. Aquella noche, por primera vez, ella también tuvo miedo de sí misma. De la certeza que acababa de abrirse paso hasta llegar a su conciencia. El miedo y el dolor se apoderaron de ella, pues sabía que era inútil tratar de modificar nuestro destino. Tarde o temprano ocurriría. Ocultando su terror, Galia decidió sellar sus labios con una única esperanza, que aquella verdad nos alcanzase lo más tarde posible.

CAPÍTULO 2

Octubre de 1895

Ana

La lluvia acalló la algarabía y detuvo momentáneamente la energía con la que bullía la vida en la céntrica plaza de la ciudad. Los vendedores ambulantes, los transeúntes que paseaban con calma o avanzaban con prisa, aquellos otros que esperaban el tranvía y quienes reclamaban unas cuantas pesetas tras alguna representación variopinta, todos ellos se vieron obligados a resguardarse en los soportales. Bajo aquel techo expresaron su disgusto por la inesperada tormenta y, después de unos minutos para adaptarse al nuevo espacio sin pisarse los unos a los otros, retomaron la actividad.

—¡Señores y señoras, el mejor caldo caliente que encontrarán en toda la ciudad! —comenzó a gritar uno de los vendedores con más fuerza que nunca, quizá el único satisfecho por aquel cambio del tiempo.

Apurando el paso, atravesé el elevado arco de piedra que daba acceso a aquella gran plaza y me dirigí a casa. Mis zapatos resonaban con un agradable eco contra el adoquinado húmedo. Las gotas de agua que empezaron a caer con timidez al final lo hicieron con fuerza, así que me recogí las faldas y salvé los últimos metros de distancia hasta el edificio con zancadas grandes y ágiles. Una vez dentro del portal, me quité la toquilla empapada y los zapatos para no mojar el suelo. Mis pies lo agradecieron con un agradable cosquilleo de alivio. Me libré también de las medias; el contacto de la piel contra las frías baldosas me reconfortó. Subí por las estrechas escaleras saltando los peldaños de dos en dos hasta el segundo piso y golpeé la puerta tres veces con la aldaba. Inmediatamente, oí que mi madre se acercaba.

—Ana, ¿se puede saber dónde estabas? —me preguntó con impaciencia—. Al final vas a conseguir que no suba a ver a tu tía, porque cada vez que me ausento aprovechas para darme un disgusto.

Aquel comentario se repetía con asiduidad y, precisamente por esa razón, no necesitaba una respuesta. Lo cierto era que había bajado al mercado acompañada por mi institutriz para comprar un par de ingredientes que Manuela, nuestra cocinera, necesitaba para la comida. Aprovechando que mi mentora ya se marchaba a su casa, había insistido en acompañarla hasta la parada del tranvía, situada a varios metros de nuestro portal. Como le había asegurado que haría, regresé a nuestro edificio directamente. Sin embargo, habría sido un error no aprovechar aquella oportunidad para dar un pequeño rodeo y caminar sola por las calles de la ciudad, aunque tan solo fueran unos cuantos minutos. Sentía un reconfortante y secreto placer al observar a la gente atareada en sus quehaceres, el ir y venir de los viandantes y la actividad con la que latía la ciudad durante el día.

—Tu padre y yo te hemos dicho mil veces que no puedes pasear por la ciudad sin compañía —me recordó enfadada—. ¿Y dónde están tus zapatos? Hija mía, creo que no es tanto pedir que llegues al menos hasta casa con ellos puestos.

Esbozando una sonrisa, me acerqué a ella y le di un beso en la mejilla, dispuesta a dirigirme a mi gabinete para secarme el cabello mientras mi madre, como era habitual, regresaba al salón lamentándose en voz baja de mis modales. Pero, para mi sorpresa, aquel día no insistió más. Cuando me separé de ella, advertí que sus ojos se iluminaban con un brillo inusual.

—¿Qué ocurre, madre? —pregunté con precaución.

Conocía bien aquella mirada, solía traer consecuencias que no me agradaban.

—Ay, hija. No te lo vas a creer. Dale eso a Manuela para que pueda hacer la comida y ven conmigo —me ordenó.

Después de dejar la cesta en la cocina, la seguí hacia el salón. Sobre la mesa principal, junto al jarrón repleto de lirios, había un sobre. Al cogerlo, me sorprendió su tacto rugoso y firme, la elegante caligrafía estilizada y llena de florituras con la que habían escrito mi nombre. En el reverso, el sello de lacre bermellón estaba levantado porque, por supuesto, mi madre ya la había abierto. Pese a ello, todavía podían distinguirse las iniciales inscritas en él: «D. O.». Deseando que aquello acabara cuanto antes, abrí el sobre y desplegué el grueso papel que había en su interior.

Nos complace invitarla al tradicional baile inaugural de la temporada de invierno organizado por los duques de Olavide en su gran jardín. Nuestra anfitriona, doña Olivia de Velasco Saavedra, XIV duquesa de Olavide, la convida a asistir el próximo sábado día 2 de noviembre. Tras una visita a la propiedad, dará comienzo el baile a las siete de la tarde, que se prolongará durante la noche. Un carruaje las recogerá a usted y a su acompañante a las tres en punto y las trasladará hasta dicha finca.

DON RICARDO GUTIÉRREZ
ASESOR PERSONAL DE LA DUQUESA

No pude evitar poner los ojos en blanco al terminar de leer la invitación. Los bailes, así como el ritual previo obligatorio —las visitas a la modista, las pruebas de vestido y peinado, la elección del calzado...—, nunca habían sido de mi agrado. Afortunadamente, el entusiasmo de mi madre evitó que se percatase de aquel gesto de impaciencia.

—¿Te das cuenta de nuestra fortuna? —me preguntó emocionada—. Debo confesar que no tenía demasiadas esperanzas, pues hay muchas jovencitas en edad casadera en esta ciudad y solo unas pocas privilegiadas reciben la invitación. Pero lo cierto es que no solo tú asistirás, también tu prima Inés. Por eso estaba arriba, comentando la noticia con la tía Dolores y celebrándola con ella. ¡Qué gran alegría!

Mi madre tenía razón en algo: la probabilidad de recibir aquella invitación, considerando todas las posibles candidatas, era muy baja. ¿Cómo podía haber tenido tan mala suerte?

—Te ha invitado la mismísima duquesa de Olavide, hija mía —continuó mi progenitora feliz—. Una de las mujeres más poderosas y propietaria de la finca más enigmática de la ciudad. ¿Acaso te das cuenta de la oportunidad que supone esta invitación?

Incapaz de sumarme a su emoción, tan solo enarqué las cejas y esbocé un intento de sonrisa mientras devolvía la carta al interior del sobre.

—Ana, por favor, no empieces. —El brillo en los ojos de mi madre se esfumó—. Deberías mostrar ilusión, como haría cualquier otra jovencita de tu edad ante semejante noticia. Muchas darían lo que fuera por estar en tu lugar. ¿Acaso vas a enturbiar mi felicidad?

—No, madre, perdone.

—Solo espero que, cuando tu padre regrese a casa y le anuncies tu invitación, te muestres feliz. Siempre regresa exhausto después de estar todo el día atendiendo a sus pacientes, pero estoy segura de que esto le levantará el ánimo.

—Descuide, madre. Me comportaré, no se preocupe —le prometí dejando escapar un largo suspiro.

Dos días después, como cada tarde, atravesé el umbral de la academia de música, acompañada por mi prima Inés. Aquella era nuestra rutina desde pequeñas; llevábamos muchos años asistiendo a aquel edificio para recibir lecciones de canto, piano y baile. Sin embargo, aquel era especial. No solo porque era nuestro último curso, sino porque la academia se había convertido en algo que nunca habríamos imaginado.

En efecto, de lunes a jueves, la melodía del piano inundaba las estancias y nuestras voces vibraban entre sus paredes. Sin embargo, los viernes las aulas se vaciaban y todo se quedaba en silencio. Entonces se celebraba una reunión semanal a la que solo tenían el privilegio de acudir unas cuantas alumnas elegidas por la directora de la academia, nuestra querida Úrsula. Para las demás los viernes no había clase. Sin duda, lo mejor de todo era el lugar en el que se desarrollaban aquellas reuniones.

Mi prima Inés y yo atravesamos el patio que daba acceso a las diferentes aulas, en dirección a la puerta más alejada, tras la que había una sala con un piano negro siempre reluciente en el centro. Rodeamos el instrumento y nos dirigimos hacia un pequeño compartimento en el que, aparentemente, se almacenaban los viejos atriles. Nos agachamos para recorrer un estrecho pasillo que se formaba entre ellos y empujamos la pared del fondo; con un crujido, las bisagras se accionaron y aquella falsa pared dio paso a un angosto espacio que precedía a una escalera de caracol. Úrsula había descubierto aquel escondite por casualidad cuando la academia ya llevaba varios años en funcionamiento. Mientras limpiaba aquella estancia para darle algún uso, tropezó, se apoyó sobre la pared y esta cedió bajo su peso, descubriendo ese pasillo. Tras la sorpresa inicial, no dudó en darle un nuevo uso a aquel antiguo escondite, y lo convirtió en una particular sala de reuniones.

Sujetándonos las faldas del vestido para no tropezar, descendimos por los estrechos escalones. Enseguida distinguí el aire cargado de humedad entremezclado con el olor del incienso y del aroma dulce del tabaco de Úrsula. Al llegar al final de la escalera de madera, atravesamos las pesadas cortinas de terciopelo rojo que daban la bienvenida a nuestro salón de secretos y confidencias, iluminado por numerosas velas y por candelabros ornamentados colgados de las paredes. Éramos las últimas en entrar en la estancia, Clara y Carolina ya estaban allí, recostadas sobre uno de los sofás distribuidos alrededor del diván de Úrsula.

—Queridas —saludó Inés.

—Llegamos tarde por mi culpa —les hice saber al tiempo que me deshacía de mis zapatos—. Cuando íbamos a salir de casa, mi madre se ha percatado de que me había puesto un vestido antiguo y me ha obligado a cambiarme.

—Querida Ana, si lo bueno se hace esperar, tú debes de ser algo magnífico —dijo Úrsula dándome la bienvenida.

Su voz profunda y con un timbre ronco emanaba desde el diván de caoba y terciopelo rojo oscuro en el que siempre se recostaba en aquellas reuniones. Su larga falda de seda color burdeos se desparramaba alrededor hasta acariciar el suelo. Como siempre que el día era frío, por encima del cuerpo del vestido llevaba una manteleta a juego con la falda, decorada con motivos exóticos y flecos de seda. Entre sus dedos gruesos y nudosos sujetaba una pipa de espuma de mar con forma de serpiente enrollada en la cazoleta, que se acercaba a la boca con movimientos periódicos y rítmicos. La agresividad de sus inhalaciones contrastaba con la pasividad de la exhalación. Dejaba escapar el aire con lentitud y suavidad entre sus labios pintados con carmín rojo intenso, a juego con el diván. Era como si dentro de ella el aire se transformase, entraba como un remolino en los pulmones y salía de nuevo al exterior como una brisa de verano.

—Adelante, eso es. Quitaos los zapatos —dijo Úrsula sonriendo al verme—. Dejad libre vuestro cabello, poneos cómodas. ¿Queréis té? Está donde siempre —nos ofreció.

Me acerqué al samovar situado sobre un aparador de estilo chinesco, preparé dos vasos y los rellené alzando la tetera para oxigenar la bebida. El humo que desprendía trajo hacia mí el exótico olor dulce del té negro con flores. Como muchas otras cosas que Úrsula poseía, sabíamos muy bien que aquel té no lo vendían en las tiendas de la ciudad. Cómo conseguía traerlo desde Oriente era una gran incógnita. Siempre decía con misterio que tenía contactos que le debían favores.

Con los vasos humeantes, me dirigí hacia el sofá en el que se había recostado mi prima y le tendí uno de ellos. Me deshice el moño tirante con el que me había recogido el cabello, me desabotoné el corpiño para aflojar el corsé y me dejé caer junto a Inés. Clara se apresuró a contarnos de qué estaban hablando antes de nuestra interrupción:

—Carolina hoy ha visto a una de las *tobilleras* —anunció pronunciando con énfasis la última palabra.

Carolina, sentada frente a nosotras, asintió con vivacidad haciendo vibrar sus tirabuzones castaños. La palidez de su piel contrastaba con su nariz respingona, siempre enrojecida.

—Ha sido esta mañana, en la Puerta del Sol, mientras acompañaba a mi madre a hacer un par de recados —nos informó—. Como podréis imaginar, estaba atestado de gente, era hora punta. De repente, se han arremolinado varias personas junto a un tranvía y nos hemos acercado para averiguar qué ocurría. Entonces la he visto con mis propios ojos. Apenas son unos centímetros, pero, creedme, se nota. Llevaba la falda por encima del tobillo, os juro que lo he visto perfectamente.

—Esas chicas son muy valientes —sentenció Úrsula—. No solo se exponen a miradas y críticas, sino a algo peor.

—Hace unas semanas, los ecos de sociedad de la revista *Las damas de hoy en día* les dedicaron una buena parte del contenido de la crónica —nos informó Clara—. En sus líneas, las calificaban de maleducadas y de vulgares.

—Eso no es nada en comparación con lo que han empezado a murmurar a su alrededor —aseguró Carolina mientras relataba la escena—. Se ha escuchado a un señor gritar a viva voz y con verdadero desprecio: «Lo único a lo que puedes aspirar con esa falta de decencia es a algún sucio trabajo de calle». —Con su habitual elegancia, dejó escapar una exhalación de incredulidad para dar énfasis a sus palabras.

—Deberían dejarlas en paz —opinó Inés censurando lo que acababa de escuchar—. Esas chicas no hacen ningún mal a nadie.

—Todo lo contrario —argumentó Clara—. Al subirse las faldas están abriendo camino. Ahora reciben miradas de desaprobación y la gente piensa que están locas. Puede que incluso ni siquiera nosotras lleguemos a verlo, pero estoy segura de que gracias a ellas algún día las mujeres podrán llevar las faldas como les dé la gana.

—Las llevarán tan cortas que incluso enseñarán las rodillas —propuso Inés.

Ante aquella ocurrencia, todas reímos divertidas. En uno de sus impulsivos arrebatos, mi prima saltó del sofá. Se situó en el centro de la gran alfombra que cubría el suelo de la habitación y se levantó la falda hasta la altura de las rodillas.

—¿Os imagináis? ¡No, esperad! Un poco más. ¡Así mejor! —dijo al tiempo que se alzaba aún más la falda—. ¡Mirad! ¡Mirad mis rodillas! ¡Qué escándalo, qué alboroto!

Las carcajadas de todas se elevaron en el aire. La risa profunda de Úrsula emanaba de su voluminoso cuerpo que se contraía con cada carcajada y acompañaba y matizaba el timbre agudo de las nuestras. Satisfecha por su actuación, Inés se dejó caer de nuevo a mi lado en el sofá.

—Dejando las bromas a un lado, me alegro de que esas chicas cada vez sean más —sentenció Clara.

—Me habría gustado acercarme a esa joven y decirle lo valiente que era —se lamentó Carolina.

—La mejor forma de ayudarlas es subiéndonos la falda nosotras mismas —replicó Clara—. No hace falta llevarla tan corta como ellas. En realidad, basta con que nos la subamos de manera imperceptible al principio y acortar el largo poco a poco.

Por la rotundidad con la que Clara afirmó aquello, sospeché que no era una idea que se le acabase de ocurrir, sino que llevaba tiempo dándole vueltas al asunto. Su firmeza era uno de los rasgos que más me gustaban de ella: cuando se proponía algo, siempre lo cumplía.

—En fin, ¿qué tal va la histeria de vuestras madres? —preguntó Clara desviando la conversación.

No hizo falta que explicase el motivo. En aquellos días, la ciudad entera hablaba de las invitaciones para el baile que se celebraría en la finca del jardín de Olavide.

—No os lo he dicho, pero yo también os acompañaré —anunció Carolina—. Recibí ayer la invitación.

—Vaya, vaya. Así que, de las cuatro, yo soy la única afortunada —dijo Clara riéndose—. Parece que me he librado.

—No lo sabes bien —le aseguré—. Todavía queda un mes y mi madre ya está histérica. Quería que me hiciese hoy las pruebas de peinado. Me he librado porque tenía que venir aquí.

—A mí los bailes me gustarían si pudiera tocar con los músicos —dijo Inés—. ¿Por qué no me permiten unirme a ellos? Sería estupendo interpretar para tanta gente las piezas de Chopin, de Beethoven, de Mozart... Estoy harta de conformarme con ser el entretenimiento de reducidas reuniones familiares, yo quiero tocar para un gran público —se aventuró a soñar.

Mi prima era una gran amante del piano y, durante todos los años de formación en la academia de música de Úrsula, había alcanzado un alto grado de virtuosismo en la ejecución de las piezas.

—¿Cómo vas con la balada de Chopin que quieres tocar en el concierto de Navidad de este año? —se interesó Carolina.

—¡Oh, la primera balada de Chopin! —exclamó Inés con emoción—. Puedo oírla en mi mente sin necesidad de tocarla. Transmite tanta melancolía que por momentos roza la exasperación. A lo largo de la melodía, las notas claman por liberarse de esa nostalgia. Ascienden y descienden con alegría, hasta que, extenuadas, se ralentizan para recobrar el aliento. —Acompañó su descripción alzando las manos en el aire y moviéndolas con ímpetu, como si recrease con ellas la melodía—. Y, entonces, llega el clímax —continuó la explicación elevando la voz—. El punto álgido, el frenesí, la locura. Es magnífica de principio a fin.

—Mi querida Inés —dijo Úrsula, que la observaba con orgullo—. Tu talento habla por sí solo. La interpretación será un éxito, no me cabe duda. —Inhaló una larga calada antes de añadir—: Queridísima juventud. Lo que daría yo por volver atrás. Cuando tenía vuestra edad, podía estar horas y horas bailando hasta el amanecer. Ahora parece un suplicio, pero, cuando seáis mayores como yo, recordaréis los bailes con añoranza.

—Lo dudo —repliqué.

Úrsula me miró con cariño, entrecerrando sus ojos maquillados con extravagancia, con un color verde oscuro. Cuando nos miraba de aquella forma, parecía como si pudiese atravesar nuestra piel y leer nuestro interior.

—Tú también, mi querida Ana —sentenció—. Ya lo verás.

CAPÍTULO 3

Marzo de 1990

Aquella discusión se había quedado grabada en la memoria de Julia. Mientras el taxi avanzaba entre el tráfico y las calles se sucedían a través del cristal, ella no podía apartar aquel recuerdo. Su mente evocaba cada palabra, cada una de las acusaciones que se habían cruzado, pero, sobre todo, la mirada desencajada de su hija Candela. Sus ojos inundados de desilusión, extraños y distantes, como un preludio del silencio que estaba a punto de instalarse entre ambas. Aquel día, la dulzura del rostro de Candela se había esfumado al posar la vista sobre ella. Con una profunda decepción, su hija contrajo sus rasgos antes de lanzarle la acusación final. Entonces le infligió el daño definitivo.

Cuando Julia comprendió la importancia que tenía para Candela la decisión de acudir a la universidad, ya era demasiado tarde. Después no pudo deshacer las desafortunadas palabras que tanto habían decepcionado a su hija, las mismas que ella había escuchado decir a su madre en tantas ocasiones y que, en algún momento que desconocía, Julia había adoptado dentro de su propio discurso. «Está bien —le había respondido a su hija encogiéndose de hombros, frustrando en el acto su entusiasmo—. Al menos tienes la garantía de que tu vida ya está resuelta». Cada vez que pensaba en ello, las palabras le martilleaban con remordimiento en las sienes. Ella misma las había recibido con sorpresa mientras salían de su boca, como si en realidad no fuese su voz, sino la de un tercer invitado inesperado en aquella discusión.

«¿Tanto te cuesta respetar mis aspiraciones y mis sueños? —le había gritado con desesperación Candela—. ¿Por qué no puedes animarme como hacen las madres de mis amigas?». Y en ese momento le alcanzó aquella mirada. Aquella expresión, mezcla de decepción y rechazo, que había calado en lo más hondo de Julia. «Hablas igual que ella», había dicho Candela en un susurro. Sabía muy bien a quién se refería su hija, pero aun así lanzó la pregunta: «¿Igual que quién?». Antes de abandonar la casa dando un portazo, Candela le espetó con amargura su respuesta, el golpe final: «Pese a todo, en el fondo tenía la esperanza de que me apoyases, pero ya veo que eres igual que la abuela».

Tras escuchar la acusación de su hija, Julia contrajo los labios y permaneció inmóvil mirando hacia un punto infinito. Todavía seguía en la misma posición cuando Miguel, su marido, llegó a casa quince minutos más tarde. «Julia, ¿qué ocurre?», preguntó al verla en medio del salón. «¿Tú también crees que me he convertido en mi madre?», musitó al cabo de unos segundos, con la mirada vacía. Miguel agitó la cabeza, confundido. Cogió aire para responder, pero no tuvo la oportunidad de hacerlo. Lo dejó con la palabra en la boca, pasó por su lado, con la voz de su hija y el eco del portazo todavía resonando en su mente, y avanzó por el pasillo hacia su dormitorio. Echó el cerrojo tras ella.

El ruido del tráfico la devolvió al interior del taxi. Se removió en el asiento, aquellas ráfagas de recuerdos no resultaban agradables. Pero no podía evitar pensar en el vacío que había sentido aquel día, en su dormitorio. Frente al espejo de pared, Julia había observado su reflejo. Desde hacía años, cada día se recogía el cabello con el mismo moño tirante, fijado por pinzas con incrustaciones de perlas, combinadas a la perfección con el collar que su madre, Josefina, solía llevar cuando era joven. Las mejillas de Julia estaban suavemente coloreadas. Un poco de rímel en las pestañas, si acaso algo de brillo en los labios. No le gustaba ir demasiado maquillada, le habían enseñado que no debía llamar la atención. Se fijó en su ropa: una chaqueta de traje color pardo, a juego con la falda. Se giró para mirarse de perfil, levantó los hombros y se estiró la chaqueta. A su edad tenía una figura delgada y esbelta. Después de sus dos embarazos había vuelto a la silueta de siempre gracias a una dieta estricta. Dejó caer de nuevo los hombros. Puso una mueca. Aquel color aburrido la hacía parecer mayor de lo que era.

A través del cristal enfocó la vista hacia el fondo, hacia lo que había tras su reflejo, y su figura se volvió borrosa. Vio una habitación recogida y decorada con muebles que habían costado una fortuna, un generoso regalo de sus abuelos como regalo de boda. No recordaba haber escogido nada ella misma, salvo los marcos con las fotografías de sus dos hijos, que estaban apoyados sobre la cómoda. También vio a Flora, acurrucada en forma de ovillo encima de la cama. Era de raza vienesa, como todos los perros que habían vivido en la casa de sus padres.

Julia sintió que una incómoda inquietud crecía en su interior. Se deshizo el moño y se quitó el collar de perlas. Con una toalla húmeda, se retiró el maquillaje. Sin matices de color que engañasen a los demás, ni a sí misma, se apreciaba con claridad que, bajo los ojos, la piel tersa comenzaba a arrugarse. Aquellos pliegues se acentuaban cuando sonreía. Se desabrochó los botones de la chaqueta y se bajó la cremallera de la falda. Dejó caer las prendas sobre la alfombra. Libre de cualquier adorno, volvió a buscar su reflejo en el espejo con la esperanza de reconocerse a sí misma. Pero debajo de aquella máscara solo vio a una mujer perdida. En aquel instante comprendió que su hija tenía razón. No podía decir en qué momento había ocurrido, pero hacía mucho tiempo que veía a su madre y no a sí misma cada vez que se miraba en el espejo.

Después de aquella funesta discusión, horas después, cuando Candela había regresado a casa pasadas las once de la noche, Julia contempló horrorizada el cabello de su hija, o, más bien, la ausencia de este. No había ni rastro de su larga melena rubia: en un acto de rebeldía se la había cortado al cero para dejar constancia de su enfado. O, quizá, para recordarle, cada vez que la observase, el daño que ambas se habían hecho mutuamente.

Desde entonces no habían vuelto a dirigirse la palabra.

—Señora, ya hemos llegado —anunció el conductor del taxi, deteniendo el coche y los pensamientos de Julia.

—Claro —musitó ella obligándose a apartar el recuerdo de aquella discusión de su mente—. Aquí está el importe. Gracias.

Descendió del vehículo y sacó del bolso el cuaderno en el que había anotado la dirección que le había facilitado una conocida para comprobar si aquel portal era el correcto. Tras asegurarse de que no había nadie que pudiese reconocerla a su alrededor, pasó al interior, subió hasta el segundo piso y se situó frente a una puerta de madera. Con indecisión, levantó el dedo índice hacia el timbre mientras miraba de reojo la placa metálica situada junto al marco de la puerta. Observó con cierto recelo el nombre de aquella terapeuta experta en relaciones familiares. Sabía que había algo dentro de ella que debía cambiar, pero desconocía si sería capaz de contarle sus problemas a una desconocida. Finalmente, unas voces en el vestíbulo tomaron la decisión por ella, pues no deseaba que nadie la viese acudiendo a aquella consulta. Cogió aire, hizo acopio de valor, pulsó el botón y esperó a que la puerta se abriese.

CAPÍTULO 4

Octubre de 1895

Ana

Este color te sienta estupendamente —afirmó mi madre entusiasmada.

De puntillas, estaba detrás de mí haciendo equilibrios para asomarse por encima de mis hombros y poder contemplar mi reflejo en el espejo. No quería perderse ningún detalle del vestido, que caía en forma de cascada sobre el taburete de madera al que me habían subido para la prueba de la falda. Mercedes, la modista, revoloteaba a nuestro alrededor y contemplaba extasiada su creación mientras describía cada uno de los matices.

—¡Qué maravilla! —exclamó con un suspiro de admiración—. Qué bien le sienta. Y esto no es nada. Ya verán el contraste con la polonesa, de seda color verde pavo real con un toque aterciopelado. Va a estar divina. Arriba las manos, jovencita.

Armándome de paciencia, levanté ambos brazos para que pudiera introducir por encima de mí la sobrefalda. Allí subida, zarandeada hacia un lado y hacia el otro por la enérgica modista, me sentía como una marioneta. No tenía escapatoria, así que me limité a cumplir con lo que me pedía para que aquello acabase cuanto antes.

Con un suspiro, miré hacia la puerta de entrada de la tienda, deseando salir al exterior para coger aire. Busqué refugio en mi imaginación y fantaseé con que era una más de aquellas personas que recorrían la amplia avenida que se adivinaba a través del cristal. No importaba el rumbo, solo quería escapar del aire recargado de aquel local. Estaba sintiendo el viento fresco de aquel día otoñal en la piel cuando mi ensoñación terminó de forma abrupta. Con un buen tirón, la modista apretó la lazada a mi cintura y redujo aún más mi capacidad para respirar.

—Eso es —murmuró satisfecha.

A continuación plegó y replegó la tela en mi espalda con movimientos ágiles. Con mucho esmero y grandilocuencia, terminó en cuestión de minutos de arrebujar la tela sobre el cesto del polisón. Tras los últimos toques, dio un par de pasos hacia atrás para contemplarme con perspectiva.

—Es-pec-ta-cu-lar —dijo entusiasmada—. Qué belleza. La sobrefalda le da el toque definitivo, ¿verdad? Miren cómo asoman las flores debajo de ella. El propio drapeado parece ser otra flor más, cae como si fuese una corola. Por supuesto, si quieren se puede coger un poco, pero a mi modo de ver el largo ha quedado perfecto. La tela arrastra ligeramente, para que por la parte trasera cree la impresión de que posee una cola etérea, pero no lo suficiente como para que se tropiece.

—A mí también me gusta mucho así —coincidió mi madre.

Ambas tenían demasiada fe en mí y en mis torpes movimientos subida a aquellos tacones con los que no estaba acostumbrada a caminar.

—Estás muy guapa —me animó Inés.

Mi prima, que se había sentado en otro taburete, exhausta tras tanta intensidad durante la prueba de su vestido, se acercó a mi lado al ver que ya estábamos terminando. Al percatarse de mi gesto de hastío hacia Mercedes, Inés me lanzó una mirada de advertencia. No hicieron falta palabras, la conocía lo suficiente para saber que me estaba pidiendo que borrase aquella expresión de mi rostro o disgustaría a mi madre. Haciendo un gran esfuerzo, cogí aire y traté de ignorar los zarandeos de la modista, quien, con el objetivo de mostrarle a mi madre todos los detalles, me empujaba a su antojo sin tener en cuenta que me encontraba encima de una superficie bastante inestable.

—¿Acaso no te acuerdas de lo que hemos estado practicando esta mañana? —me preguntó Inés entre dientes mientras la voz aguda de Mercedes hablaba sin cesar—. Vamos, sonríe —dijo, y se estiró con disimulo las comisuras de la boca hacia arriba.

Mi madre y Mercedes estaban demasiado ocupadas hablando de nuestros vestidos como para reparar en nosotras, así que mi prima contrajo el rostro con una mueca para hacerme reír y consiguió arrancarme una sonrisa de verdad. Ante sus esfuerzos para alegrarme, me reproché estar actuando de forma egoísta, pues aquella prueba de vestido no era nada en comparación con los problemas que atravesaban Inés y su familia.

Varios meses atrás, de la noche a la mañana, el banco en el que el padre de Inés llevaba trabajando toda su vida se declaró en quiebra y echaron a la calle a toda la plantilla. Desde entonces, mis tíos, Nicolás y Dolores, habían tenido que apretarse el cinturón porque su economía se había resentido con fuerza. Abandonaron el amplio piso que ocupaban hasta entonces y, gracias a mi madre, quien intermedió con la casera para conseguir que les dejase un alquiler asequible, se mudaron a la buhardilla de nuestro edificio. Afortunadamente tenían un par de tierras arrendadas que les reportaban ciertos ingresos, los suficientes para pagar a la casera y poder subsistir. Desde el primer día el padre de Inés había emprendido una exhaustiva búsqueda de trabajo, sin éxito hasta ese momento. Pese a su constante buen humor y sus esfuerzos por hacer bromas a todas horas, Inés me contó que una noche lo había oído llorar desconsolado a escondidas en su dormitorio. Sin duda, mi prima había heredado de él su forma de ser. No le gustaba quejarse ni lamentarse. No solo intentaba estar bien, sino que se preocupaba por animar a los demás. La observé con cariño y me obligué a mantener aquella sonrisa en mi rostro.

—¿Qué idea tiene para el cuerpo, Mercedes? —preguntó mi madre a la modista.

—Oh, el cuerpo le va a encantar. Fíjese, aquí tengo el boceto —le explicó haciéndole una seña para que se acercara al gran mostrador de madera de roble—. Es parecido al de Inés, pero el de Ana lo confeccionaríamos con el mismo verde de la falda e iría ajustado y emballenado. En el pecho yo pondría un adorno de pasamanería, pero muy discreto, como a usted le gusta. Por encima, si hace mucho frío, puede usar el abrigo que le confeccionamos el año pasado, con soltar un par de costuras yo creo que le estará bien sin problema...

Al ver que aquella descripción podía alargarse bastantes minutos, dejé de prestar atención. Inés me ayudó a descender del taburete y me agaché para desprenderme de los tacones, que me estaban cortando la circulación y me hacían cosquillas en la planta de los pies. Mi prima se situó detrás de mí y, con paciencia, empezó a deshacer los tirantes nudos para aflojarme la falda mientras Mercedes y mi madre ultimaban los detalles de ambos vestidos. Al final, la modista anunció la cantidad que mi madre tenía anotada en su cuenta por la confección de los trajes y, en ese momento, a través del espejo, pude ver cómo Inés agachaba la vista hacia el suelo, avergonzada.

—Sabes que mi madre haría cualquier cosa con tal de poder ayudaros —dije girándome hacia ella—. Todo esto es temporal. Se va a solucionar, ya lo verás.

Inés, titubeante, alzó la vista hacia mí y yo la estreché con fuerza entre mis brazos.

—¿Qué tal ha ido? —nos interrogó Úrsula varias horas más tarde al vernos aparecer tras las cortinas de su escondite.

—¿Quién de las dos quieres que te responda? —le pregunté yo a su vez con una sonrisa pícara mientras me dejaba caer en el sofá.

—Inés, por supuesto —dijo ella riéndose—. Sé que su respuesta se acercará más a la verdad.

—No ha estado mal —contestó mi prima—. Ya solo quedan los últimos detalles y estaremos listas para la gran noche —añadió con ironía.

—Me niego a que hablemos de ese dichoso baile —protestó Clara—. Ya tengo bastante con aguantar el disgusto de mi institutriz porque no me hayan invitado.

—¿Con vosotras también están especialmente exigentes? —preguntó Carolina—. Ya sabéis a lo que me refiero. Mis padres no paran de insistir en que debo afinar mis modales y comportarme adecuadamente ante nuestros conocidos para causar una buena impresión.

—Coincido contigo. —Inés apoyó las palabras de nuestra amiga—. Supongo que ahora más que nunca tendremos que aprender a mantener las formas porque se acerca, ya sabéis, el momento tan esperado por nuestros padres.

Con un nudo en la garganta, pensé en la palabra «matrimonio». Parecía que aquella etapa de nuestras vidas nunca llegaría y, sin embargo, se había convertido en nuestro futuro inmediato.

—Yo soy feliz con la vida que llevo ahora, ¿por qué se tiene que acabar? —protesté.

—Hay cosas que es mejor no cuestionarse —puntualizó Carolina, la más práctica de las cuatro—. Cuanto antes lo aceptemos, mejor.

—Pues yo creo que no hay nada de malo en atreverse a soñar con otras alternativas —argumentó Clara—. Y con esto no quiero decir que sea una ingenua, sé perfectamente cuál es nuestra situación. Pero, si no soñamos a lo grande, si no creemos que algún día será diferente, entonces ¿cómo van a cambiar las cosas?

—Mi querida y sabia Clara, cuánta razón tienes —asintió Úrsula—. Si yo no hubiera soñado cuando era joven con abrir mi propia academia de música algún día, si no hubiera creído que era posible, nunca lo habría logrado. Transcurrieron años hasta que conseguí afianzar mi reputación, pero finalmente la academia se convirtió en una realidad.

—Exacto, tu vida siempre será un ejemplo a seguir —aseguró Clara—. No pienso casarme sin antes haber viajado por muchos países. Le insistiré a mi padre todo lo que haga falta, hasta que me permita explorar el mundo con su hermana, mi tía Eulalia. Ya sabéis, la que viaja tanto desde que enviudó. Ahora mismo vive en Portugal, pero quién sabe cuál será su próximo destino. Tiene que ser fascinante conocer nuevas culturas y formas diferentes de vivir.

La madre de Clara había fallecido cuando ella era pequeña y su padre pasaba largas temporadas fuera de casa debido a su trabajo. La compañía de su institutriz no llenaba el vacío de sus padres y aquella soledad acrecentaba la impaciencia de mi amiga por escaparse para conocer mundo.

—Pues yo me iría contigo —se unió Inés—. El único hombre con el que me casaría es Frédéric Chopin y, por desgracia, lleva años muerto…

Úrsula dejó escapar una sonora carcajada ante su ocurrencia.

—¿Y tú, Ana? —me preguntó Carolina—. ¿Qué te gustaría hacer si pudieras elegir?

Su proposición despertó mi interés.

—Me conformaría con continuar aprendiendo —respondí—. Cualquier disciplina me parecería bien, pero ya sabéis lo mucho que me gusta el arte. Analizar esculturas, ahondar en la intención del artista, comprender todos los elementos decorativos que adornan algunos edificios... Y en mi tiempo libre ayudaría a los demás. Impartiría lecciones a quien quisiese escuchar.

—Mis queridas niñas, sois valientes por atreveros a soñar —señaló Úrsula mientras nos observaba una a una—. Algún día todas esas propuestas dejarán de ser un ideal y se convertirán en una posibilidad real. Nada me haría más feliz que saber que vosotras alcanzaréis ese momento. —Dejó escapar un largo suspiro antes de añadir—: ¿Alguna calada para sobrellevar este abatimiento?

Inés se levantó de un salto, cogió la pipa de Úrsula y se la llevó a los labios. Tuvo que interrumpir la calada para toser un par de veces.

—Está más fuerte que otros días —se quejó.

—Es tabaco del de verdad —explicó Úrsula—. No las pantomimas que venden en algunas tiendas. Se lo encargué a un conocido, ha llegado esta mañana.

Yo también di un par de caladas. Siempre me decepcionaba el sabor que dejaba en la boca en comparación con el olor dulce que flotaba en el ambiente, pero aun así una calada invitaba a la siguiente y cada vez sabía mejor.

—¿Alguna vez podremos disfrutar de esto en público? —aventuré—. Me encantaría caminar con una pipa en la mano por el paseo del Prado.

—Estás loca —sentenció Carolina poniendo los ojos en blanco.

—A mí me parece un gesto de elegancia. —Para recrear la hipotética escena me levanté y paseé por la alfombra mientras inhalaba y exhalaba con gestos majestuosos—. Todo el mundo se giraría para mirarme al pasar.

—De eso estoy segura —aseguró Carolina riéndose—. Todos saben que fumar es símbolo de suciedad moral en una mujer.

—En manos de los hombres denota elegancia y en las nuestras es símbolo de sinvergonzonería —protesté entre toses y humo—. ¿Cómo puede cambiar tanto la misma cosa dependiendo de quién la sostenga? No tiene sentido.

—Suficiente —dijo Inés quitándomela de las manos y devolviéndosela a Úrsula—. Es un vicio.

Resignada por mi representación chafada, dulcemente mareada, me dejé caer con un fingido suspiro en el sofá. Mi prima, por su parte, continuó danzando por la habitación dando vueltas sobre sí misma como una bailarina de ballet hasta que se derrumbó en el diván, junto a Úrsula.

—¿Me lees la mano?

—Siempre es un placer, querida.

Inés tendió la mano izquierda y ella la sujetó entre las suyas. Al principio, la sostuvo con suavidad, repasando sin cesar las líneas de la palma mientras miraba a mi prima fijamente a los ojos. Después, sin desviar la vista, comenzó a masajear la mano con extraños movimientos, cada vez con más intensidad y a mayor velocidad, hasta que cerró los ojos y todas guardamos silencio para que pudiera concentrarse. Cuando éramos pequeñas, aquel ritual nos asustaba y, siempre que se lo iba a hacer a las alumnas mayores, nosotras salíamos corriendo. Nos daba miedo la seriedad de su rostro, los ojos cerrados con fuerza dando vueltas a través de los párpados. Aquel estado de trance podía prolongarse durante varios minutos.

Cuando Úrsula volvió en sí, abrió los ojos y vaticinó:

—Cuídate la garganta o en una semana estarás enferma. Está a punto de resentirse. No veo mucho más, aparte de lo que te conté la última vez. Estás muy tensa, intenta relajar el cuerpo —dijo dándole un par de toquecitos en la espalda.

—Gracias, Úrsula —respondió Inés y la besó en la mejilla—. Aunque me gusta más cuando me das buenas noticias —añadió esbozando una sonrisa.

—Si siempre fueran buenas, dejaríamos de valorarlas —le recordó Úrsula—. ¿Alguna más desea que le lea la mano? —preguntó.

—Yo no, ya sabéis que no me gustan esas cosas —Clara negó con la cabeza—. Lo que tenga que ocurrir, lo descubriré por mí misma.

Con Carolina la suerte fue más amable: estaba libre de todo dolor o enfermedad. Yo fui la última en sentarme al lado de Úrsula. Estuvo mucho tiempo con los ojos cerrados, sosteniendo mi mano entre las suyas. Cuando al fin los abrió, esto fue lo que me dijo:

—Ana, hay mucha fuerza corriendo entre tus venas. Se avecina un gran cambio para ti.

Sabía que las predicciones de Úrsula no siempre se cumplían o al menos no con exactitud. Sin embargo, sus palabras despertaron mi curiosidad.

—¿Para bien o para mal? —pregunté.

—Eso solo te corresponde a ti descubrirlo, cariño —me recordó—. Sabes que yo no puedo verlo todo, solo indicios.

Asentí distraída mientras me preguntaba a qué podría referirse.

—En fin, queridas, sabéis muy bien que la peor parte para mí es cuando os marcháis, pero creo que es hora de que regreséis a casa, antes de que la noche avance —nos recomendó Úrsula—. Os veo el lunes. Seguramente adelantaré la clase de canto del martes para practicar de cara al concierto de Navidad. Ana, quédate un segundo conmigo antes de marcharte. Puedes esperarla arriba, Inés, será solo un momento.

Cuando todas se despidieron de ella y desaparecieron tras las cortinas, nuestra directora me confesó el motivo de aquella espera bajando la voz:

—Cariño, hace más de un mes que te pedí que le dijeras a tu madre, Teresa, que me hiciese una visita para poder hablar con ella. Como ya imaginarás, aquella reunión no era para hablar de tus avances en el piano. Quería explicarle que no era necesario que pagase el importe de las clases de Inés, pero este mes ha vuelto a pasarme el doble. Vosotras cuatro sois como mis hijas. Os llevo dando clase desde que erais tan pequeñas que no me llegabais ni a la cintura. Así que, si tenéis un problema, soy la primera que quiere ayudaros. Con toda la confianza del mundo, hasta que las cosas mejoren en su familia, puedo prescindir de los pagos. Lo que no estoy dispuesta es a prescindir de Inés. No quiero que deje de asistir a las clases. Si ella se siente mejor, puede ayudarme con las pequeñas. Te estaría muy agradecida si intentases hablarlo con tu madre. No hace falta que me pague el doble.

—Claro, lo haré —le aseguré—. Pero mi madre es de ideas férreas. Si tiene algo claro, es muy difícil convencerla de lo contrario.

—Me parece que es uno de los rasgos que su hija ha heredado de ella —me respondió esbozando una sonrisa cariñosa—. Venga, no hagas esperar más a tu prima. Yo me quedo un rato más aquí abajo. Sé que no hace falta que te lo diga porque ya lo haces, pero tu prima necesita ahora más que nunca que la cuides y la animes, porque a su vez ella tiene que estar junto a su hermanito. Aunque parezca que no, los niños pequeños se dan cuenta de todo, solo que a menudo se manifiesta más adelante, cuando se hacen mayores. Tenéis mucha suerte de teneros la una a la otra.

—Gracias, Úrsula —dije estrechándole con cariño la mano—. Te veo el lunes.

—Hasta la semana que viene, querida.

Antes de salir, vi cómo nuestra directora se llevaba de nuevo la pipa a la boca y daba otra larga calada, envolviéndose en humo. Subí las escaleras sin dejar de pensar en sus palabras: «Se avecina un gran cambio para ti».

CAPÍTULO 5

Septiembre de 1895

Víctor

El sonido de los tacones de mi madrastra contra el mármol me previno. Solté la pluma con la que estaba retocando mi último boceto, lo escondí bajo una pila de papeles y cogí entre mis manos el libro donde se apuntaban todas las cuentas de la propiedad mientras fingía que lo estaba revisando. Con sus tres toques en la puerta habituales, Olivia anunció su entrada.

—Buenos días —saludó—. Veo que ya está muy ocupado.

—Buenos días, Olivia. Quería terminar unos asuntos antes del mediodía —mentí—. ¿Ocurre algo?

—Tan solo quería pasarme por su despacho para comprobar que todo marchaba bien.

Al escuchar su tono de voz, aparté la vista del papel para observarla. La conocía demasiado como para saber que aquella muestra de preocupación por mí no era más que un falso pretexto para pedirme algo. Cerré el libro y le pregunté sin rodeos:

—¿Qué es lo que quiere?

Ella tomó asiento al otro lado del escritorio. Como siempre, iba vestida de forma impecable. Llevaba un vestido de granadina negra con una mantilla bordada a mano cruzada a la altura del pecho. Todo de riguroso negro. Pese a los finos rasgos de su rostro, la mirada severa le apagaba la expresión.

—Este último año ha sido especialmente duro para nosotros —comenzó—. Sufrimos la pérdida de su padre, mi querido esposo, y, apenas unos meses más tarde, su abuela nos abandonaba, siguiendo el mismo destino que su hijo.

Asentí mientras me atravesaba una punzada de tristeza. Su recuerdo me perseguía cada día y la ausencia de ambos todavía vagaba por los pasillos vacíos, enrareciendo el aire del palacio.

—En unos días se cumplirá un año exacto desde que comenzamos el luto. —Olivia dejó escapar una lenta exhalación antes de añadir—: Creo que va siendo hora de que volvamos a la vida pública.

Sus palabras cayeron sobre mí como un jarro de agua fría. Todavía no me sentía preparado para encontrarme con gente que no fueran mis conocidos más cercanos, y mucho menos para participar en ningún baile o festejar nada.

—Será mejor que esperemos hasta el próximo año —aseguré—. ¿O acaso usted tiene ánimo para acudir a una celebración?

—No se trata de eso. Como usted ya sabe, desde hace años el tiempo corre en su contra —puntualizó—. Por desgracia, su padre nos abandonó demasiado pronto y no tuvo el orgullo de verlo casado ni de conocer a su heredero. En su lecho de muerte me confió lo preocupado que estaba por usted y yo le prometí que asumiría esa responsabilidad. Así pues, he de encargarme de que encuentre una esposa y se preocupe por mantener el legado de esta familia.

Su voz trajo a mi mente una palabra: decepción. Mi padre jamás la pronunció en voz alta, pero podía adivinarse en su mirada cada vez que se posaba sobre mí. Con un nudo en la garganta, escuché lo que Olivia había venido a decirme.

—Han llegado a mis oídos murmuraciones acerca de su soltería y de su falta de compromiso. La gente se pregunta a qué está esperando. No voy a consentir que circulen ese tipo de rumores, así que debemos regresar a los actos sociales y a las reuniones cuanto antes. Y lo haremos de la mejor forma posible, retomaremos una de las grandes tradiciones de esta finca: el baile de invierno. Este mes de noviembre se cumplirán treinta años desde que su abuela, doña Victoria, inauguró el primer baile en 1865. Desde entonces se ha convertido en uno de los eventos de la temporada de invierno más esperados en esta ciudad. No se me ocurre un mejor homenaje hacia su figura que volver a abrir las puertas de nuestro jardín precisamente para esa ocasión.

Olivia interpretó mi silencio como una afirmación.

—Bien, me encargaré personalmente de supervisar los preparativos para que todo esté listo para el 2 de noviembre —anunció.

—En ese caso, recuerde que mi abuela tenía por costumbre invitar a todo tipo de gente —precisé con acritud.

—Por supuesto. Sin embargo, dadas las circunstancias, me parece que este año lo más lógico es que enviemos el mayor número de invitaciones posible a jóvenes pertenecientes a las clases más elevadas —matizó ella con voz fría—. De esa forma será una gran ocasión para que usted encuentre a su futura esposa.

—Haga lo que tenga que hacer, pero no se engañe a sí misma ni intente engañar a los demás: ese baile obedece a sus propósitos y no a su deseo de homenajear a mi abuela —le señalé con dureza—. No quiero que utilice su nombre si no piensa respetar el modo en el que ella lo organizaba —aparté mi mirada de Olivia y me centré de nuevo en los papeles que tenía frente a mí—. Si me disculpa, tengo mucho que hacer.

Olivia se dio por satisfecha y abandonó mi despacho. Esperé hasta que el sonido de sus tacones dejó de escucharse, me levanté, abrí las puertas y me alejé de allí con pasos veloces. Descendí por las escaleras del palacio como una exhalación, me subí a lomos de Atenea y tiré de las riendas con fuerza. Trotamos colina arriba dejando atrás el templete y tomé la senda que se dirigía al estanque situado al norte de la propiedad. Al llegar allí, descendí de un salto y abrí las puertas de mi estudio.

Cerré con llave para que nadie me molestase, me deshice del frac, monté un lienzo en blanco sobre el caballete y desplegué los pinceles. Mezclé pigmentos negros y marrones, empapé en ellos el pincel y quebré el blanco inmaculado del lienzo con trazadas frenéticas. El corazón me golpeaba con fuerza en el pecho, mi respiración era rápida e irregular. La superficie absorbía y retenía la frustración, apresaba el dolor. A medida que el cuadro crecía con cada trazada, mi interior recuperaba la calma. Perdí la noción del tiempo y pinté hasta la extenuación, hasta que el temblor y la quemazón en mi mano por la tensión con la que sujetaba el pincel me obligaron a detenerme. Solo entonces me alejé para observar el cuadro.

Era un abismo oscuro, un agujero negro. Los únicos matices que daban luz a la pintura eran las pinceladas en color marrón, como si hubiese partes del cuadro en llamas. Era una obra triste, que confundía a la mirada. Uno no sabía en qué fijarse, invitaba a perderse en su profunda y amenazante negrura, de la que no parecía haber salida.

Con desaliento, comprobé que era el mismo cuadro. Una vez más. Observé los lienzos que había pintado en los últimos seis meses, apilados en un rincón. Tenían diferentes formas y tonalidades, pero, en esencia, todos eran la misma obra. El mismo abismo insondable.

Con un chasquido de hastío, apoyé el pincel en el caballete y me dejé caer en uno de los sofás. Cuando apenas era un niño, mi abuela Victoria, con su voz sabia y tranquilizadora, me había animado a coger mi primer pincel. Ella, que me había criado y acogido como la madre que nunca tuve, fue quien me adentró en el mundo de la pintura. «Transforma tu sufrimiento en arte —me había dicho—. Eso liberará tu mente». Y así había sido, durante años pintar se convirtió en un ejercicio liberador y en el medio de expresión que daba sentido a mi vida. Sin embargo, desde que ella no estaba los cuadros no tenían color ni vitalidad. Su ausencia caía a plomo sobre mí, apagándolo todo.

No era el sufrimiento lo que me daba miedo. Ella me había enseñado a encauzarlo, a transformarlo. Lo que me aterraba era la soledad que sentía desde que mi abuela ya no estaba a mi lado.

CAPÍTULO 6

Marzo de 1990

Mientras se quitaba el abrigo y lo doblaba con pulcritud sobre sus rodillas, Julia sintió que la terapeuta aprovechaba esos primeros segundos para hacer un rápido escáner de su personalidad. Se preguntó si tendría la capacidad de extraer conclusiones sobre su estado interior con tan solo observar su aspecto físico. Incómoda, movió las piernas con un gesto impaciente, deseando marcharse cuanto antes. Pero entonces la terapeuta esbozó una sonrisa cálida desde el otro lado del escritorio y la sesión empezó.

—Buenas tardes, Julia. Como hablamos por teléfono, mi nombre es Adela y voy a intentar ayudarte en todo lo que me sea posible. Puedes ponerte cómoda, aquí tienes una botella de agua por si la necesitas.

—Muchas gracias.

Julia no dejaba de observar aquella habitación con cierto recelo. Todavía no tenía la suficiente confianza como para mirar de manera directa a la mujer a quien se suponía que debía contar sus problemas, así que sus ojos vagaban por la pared del fondo. La disposición de aquel cuarto había roto sus esquemas. Estaba preparada para encontrarse con una consulta de altos ventanales y recostarse en un elegante diván para hablar sobre su vida, una imagen alimentada por las películas que había visto. Sin embargo, aquella era una habitación de dimensiones más bien reducidas, con una ventana que daba a un patio interior por el que no entraba demasiada luz y, por toda decoración, un florero sin flores y una lámpara de pie *art déco* pasada de moda. Mientras esperaba a que Adela, sentada tras el escritorio frente a ella, le explicase en qué consistiría la consulta, se fijó en que aquella mujer de rostro fino y gafas de pasta negra tenía un bolígrafo en su mano.

—Espero que no te incomode que realice algunas anotaciones —señaló Adela con amabilidad al percatarse de que estaba atenta al folio en blanco—. Todo lo que hablemos aquí es confidencial. Solo anotaré los detalles más relevantes. Crearé una ficha con tu nombre y en ella apuntaré todo lo que me parezca que debemos tratar a lo largo de las sesiones. Nada más.

—Entiendo —aseguró Julia tratando de corresponder a su sonrisa.

La idea de que su vida y sus problemas formasen parte de una ficha con su nombre y un número, lejos de tranquilizarla, la incomodó aún más.

—Como me comentaste por teléfono, el desencadenante por el que has decidido venir a mi consulta fue una discusión con tu hija —continuó Adela invitándola a que le contase lo que había ocurrido.

Ella asintió y paseó su mirada por los diplomas enmarcados en la pared del fondo antes de responder.

—Sí, sus palabras me hicieron recapacitar... —Se detuvo. Aquella era la primera vez que intentaba explicar en voz alta lo que la atormentaba desde entonces—. Soy consciente de que llevo años comportándome por inercia, relacionándome con la misma gente, acudiendo a los mismos lugares... Pero si de algo me enorgullecía precisamente era de mi labor como madre, lo cual es, en realidad, mi principal cometido. Sin embargo, cuando Candela me dijo aquello, se hundió lo único que me mantenía a flote: sentí que también había fracasado en ese aspecto de mi vida, el más importante.

—Dices que llevas años comportándote por inercia, ¿a qué te refieres?

—Soy ama de casa desde que me casé con mi marido, Miguel, a los veinte —respondió Julia—. Desde fuera, mi rutina puede parecer tan insípida como realmente es. Cada mañana leo el periódico en algún café y por las tardes voy a visitar a mi madre o acudo al club social al que pertenece mi familia desde hace un par de generaciones. De vez en cuando organizo algún evento benéfico con las socias del club. Los fines de semana salgo a pasear y nos reunimos con la familia para comer. Poco más.

—¿Tienes alguna afición?

—Los libros —aseguró—. Me encanta leer.

—¿Y qué crees que echas en falta? —inquirió Adela.

—Supongo que la improvisación... La libertad para haber elegido algo diferente —reflexionó en alto—. Me casé cuando me dijeron que tenía que hacerlo y me acomodé en la casa que mis padres decidieron que era la adecuada para nosotros. Bajo la insistencia de mi madre, me apresuré a tener hijos. Ni siquiera escogí formar parte del club, fue de nuevo mi madre quien me apuntó poco después de que me casara con Miguel, con el pretexto de que así pasaríamos mucho tiempo juntas. Desde el principio me limité a asentarme sobre la rutina que ya habían construido para mí y, de alguna forma, siento que con ello perdí mi adolescencia y mi juventud. Quizá suene frívolo, soy consciente de que no me falta de nada. La cuestión es que... lo que tengo no lo he elegido yo. En realidad, ni siquiera sé cómo habría trazado mi futuro si me hubieran dado la oportunidad de planteármelo.

—¿Cómo definirías la relación con Miguel, tu marido?

—Ambos nos queremos y nos respetamos. Como en todo matrimonio, ha habido errores y etapas difíciles, pero, si echo la vista atrás, ha sido un gran aliado para mí. Por suerte, nos conocíamos desde mucho antes de que nos casáramos. Miguel es un gran amigo de Jaime, mi hermano mayor, y venía a nuestra casa con mucha frecuencia cuando éramos jóvenes. En el momento en el que mis padres acordaron que debía casarme con él, ya habíamos establecido una sólida base de confianza y la convivencia resultó sencilla desde el primer momento.

—Te voy a pedir que me hables de tu madre, Julia. —La terapeuta estaba pendiente de los hilos de los que tirar para que ella siguiese hablando.

Cogió aire antes de responder.

—Es una mujer impecable. A sus ochenta y cuatro años, tiene la cabeza perfectamente lúcida y sigue manteniendo la elegancia que siempre la ha caracterizado, con unos modales exquisitos. Se preocupa por su familia, nos llama a diario y continúa estando pendiente de todos nosotros.

—Sin embargo, como me contaste, cuando tu hija te comparó con ella, no fue un halago para ti —le recordó Adela.

—No, porque... —Julia soltó el aire que estaba reteniendo—. También es una mujer con mucho carácter. Es estricta, autoritaria, exigente. Le gusta que todo se haga a su manera. Su semblante siempre es serio, rara vez ríe con naturalidad. A veces desearía que abandonase esa compostura impecable y se mostrase más cercana y comprensiva. En nuestra familia hemos aprendido que es mejor dejar que ella lleve las riendas, es inútil intentar contradecirla. ¿Para qué vamos a hacerla enfadar a su edad? Además, desde que falta mi padre, está especialmente irascible.

Al terminar, Julia se sintió abrumada. Nunca hablaba en esos términos de su madre, ni siquiera con su marido. Sin embargo, había algo en aquella mujer de sonrisa amable, quizá su actitud comprensiva y su predisposición a escucharla, que la animaba a hablar sin miedo a ser juzgada.

—Me imagino que tus padres también se casaron cuando eran muy jóvenes y llevaban toda la vida juntos —supuso Adela.

—Sí, se complementaban muy bien —afirmó Julia.

—¿A qué te refieres?

—El carácter de mi padre era mucho más apacible y conciliador que el de mi madre. Actuaba como el puente que unía a nuestra familia. Evitaba los problemas y llamaba a la calma cuando aparecían las disputas. Era bastante más flexible que ella.

—¿Por qué crees entonces que ambos congeniaban? —se interesó Adela.

—Creo que precisamente congeniaban por eso —precisó—. Si ambos hubiesen tenido el mismo carácter, se habrían matado entre ellos.

—Sí, tienes razón —dijo la terapeuta con una sonrisa—. Lo formularé de otra forma. ¿Qué crees que veía él en ella para que se plantease que merecía la pena permanecer unidos toda una vida?

—Mmm... Lo cierto es que mi madre representa con pulcritud todos los valores que les inculcaron tanto a ella como a mi padre cuando eran jóvenes —explicó Julia—. Supongo que ese saber estar, esa impecable manera de mostrarse ante el mundo y su elegante modo de relacionarse era lo que más le gustaba de ella. Ambos procedían de familias con una elevada posición social y, aunque mi padre se tomase las cosas de otra forma, a ambos les preocupaba mucho el qué dirán. Esa yo creo que ha sido la norma primordial en sus vidas, su gran autoexigencia, y supieron convertirla en un punto de unión, porque el uno admiraba del otro la excelente manera de comportarse ante los demás.

Julia observó cómo Adela anotaba con rapidez en el folio. Después tomó la ficha que ella había completado antes de pasar a su despacho y consultó sus datos personales.

—Por lo que veo aquí, sois cuatro hermanos —apuntó interesada—. Me imagino que tus padres también trataron de construir sus vidas, no solo la tuya.

Julia desvió la mirada. No buscaba las palabras adecuadas, en realidad conocía demasiado bien la respuesta. El problema era que llevaba muchos años evitando aquella incómoda verdad.

—Intentaron reconducir en varias ocasiones la vida de uno de ellos, de Javier —terció—. Las discusiones con él han sido constantes a lo largo de toda su vida. Mi hermano nunca les perdonó que se entrometiesen en una relación que mantuvo con una mujer mucho mayor que él, de quien se enamoró perdidamente cuando era joven. Mis padres impidieron que se casase con ella con la intención de evitar un escándalo; consideraban que no era adecuada para él.

Julia se dio cuenta de que Adela se mantenía en silencio, intuyendo que no había terminado de hablar.

—Sin embargo, aunque al final las cosas no salieron como él quería, al menos tuvo la libertad necesaria para poder equivocarse —admitió Julia con un suspiro—. Recuerdo que... cuando todavía vivíamos con mis padres, yo tenía que estar en casa a las siete en punto, pero mis hermanos entraban y salían cuando querían. Además de la más pequeña, también era la única mujer, así que las reglas eran especialmente estrictas para mí. En parte por eso, aunque todavía me consideraba una niña, me apresuré a casarme: vi en el matrimonio una vía de escape a aquella falta de libertad. Mis hermanos sí que pudieron trazar sus vidas antes de casarse.

—¿A qué te refieres? —se interesó Adela.

—Jaime invirtió mucho tiempo y esfuerzo en la empresa de nuestro padre, de hecho, ha sido él quien la ha heredado. Javier abrió una galería de arte y Vicente decidió completar sus estudios en Londres, donde conoció a su mujer y donde vive desde entonces.

—¿Estudios superiores quieres decir?

—Sí.

—¿Los tres continuaron estudiando más allá del bachillerato?

—Sí, aunque Javier, en un acto de rebeldía, los abandonó.

—Supongo que no te resultaría fácil ver que eras la única de los cuatro de quien no se esperaba que ampliase sus estudios ni encontrase un trabajo —señaló Adela con cautela.

—De mí se esperaba lo mismo que se les exigió a mi madre y a mi abuela en su día, que me casase con éxito —respondió Julia con cierta incomodidad—, y eso fue lo que hice.

—Por desgracia, muchas veces soñamos con lo que nos dicen que debemos soñar —apuntó Adela con suavidad—. Olvida por un momento lo que se esperaba de ti, lo que tus padres querían para ti, ¿te habría gustado encontrar un trabajo? ¿Ganar tu propio sueldo?

—Nunca se me permitió plantearme algo así —confesó Julia—. Así que no tiene sentido hacerlo ahora.

—Pero ¿entiendes que tu hija, Candela, sí se lo plantee? —Adela aprovechó aquel momento para sacar a colación el detonante de la discusión con su hija.

Julia guardó silencio. Por toda respuesta clavó su vista en el tablero del escritorio.

—Veo que no es hija única —continuó la terapeuta tras consultar otra vez el folio en el que había apuntado sus datos personales—. Tiene un hermano mayor.

Julia asintió con un leve gesto.

—Dime, ¿él fue a la universidad?

—Sí —admitió al cabo de unos segundos con un hilo de voz, sintiendo que sus ojos se empañaban—. Y nadie cuestionó su decisión. Queremos que el día de mañana herede la empresa familiar.

Sin perder la elegancia ni la compostura, buscó un pañuelo en el bolso y se dio toquecitos en los lagrimales.

—Julia, corrígeme si me equivoco, pero creo que parte de la frustración que sentiste el día de la discusión con Candela se debió a la sorpresa que te produjo que tu hija haya tomado la firme decisión de cambiar algo que, en secreto, siempre te ha parecido injusto —propuso Adela tras concederle unos instantes—. Sin embargo, te ayudará comprender que eso no te excluye a ti. Nada está perdido, todo lo contrario, tienes una gran responsabilidad ante ti. Está en tu mano lograr algo que tu madre nunca supo hacer contigo: apoyar a tu hija para que pueda elegir y construir su vida con libertad. Nunca es tarde para revisar tus creencias —aseguró—. Necesitas encontrarte a ti misma como mujer, para poder hallar tu voz como madre y como esposa —añadió.

Secándose los ojos, Julia asintió ante las palabras de Adela.

—Te voy a pedir que elabores una lista con tus inquietudes y anhelos. En las próximas sesiones trabajaremos juntas en ella, ¿de acuerdo? —La terapeuta lanzó un rápido vistazo al reloj de pared, que marcaba el final de la sesión, antes de continuar—: Es importante que respetes tus tiempos. Esto es como conquistar una montaña. Hay que hacerlo por etapas, pero te prometo que llegaremos hasta la cima —aseguró con una cálida sonrisa.

CAPÍTULO 7

Noviembre de 1895

Ana

Mientras el traqueteo del carruaje que debía llevarnos al baile me balanceaba con suavidad de un lado a otro, me asomé por el cristal para contemplar la ciudad. La gente caminaba con calma, incluso los caballos trotaban con reposo y elegancia, sin rastro de la prisa que aceleraba los días laborables. Las colas de los vestidos de las mujeres se deslizaban por el suelo adoquinado mientras caminaban cogidas del brazo de sus maridos, ataviados con fracs, resguardados del frío bajo capas y gabanes. Desde la amplia perspectiva que ofrecía la ventana del carruaje, se podían apreciar los colores predominantes en aquella época del año: marrones, azules y negros se agolpaban en las aceras y avanzaban lentamente, en forma de impresionantes tocados y sobrios sombreros. El ruido de la calle y las voces de los transeúntes apenas eran un murmullo amortiguado en el interior del coche.

Al llegar al cruce entre las calles de Sevilla y de Alcalá, me asomé para admirar el edificio que se levantaba ante nosotras. Gente con elegantes trajes y modales entraban y salían de los locales de la planta baja o se detenían para hablar bajo sus toldos de rayas. El vértice del edificio era redondeado, como la proa de una embarcación. Subidos a bordo, decenas de cabezas de elefante a modo de ménsulas sostenían los balcones del segundo piso. Sobre ellas y ocupando el centro del esquinazo curvo, la capitana de aquel barco se alzaba sobre las aguas del mar, una imponente mujer vestida con una toga transparente tallada en bronce protegía a un niño y a una madre con un bebé en sus brazos. Su visión cuando caía la noche, con las farolas de báculo encendidas a su alrededor, era mágica. Alcé la vista para ver el torreón de cobre y forja presidido por el reloj. A ambos lados de él, dos mujeres doradas se asomaban al vacío sin miedo. Desde las alturas, eran ellas quienes avisaban de posibles peligros y embarcaciones cercanas en el horizonte. En el último momento, justo antes de que el carruaje modificase su trayectoria y aquel edificio desapareciese, divisé la cúpula en forma de bulbo, que coronaba la impresionante construcción.

El carruaje continuó abriéndose paso entre otros coches y tranvías. Al dejar atrás la plaza presidida por la diosa Cibeles, el látigo golpeó el lomo de los caballos para coger más velocidad. Mientras mi madre parloteaba sin cesar, dando rienda suelta a su imaginación acerca de todos los detalles con los que la duquesa seguramente agasajaría a los invitados, Inés y yo nos miramos y sonreímos. Estábamos llegando a las afueras de la ciudad, un límite que en contadas ocasiones habíamos sobrepasado. A través del cristal vimos que los edificios, cuyas fachadas resplandecían bajo la luz del sol, cada vez eran más bajos, hasta que finalmente desaparecieron. Mientras la ciudad quedaba atrás, cogí de la mano a mi prima y me dejé llevar hasta la secreta finca del jardín de Olavide.

Una hora más tarde, mi madre emitió un grito agudo con el que anunció que estábamos llegando. El carruaje abandonó el camino principal y se adentró en una propiedad privada atravesando una gran puerta de hierro coronada por las iniciales de la familia. El cochero redujo la velocidad y tomó un camino de tierra enmarcado por altos cipreses que desembocaba en una plaza en la que se arremolinaban los asistentes, donde detuvo el carruaje.

—Hemos llegado —anunció. Después abrió las puertas para ayudarnos a descender—. Bienvenidas.

Tuvo que alzar la voz por encima del ruidoso revuelo de jóvenes que inundaba la plaza, presidida por el palacio gris, de estilo clásico, de aquella privilegiada familia. Al cabo de unos minutos, una mujer, que llevaba puesto un sobrio vestido negro, se abrió paso entre la multitud, haciendo tintinear una campana mientras rogaba silencio.

—Atención, por favor —dijo elevando la voz—. Bienvenidas al jardín de Olavide. Mi nombre es Matilde y soy el ama de llaves. Mi función esta noche es conseguir que todo salga a la perfección y ustedes disfruten de una velada inolvidable. Para ello, les ruego que me presten atención y escuchen las siguientes indicaciones, que son deseo expreso de la duquesa, doña Olivia de Velasco. A continuación, todas las señoras que han venido en calidad de acompañantes se dirigirán hacia uno de los salones al oeste de la propiedad, donde se ofrecerá un refrigerio. Yo misma las guiaré. Mientras tanto, y cumpliendo con la generosa petición de nuestra señora, todas las jovencitas que asisten al baile darán un paseo por la finca, guiadas por doncellas, antes de disfrutar de las atracciones en la zona de juegos. Aguarden aquí, enseguida serán distribuidas en varios grupos.

En medio de la agitación que se formó en cuanto el ama de llaves dejó de hablar, mi prima y yo nos despedimos de mi madre y, junto a un numeroso grupo de jóvenes, seguimos las indicaciones de una de las doncellas. Con movimientos ágiles, bordeó el palacio y nos dirigió hacia un camino, flanqueado por rosaledas y setos recortados con simetría, que desembocaba en una explanada ovalada a la que se accedía atravesando un arco construido con hojas doradas. La doncella nos señaló el busto de una mujer esculpido en bronce y colocado en el centro de una exedra.

—Aquí haremos una parada obligatoria —anunció tras detenerse—. Las he traído a todas ustedes hasta aquí para que vean el homenaje que el actual duque de Olavide quiso rendirle a su abuela y fundadora de este jardín, doña Victoria, fallecida a comienzos de este año. Su pérdida provocó un gran dolor en todos nosotros, pues era una mujer excepcional, que siempre nos trató con amabilidad y exquisita educación. Este jardín no existiría si no fuese por ella. Ideó y supervisó todo, hasta el último detalle.

Inés y yo nos acercamos para contemplar de cerca aquel rostro de facciones serias pero suaves, con el ceño levemente fruncido, como si se hubiese quedado eternamente preocupada por algo. Los tirabuzones enmarcaban su rostro y, sobre ellos, lucía una corona. Después de aquella pausa, la doncella retomó el paso con enérgicos movimientos.

—Ahora vengan por aquí —indicó haciéndonos una seña hacia un sinuoso sendero de tierra que se adentraba en la vegetación.

Al avanzar por él, observé que el jardín acababa de cambiar por completo. A diferencia de la simetría, el orden y los espacios abiertos que habíamos atravesado hasta ese momento, aquel camino se adentraba en una tupida y aparentemente desorganizada vegetación por la que la luz apenas conseguía filtrarse. En el suelo húmedo se amontonaban hojas de colores dorados y marrones, caídas de los árboles que se elevaban a ambos lados. Aquel manto otoñal absorbía el sonido de nuestros zapatos y silenciaba nuestros pasos.

—Parece un laberinto —comentó Inés mientras la doncella avanzaba con decisión en varios puntos en los que la senda se bifurcaba—. Sería incapaz de recordar el camino hacia la entrada después de tantos quiebros.

Mi prima tenía razón, los senderos de aquella zona seguían un trazado laberíntico. Llenos de recovecos, dotaban al jardín de una belleza singular. Los setos y los arbustos que delimitaban y aislaban los caminos de tierra otorgaban al lugar una nota poética, incluso nostálgica. Ralenticé el paso y observé las enredaderas, que cubrían la hierba y trepaban por los troncos de los árboles hasta caer en cascada desde sus ramas. El viento mecía las hojas desde lo alto, arrastrando cientos de susurros a su paso.

—Hay decenas de animales caminando sueltos por la finca. —La voz de la doncella sonó amortiguada a varios pasos de distancia de mí—. Pavos reales, faisanes, corzos, gansos, cisnes blancos y negros… En los buenos tiempos incluso había camellos venidos del mismo desierto.

—¿Camellos? —preguntaron todas a una.

—Como lo oyen. Era una exótica forma de tener los arbustos más altos siempre perfectamente podados. —La joven alzó la vista hacia arriba y se encogió de hombros con un gesto de resignación—. Pero aquellos eran otros tiempos.

Me sorprendió la nostalgia con la que aquella muchacha hablaba del pasado pese a su corta edad. O todos sus recuerdos de la infancia estaban distorsionados, magnificados por la inocencia de aquellos primeros años, o verdaderamente la fundadora de aquel jardín había sido una mujer muy especial para que todo se hubiese quedado grabado en su memoria. Antes de acelerar el paso para no quedarme atrás, me detuve y eché un vistazo a mi alrededor, preguntándome con qué intención habrían dado vida a todos aquellos rincones.

El sol acababa de ponerse y, por encima de mí, sobre las copas de los árboles, el celaje del cielo tenía matices rosados. A cada segundo se transformaba adquiriendo tonos violáceos. En aquel instante, atravesando la maleza, se levantó un aire gélido que traspasó mis ropas y me erizó la piel. Por aquel entonces no podía saberlo, pero de alguna forma desconocida, secreta y sabia, mi cuerpo me estaba advirtiendo de lo que iba a comenzar aquella noche.

CAPÍTULO 8

Marzo de 1990

En el mismo instante en el que el reloj de pared marcó las ocho y media en punto, Julia inclinó el vaso para beberse el último trago de jerez. El vino abrasó su garganta y le dejó un sabor seco en la boca. De fondo sonaba el informativo en la televisión, pero nadie lo escuchaba. Acurrucada junto a su dueña en el sofá, Flora roncaba con suavidad agitándose en sueños cada cierto tiempo. Julia, por su parte, estaba sumergida en un abanico de pensamientos, cada vez menos nítidos, gracias a la levedad que el calor de la bebida iba brindándole.

El timbre metálico del teléfono las sobresaltó a ambas. Flora emitió un gruñido, saltó del sofá y abandonó el salón en busca de tranquilidad, molesta por aquel brusco despertar. Con un dulce mareo, Julia se dirigió a la mesita y descolgó el teléfono.

—Sí, ¿dígame? —preguntó.

—Querida, soy yo —respondió Josefina, al otro lado de la línea.

—Madre, ¿cómo estás?

—¿Cómo voy a estar? Un poco peor que ayer, y sin duda mejor que mañana —se quejó Josefina—. ¿Se puede saber qué te ha pasado hoy? —inquirió—. ¿Por qué no has venido al club?

—No me encontraba del todo bien —mintió con cierto sentimiento de culpa.

—¿Algo grave?

—No, no te preocupes.

—En ese caso, espero verte mañana. ¿Qué tal van las cosas con Candela?

Julia suspiró.

—Seguimos igual. Se pasa las tardes encerrada en la habitación, dice que tiene mucho que estudiar.

—¡Habrase visto! Cuando yo era joven, era impensable retirar la palabra a tu propia madre. No deberías permitirle esos gestos de insolencia —aseveró Josefina—. Te lo llevo advirtiendo muchos años, esa niña siempre ha sido muy descarada. Y más desde que sale con las amigas esas que tiene ahora, que le están llenando la cabeza de tonterías.

—Madre…

—Julia, no me gusta que me interrumpan cuando estoy hablando. Te digo que parte de la culpa de esa rebeldía suya la tenéis vosotros. ¡Ahora resulta que su sueño es estudiar! Ese es el peligro de nacer con todo resuelto, que tienen tiempo para dedicarse a soñar. Los jóvenes de hoy en día ya no saben lo que es el deber y la disciplina. ¿Acaso el matrimonio y los hijos no constituyen un trabajo en sí mismos? ¿Por qué tiene que buscarse otra ocupación si ya tiene una encomendada? Ella misma renunciará a lo que sea que pretende dedicarse por falta de tiempo en cuanto compruebe lo complicado que es criar a varios hijos.

Julia cogió aire y se concentró en recordar las palabras que había dicho su terapeuta en la última sesión, unos días atrás, en la que habían ahondado en la relación con su madre. «El mundo en el que vivimos se aleja a una velocidad vertiginosa del que conoció Josefina de pequeña y, posiblemente, por eso necesita aferrarse a los valores y a las creencias que le inculcaron cuando era joven, porque eso la hace sentirse segura en una sociedad que está dejando atrás su punto de vista. A su edad es incluso lógico que se aferre a la manera de pensar que la ha acompañado siempre. La pregunta es ¿tú también quieres quedarte atrás?».

Julia suspiró largamente. Desmontar sus creencias no sería fácil, pero era mejor enfrentarse a ellas que mirar a su alrededor y no comprender el mundo.

—Madre, tengo que colgar —dijo con cansancio poniendo fin a aquella conversación—. Está a punto de llegar Miguel.

—¿Vendrás a verme mañana? —insistió Josefina.

—Lo intentaré.

—Bien, no llegues tarde. Adiós, hija.

—Adiós.

CAPÍTULO 9

Noviembre de 1895

Ana

La llegada al baile se produjo en falúas, a través de la sinuosa ría del jardín. Al alcanzar la orilla en la que el recorrido finalizaba, el joven que guiaba nuestra embarcación clavó uno de los remos y detuvo la barca con movimientos ágiles. Tras retirarse el sudor con un pañuelo, nos tendió una mano para ayudarnos y dejamos atrás el embarcadero para dirigirnos hacia una escalinata de piedra. A modo de bienvenida, una docena de hombres vestidos al estilo dieciochesco entonaban con sus violines una melodía con perfecta sincronización.

El interior del casino de baile no era muy grande; sin embargo, los numerosos espejos con marcos dorados que colgaban de sus paredes engañaban a la vista y creaban un efecto de amplitud. Abriéndose paso entre los invitados, los camareros iban y venían portando brillantes bandejas con canapés, granizados de limón y alojas sumergidas en cantimploras de plata. Bajo una de las ventanas, junto a la orquesta formada por cuatro músicos, distinguí a mi madre hablando animadamente con la de Carolina, con quien nos habíamos reunido en la zona de juegos, antes de montarnos en las embarcaciones. Nada más verme, mi madre se apresuró a retocarme el vestido y el peinado.

—Hija, ya sabes que el primer baile será un rigodón —me recordó siempre eficiente—. Pero me temo que el número de invitados está descompensado y hay muchas más mujeres, así que no habrá caballeros suficientes para que cada jovencita pueda formar pareja con uno de ellos —añadió con decepción.

—En ese caso, nos tendremos que conformar con bailar entre nosotras —dije mirando con una sonrisa a mis amigas.

Mi madre enseguida retomó su intrascendente conversación y nosotras aguardamos hasta que el mayordomo ordenó a los músicos que se detuviesen y pidió silencio entre el gentío. Alzando la voz, anunció la inminente entrada de los anfitriones. La multitud se hizo a ambos lados para recibirlos y el ruido de la sala se atenuó hasta convertirse en un murmullo de expectación, amenizado por una suave melodía.

Dos de los camareros abrieron con majestuosidad las altas puertas blancas de la entrada y se inclinaron con una reverencia cuando los duques pasaron a su lado. Tuve que ponerme de puntillas para distinguir a la duquesa entre las filas de intrincados tocados que tenía ante mí. Se trataba de una mujer de mediana edad, con rasgos angulosos y el cabello elegantemente recogido en un moño alto con tocado. Llevaba un vestido oscuro, que contrastaba con su tez pálida. Unos pendientes negro azabache enmarcaban su rostro, cuya expresión, pese a que trataba de sonreír, se me antojó distante. A su lado, el duque de Olavide acaparaba las miradas y los susurros.

Pese a que caminaba a la par que su madrastra, entre ambos había una distancia prudencial, casi reveladora. Su semblante era serio, pero a diferencia del de ella, su expresión parecía franca: no intentaba demostrar una emoción que no sentía. Era mucho más alto que la duquesa, de porte esbelto. Bajo su chistera se adivinaba una frente amplia, con cejas gruesas y ojos oscuros. Su barba, perfectamente recortada, atenuaba un mentón cuadrado. No miraba hacia nada ni nadie en concreto, sino que paseaba sus ojos por encima de las cabezas en busca de un punto fijo invisible. Daba la sensación de que estaba él solo en el salón, como si no se hubiese percatado de que se encontraba atestado de gente. Al llegar al centro de la estancia, debajo de una gran lámpara de araña, hizo una leve reverencia, cogió la mano de su madrastra y se preparó para el primer baile. Solo entonces los invitados apartaron su atención de ellos y se distribuyeron por el salón, cuidándose de dejar un amplio círculo en el medio. La melodía de bienvenida finalizó y los músicos se dispusieron para entonar la primera pieza.

Con gran alivio, comprobé lo que mi madre ya me había adelantado, apenas había caballeros. Aquello era una noticia estupenda, porque con un poco de suerte durante aquella velada podría librarme de las complicadas y embarazosas liturgias que precedían cada baile para elegir pareja. Así pues, nos juntamos con otras cinco chicas y, por parejas, nos cogimos de la mano hasta formar un cuadrado. Los violines, la viola y el violonchelo no tardaron en entonar las primeras notas. En mi mente, solo podía oír la voz de nuestra maestra de baile de la academia mientras describía los pasos a seguir, entremezclándose con la de mi madre, que sin duda alguna estaría supervisando cada uno de mis movimientos.

Aquel ejercicio en el que me sabía observada, sumado a la concentración para no tropezar y al peso del vestido, resultaba agotador. Lo único que lo aliviaba eran mis amigas, que me lanzaban algún piropo con discreción o arrugaban con cariño la nariz cada vez que nuestras trayectorias de baile se cruzaban. Al rigodón le siguió una polonesa y después un pasodoble. Tras aquellas primeras piezas, hubo una breve pausa. Con minuciosa sincronización, los camareros fueron abriendo una a una las ventanas de la sala, con la intención de renovar el aire cargado por los movimientos frenéticos de los invitados y sus agitadas exhalaciones. Aproveché aquel descanso para beber agua y pedirle a mi madre salir al exterior durante unos minutos para recobrar el aliento.

—Te acompañaría, pero no quisiera resfriarme —accedió—. No te entretengas, porque la siguiente pieza es una habanera, mi baile favorito —añadió consultando el folleto que le habían entregado a la entrada y en el que se detallaba la planificación de la noche.

Con un pañuelo me retiré las gotas de sudor que caían por mis sienes y me dirigí hacia la puerta de entrada para coger aire. En el exterior, la noche era gélida y al inhalar sentí que diminutos cristales congelados entraban por mi nariz y bajaban por mi garganta. Me acerqué a la barandilla que delimitaba el casino de baile: ofrecía una buena panorámica de los senderos que se adentraban en el jardín. A aquella hora de la noche, la oscuridad y el silencio se habían posado sobre ellos. Tuve que reprimir el impulso de mi cuerpo de echar a correr, abandonar el baile y perderme por aquellos caminos. Con resignación, me limité a saborear aquel frío contraste y me dispuse a aunar las fuerzas que necesitaba, todavía quedaban muchas horas por delante.

Hacia las diez de la noche, el salón entero respiraba con resuello y todas las mejillas de los acalorados invitados latían encendidas. Después de tres largas horas de baile, mi espalda protestaba dolorida bajo el peso del polisón, atado en la parte baja del cuerpo del traje. La música se detuvo y, con gran alivio, escuché la campanilla del mayordomo, quien intentaba abrirse paso entre un mar de abultadas faldas. Era la hora del último baile: el larguísimo cotillón final.

—A continuación tendrá lugar la última pieza del baile, que se danzará al ritmo de un vals —informó el mayordomo alzando su voz—. Como estoy seguro de que todos ustedes saben, es ya una rigurosa costumbre en nuestra ciudad que en este último baile las parejas se elijan al azar. El método que la duquesa ha decidido escoger para dicho fin será el siguiente: los invitados se situarán en filas paralelas, unos de espaldas a otros. Al ritmo de mi campana, todos avanzarán un paso a su derecha cada vez que emita este sonido —dijo haciéndola tintinear—. Cuando la música comience a sonar, se darán la vuelta y solo entonces podrán ver quién será su pareja. Espero que disfruten de esta última pieza y que hayan pasado una feliz velada. Gracias a todos ustedes por haber acudido a la trigésima edición del baile de invierno del jardín de Olavide.

A aquella hora, la timidez y los susurros recatados ya no existían. El silencio obligado para escuchar las palabras del mayordomo dio paso a un molesto griterío. La excitación ante las instrucciones para el último baile se mezclaba con el agotamiento, y los asistentes se veían obligados a alzar la voz para que sus receptores pudiesen oírlos. La organización para disponer en su sitio a los exhaustos invitados fue lenta, pero los miembros del servicio consiguieron que todos nos colocáramos en la posición adecuada, unos de espaldas a otros.

Al primer tintineo me moví hacia mi derecha. Después, dos pasos más, seguidos de una pausa para crear expectación. El mayordomo golpeó su campana con dos toques. La música comenzó a sonar cuando estaba a la altura del centro de la sala, bajo la lámpara de araña colgada del techo. Cuando me di la vuelta, un estremecimiento recorrió mi cuerpo.

El duque de Olavide hizo una reverencia ante mí mientras, a nuestro alrededor, el sonido de los violines fue creciendo con intensidad, entonando con fuerza las subidas y bajadas de una melodía que ahogó el murmullo general del salón. Tragué saliva, me acerqué, entrelacé mi mano con la de él con movimientos precavidos e intenté adaptarme a su compás. A diferencia de su entrada en el salón, su mirada ya no vagaba perdida entre la gente; mientras la música guiaba nuestros pasos podía sentirla posada fijamente sobre mí, examinando mi rostro.

—¿Cuál es tu nombre? —me preguntó en uno de los giros.

—Ana —respondí—. Ana Fernández.

Él asintió, escudriñándome con sus ojos oscuros.

—Espero que hayas pasado una agradable velada en el jardín de mi familia.

—He de decir que la finca me ha sorprendido —admití.

—¿En qué sentido? —se interesó mientras alzaba la mano, invitándome a girar sobre mí misma.

—Supongo que me esperaba un palacio con un jardín al uso —respondí sin dejar de enumerar interiormente cada paso para no equivocarme—. Algo parecido a lo que hay en la parte baja, con los setos bien podados y todo dispuesto de manera simétrica. Sin embargo, la otra mitad del jardín me ha impresionado. Encuentro la naturalidad infinitamente más interesante que lo artificial, que lo cuidado en exceso.

—¿Hablas solo de este jardín o te refieres a algo más? —inquirió él.

—Por supuesto, pienso lo mismo de las personas —respondí.

Al oír mis palabras entrecerró los ojos y asintió.

—Tu reflexión es interesante —dijo al cabo de unos segundos—. Lo cierto es que todo en este jardín tiene un significado. Mi abuela, doña Victoria, no dispuso nada al azar, cada elemento está colocado en el sitio exacto. Hay mensajes ocultos en cada construcción, símbolos que representan valores e ideales. Hoy en día, tras veinticuatro años viviendo aquí, hay figuras que aún no he conseguido descifrar. Sin embargo, a la mayor parte de la gente que viene aquí tan solo le preocupa la diversión. Valoran las luces del lago, la buena música, el lujo de los salones... Poco más. —Hizo una pausa antes de añadir—: Me alegro de que hayas hecho una lectura profunda, más allá de lo estético.

La música se aceleró y con ella nuestros movimientos. Su atenta mirada continuaba posada sobre mí y tuve la sensación de que estudiaba mis rasgos para retenerlos en su recuerdo. Yo también me asomé a aquellos ojos verdes enmarcados por oscuras pestañas, suaves e impenetrables al mismo tiempo, iluminados por el resplandor del salón. Tras ellos se escondían todas las respuestas que deseaba conocer de aquel jardín. Sin embargo, hubo algo en él, quizá su manera pausada de observarme o la leve sonrisa que esbozaron sus labios mientras la música se precipitaba hacia el inevitable final, que calmó mi curiosidad y me invitó a ser paciente.

Tras sentir aquella tácita promesa, sus ojos se apartaron de mí en el colofón. La música terminó y ambos nos separamos con una reverencia formal. Él se giró y desapareció entre el gentío. Poco a poco, levemente desorientada, volví a ser consciente del ruido a mi alrededor, balanceada de un lado a otro por la gente presurosa por abandonar el salón.

—¡Hija mía! ¡Qué feliz me has hecho! —La estridente voz de mi madre quebró aquel instante que se alejaba de la realidad como una ensoñación—. ¡El broche final a una noche perfecta!

Mi prima me sonrió y me cogió de la mano, y yo me dejé llevar por aquella corriente humana que avanzaba hacia la salida. Desde la escalinata, nos despedimos de Carolina y de su madre, que nos hacían señas entre la multitud junto a su carruaje. Poco después, nosotras también encontramos el nuestro y nos preparamos para regresar a casa. Mi prima recostó su cabeza sobre mi hombro y mi madre comenzó a revivir el último baile con energías renovadas. Sumergida como estaba en mis pensamientos, su voz se convirtió en una lejana letanía. Mi mente volvía una y otra vez a su mirada, a sus palabras, a los senderos de aquel jardín... ¿A qué se había referido con aquellos símbolos ocultos?

A medida que el carruaje avanzaba dejando atrás el jardín, y con él todas las respuestas que se habían asomado a los ojos del duque de Olavide, una frase se dibujó de forma nítida en mi mente: «Todo llegará a su debido tiempo».

Víctor

Eché un paso hacia atrás para contemplar el resultado. No era más que un boceto, pero ya podían apreciarse sus rasgos sobre el lienzo: sus bravos ojos almendrados del mismo color que el mar, los gruesos labios rosas formando una esbelta línea, la palidez del rostro, el lunar en la mejilla derecha, el mechón de pelo que se había escapado de su recogido en mitad del baile y que no se había preocupado por devolver a su sitio. «Ana». Repetí su nombre mientras corregía con un carboncillo negro algunas líneas del rostro para hacerlo más ovalado.

Por primera vez en muchos meses, al evocar la simetría de sus rasgos y su piel translúcida, mi mano se desplazaba por el lienzo con ímpetu, impulsada por la necesidad de retener en él su esencia. Había regresado una antigua sensación: las emociones encendían mi interior, lo sacudían en forma de remolino y era precisamente en aquel epicentro desde donde nacía cada trazo, ahora fluidos y ligeros, al fin conectados a una emoción que no los frenaba ni los retenía, que no era el dolor. Algo que llevaba mucho tiempo dormido dentro de mí había despertado al encontrarme con aquella joven.

Observé el lienzo una última vez y, sin experimentar frustración, sino alivio, dejé apoyado el carboncillo sobre el caballete. Una a una apagué las velas del estudio y, cuando todo estuvo en penumbra, cerré la puerta tras de mí. El alba del nuevo día comenzaba a romper en el horizonte y el cansancio amenazaba con convertirse en dolor de cabeza. Atenea, que descansaba junto al estanque, levantó su hocico hacia mí al oír mis pasos.

—Buena chica —dije acariciándola.

Me subí de un salto y fui tirando de las riendas para que corriese cada vez más. Los árboles se sucedían veloces a nuestro alrededor. Mientras Atenea galopaba, recordé las palabras que había cruzado con ella. Se había fijado en el jardín lo suficiente como para adivinar uno de sus rasgos esenciales: lo caótico enfrentado a lo ordenado, a lo simétrico. Respiré con fuerza el aire helado de la madrugada, me centré en el recuerdo de mi abuela y escuché su voz a través de mi memoria: «Confía en quien vea en este jardín algo más que un palacio y un lugar de entretenimiento. Confía en quien sepa encontrar entre los senderos virtudes, deseos y aspiraciones, porque solo las almas sensibles son capaces de descifrar la razón de ser de los lugares y, por extensión, de las personas».

CAPÍTULO 10

Victoria

Desde lo más alto, observo a mi nieto cabalgando a través de los senderos de mi jardín. Hace ya muchos años desde que Galia, en aquella última reunión, me anunció su llegada. Me gusta pensar que esa fue su forma de despedirse de mí: pese a que el final se cernía sobre ella como una sombra de la que era imposible escapar, quiso regalarme un último mensaje de esperanza. Después de haberme robado a mi marido, la vida estaba a punto de arrebatarme a dos de mis mejores amigas, pero también de brindarme la oportunidad de experimentar el amor más profundo y puro que nunca había conocido. Galia me aseguró que cuando esa persona llegase a mi vida, lo sabría. No se equivocaba: lo reconocí en el instante en el que lo vi por primera vez.

Víctor nació en la primavera de 1871. En aquella época, el dolor había detenido mi vida. Después de la pérdida de Galia y de Valentina, mi corazón latía vacío. Clausuré el edificio de nuestras reuniones y busqué refugio en el abejero, donde desaparecía durante horas, sumergida entre libros que me ayudaban a evadirme de la realidad. Pero cuando la oscuridad caía a plomo sobre el jardín, no me quedaba más remedio que enfrentarme a ella, a las ausencias, a la certeza de que ya nunca volvería a ver a ninguna de las dos. Mientras me deslizaba por aquella espiral de tristeza que parecía no tener fin, la vida a mi alrededor aunó fuerzas y volvió a regalarme su esplendor, posándose sobre las praderas, las flores y las ramas de los árboles, llenando todo de color a su paso. Fue precisamente en ese instante álgido de la primavera, cuando las lilas ya habían brotado y su olor dulce se respiraba por todo el jardín, engalanado de morado, cuando mi nuera Elisa se puso de parto.

Tras muchas horas de espera, supe que algo no iba bien cuando el médico salió del cuarto y rehusó encontrarse con la mirada de mi hijo, Alberto, quien aguardaba junto a mí, caminando de un lado a otro, impaciente por tener alguna noticia de su esposa y su primogénito. En cuanto el médico abandonó la habitación, Alberto detuvo sus pasos en el acto. No hicieron falta palabras. A través del resquicio de la puerta entreabierta pude ver a Elisa, tendida en la cama con los labios del mismo color de las lilas de mi jardín, tan pálida... A su lado, en la cuna, percibí un débil movimiento debajo de las sábanas. Abrí la puerta, me acerqué y cogí al bebé en mis brazos.

Recuerdo aquel instante como si fuese ayer… Al entrar en contacto con su piel tibia, fui consciente de que sería yo quien cuidaría de él. Lo supe incluso antes de que Elisa falleciese y de que mi hijo huyese lejos de nosotros. «Puedes ponerle el nombre que desees. Cuídalo por mí», me dijo antes de marcharse, perseguido por el dolor que había desatado en él la pérdida de su esposa y que siempre lo acompañaría, consumiéndolo hasta el final de sus días.

Pese a la tragedia de su nacimiento, procuré que mi nieto creciese alejado de la tristeza que se adueñó de su padre el día de su llegada al mundo. Lo bauticé, lo enseñé a caminar y también a hablar. Se convirtió en un niño atento y dulce, que mostraba una sensibilidad especial hacia todo lo que le rodeaba. Cada tarde acudíamos juntos a los invernaderos y él me preguntaba el nombre de las flores. Mientras lo repetía para sí mismo en voz alta, se acercaba y rozaba los pétalos con sus pequeños dedos, siempre con cuidado para no dañarlos. Memorizaba su textura, sus formas y su color, para más tarde intentar reproducirlas con las acuarelas. En los meses de verano buscábamos refugio a la sombra de algún árbol. Nos tumbábamos y leíamos hasta que el calor remitía y él echaba a correr por los senderos en dirección al embarcadero mientras me pedía que lo llevase en barca por el río. El vaivén del agua solía adormecerlo y regresaba al palacio exhausto, descansando entre mis brazos. Me hacía tan feliz…

A medida que los años pasaban y Víctor crecía, nunca perdí de vista la advertencia de Galia. Sabía que mi cometido era enseñarle a ser paciente, invitarlo a cuestionarse todo lo que lo rodeaba, recordarle la importancia de escuchar su interior. En definitiva, traté de transmitirle todo lo que iba a necesitar para el largo viaje de los años. Quise que aprendiese a través de mis palabras, pero también esparcí mis enseñanzas por el jardín. Para que nunca las olvidase.

Ahora, en esta existencia etérea, revivo los momentos que pasé con él una y otra vez. Todo lo que tengo son mis recuerdos. Si pudiera, descendería junto a Víctor una última vez y le susurraría que sigo aquí, a su lado. Que solo tiene que mirar hacia lo alto y sentir el aire frío que le rodea para percibir mi presencia.

CAPÍTULO 11

Abril de 1990

Hacía mucho tiempo que no salía a pasear por el centro de Madrid. Casi tanto como los años que llevaba sin soltarse el pelo. Aquel día, al abandonar la consulta de Adela, Julia hizo ambas cosas. Había olvidado el placer del viento agitando su melena rubia, la agradable sensación del cabello al acariciarle la piel del cuello y hacerle cosquillas. Con una tenue sonrisa dibujándose en la comisura de los labios, se dejó llevar por las antiguas calles de la ciudad.

Mientras sus tacones resonaban contra el empedrado, pensó en la conversación que acababa de mantener con su terapeuta. Adela tenía razón, siempre había medido su alegría, incluso su éxito personal, en función de lo que los demás pensaban de ella. Después de tantos años actuando por inercia, estaba cansada del riesgo que asumía al dejar su felicidad en manos de otros, al construir su propia imagen a través de miradas ajenas. Aquel juego de apariencias resultaba agotador, confuso y dañino. Siempre se había comportado de manera impecable, cumpliendo con lo que se esperaba de ella y, sin embargo, llevaba mucho tiempo sin ser feliz.

Julia cambió de rumbo, palpando el papel que guardaba en un bolsillo del abrigo. Allí estaba la lista de aspiraciones en la que desde hacía semanas trabajaba junto a Adela. Era precisamente una de ellas la que guiaba sus pasos. La voz siempre sosegada de su terapeuta resonó en su mente: «Alimenta tus aficiones y atrévete a conquistar aquello que siempre hayas querido hacer. No escuches la voz interior que, sin duda, intentará frenarte. No te pongas trampas a ti misma y, sobre todo, no permitas que los demás te las impongan. Recuerda que el éxito de nuestros actos es personal, nadie más puede valorarlo ni juzgarlo».

Se detuvo bajo el toldo de una antigua librería y, con alivio, comprobó que el cartel que había leído de pasada hacía un par de meses seguía colgado en el escaparate. En aquella ocasión, un traicionero temor la había paralizado al posar los dedos sobre el pomo de la puerta y finalmente optó por darse media vuelta, alejándose de allí. Pero ahora que volvía a reencontrarse con aquel cartel, de alguna forma, sintió que seguía ahí para ella. Tras dejar a un lado sus dudas, Julia empujó la puerta y agradeció el olor a papel y humedad con el que la recibió aquel antiguo local. Cuando el librero alzó la vista hacia ella desde detrás del mostrador, Julia se escuchó a sí misma decir:

—Veo que necesita a alguien para coordinar su club de lectura. Me encantaría poder ayudarlo.

CAPÍTULO 12

Noviembre de 1895

Ana

Tras un año aciago para el linaje de los duques de Olavide, en el que se produjo la pérdida de don Alberto de Velasco y, tan solo unos meses más tarde, de su madre, doña Victoria de Velasco, la finca del jardín de Olavide ha vuelto a abrir sus puertas para celebrar su gran tradición anual: el baile inaugural de la temporada de invierno. La familia ha regresado a la vida pública sin escatimar en ningún detalle. Los asistentes disfrutaron de un agradable paseo por sus posesiones, para más tarde subirse a las atracciones en la zona de juegos, antes de partir en elegantes falúas con doseles dorados desde el lago, profusamente iluminado y resplandeciente, hacia el casino de baile. Allí danzaron y disfrutaron hasta bien entrada la noche. Sin duda alguna, lo más comentado de la noche fue que don Víctor de Velasco, XI duque de

Olavide, habitualmente ausente de los actos sociales, honró en esta ocasión a los invitados con su presencia no solo en la apertura, sino también en el cierre de la gran velada. Un año más, todas las expectativas se vieron cumplidas y los invitados regresaron a sus hogares exhaustos pero felices.

Al terminar de leer los ecos de sociedad de la revista *Las damas de hoy en día,* Carolina la cerró y la lanzó sobre una mesita.

—Ahí tenéis el resumen de la noche —musitó.

—Ojalá hubieras podido ver el jardín, Clara, te habría encantado —dije recordando los senderos laberínticos y las excéntricas construcciones.

—Creo recordar que una vez escuché a mi madre comentar que las reuniones que celebraba la difunta abuela del duque, Victoria, fueron muy sonadas en su época —apuntó Carolina—. Quizá tú lo recuerdes —añadió mirando a Úrsula.

Solo entonces reparé en que nuestra directora de la academia había estado callada hasta ese momento. Recostada en su diván, fumaba con gesto pensativo y me observaba con el ceño levemente fruncido.

—Así es —respondió varios segundos después, abandonando aquel estado de concentración—. Victoria organizaba tertulias a las que acudían intelectuales y artistas de toda la ciudad y que solían alargarse hasta el amanecer.

—Eso es mucho decir, ¿no? —preguntó Clara—. No creo que hubiera muchas mujeres que participasen en ese tipo de debates, ni mucho menos que lo organizasen en sus casas, independientemente de su posición social.

—Quizá de forma privada, pero nunca de manera abierta como hacía ella —dijo Úrsula dándole la razón—. Ya sabéis, lo habitual son las reuniones en las que se comentan temas ligeros, como los bailes o la última moda llegada desde Francia, pero ¿una mujer participando en un debate acerca del sentido de la vida? Era, y sigue siendo, algo inusual, por no decir prohibido.

—¿Contaba con la aprobación de su marido? —se interesó Inés.

—Pedro de Velasco murió joven. Sin embargo, antes de que falleciese, las crónicas contaban que él también participaba en aquellas reuniones, por lo que se intuye que aprobaba lo que hacía su mujer. Gracias a ella, el jardín de Olavide adquirió fama y relevancia entre las gentes de la ciudad; no era el único lugar en el que se celebraban debates, pero sí se convirtió en el favorito de los intelectuales.

—Qué interesante —afirmó Carolina.

En silencio, uní las piezas que iban conformando mi visión acerca de aquel jardín y de sus habitantes, cuestionándome si el actual duque de Olavide también compartiría las mismas inquietudes y la misma visión abierta que sus predecesores. Al pensar en él, me sonrojé al evocar la imagen de sus ojos mientras examinaba detenidamente mi rostro durante el baile.

A mi lado, Inés se levantó de un salto y se acercó al samovar con una taza de porcelana en la mano para echarse té. Úrsula le hizo una seña con la mano para pedirle que también llenase la suya. Vertió en ambas el líquido todavía humeante, apoyó su taza en una mesita de café, le tendió a Úrsula su té y a continuación se puso a danzar por la habitación. Cerró los ojos y se dejó llevar por una música imaginaria contoneando exageradamente las caderas. Supe que estaba recreando mi baile con el duque de Olavide, así que me abalancé sobre su espalda y le hice cosquillas en la tripa. Ambas nos echamos a reír y tras forcejear cariñosamente nos dejamos caer sobre el sofá.

—En fin, ¿qué tal van las pequeñas con el concierto de Navidad? —le pregunté a Úrsula.

—Me tienen agotada —respondió—. Se nota que los años me están pasando factura. Me temo que nos quedan muchos ensayos por delante.

—Seguro que sale bien —la animó Carolina—. Todos los años es un éxito.

—En realidad, he estado pensando en ello estos días y quería pediros algo antes de que os marchéis a casa —dijo Úrsula—. Este año tengo a muchas alumnas de primer curso y me preguntaba si podríais ayudarme con ellas a partir de diciembre. No solo os lo pediría a vosotras, también se lo diré a alguna más de las mayores. Tampoco sería a diario. Dos o tres clases por semana, no haría falta que esos días vinierais a vuestras lecciones.

—Claro, Úrsula, lo que necesites —respondimos todas, dispuestas a brindar nuestra colaboración.

—Las podemos dividir en grupos para que cada una de nosotras se encargue de cinco o seis niñas —propuso Clara—. Avanzaremos mucho más rápido y, cuando se sepan bien la letra, será más sencillo juntarlas para empastar sus voces.

Úrsula asintió, dando su aprobación. En aquellos tiempos sentíamos que cada vez con más frecuencia delegaba en nosotras y nos dejaba asumir la responsabilidad. Valorábamos su confianza, pero al mismo tiempo aquello nos preocupaba, pues durante los muchos años que llevábamos en la academia, ella sola se había encargado de todo. Decidía y supervisaba hasta el más mínimo detalle. Tenía fama de ser una mujer estricta con sus alumnas, pero, si la mayoría se quedaba en la academia durante toda la infancia y parte de la juventud, se debía a que sus innovadores métodos, pese a que en ocasiones habían sido criticados, resultaban eficaces.

Yo quería pensar que aquella falta de fuerzas era un proceso natural; a fin de cuentas, llevaba casi treinta años de su vida dedicados a la enseñanza musical. Sin embargo, intuía que había algo más, un poso de desazón, incluso de decepción. No debía de ser fácil que su mente siempre fuese por delante de los tiempos que le había tocado vivir. Cuando la observaba, podía ver en ella a la muchacha joven que un día había soñado con cambiar las cosas. Pero también descubría a una mujer cansada de nadar a contracorriente, que poco a poco había ido perdiendo la ilusión y las ganas iniciales. El peso de la frustración se había posado sobre sus párpados caídos al sentir que, tras muchos esfuerzos, las aspiraciones y los sueños de las jóvenes a quienes educaba, alimentados por ella misma, continuaban viéndose frustrados ante el innegable futuro que nos aguardaba.

Al día siguiente de aquella reunión en la academia, la casualidad quiso que una carta escrita a nombre de mi madre fuese a parar a mis manos. Era día de mercado y había acompañado a mi tía Dolores y a Inés a hacer las compras de la semana. Después de una productiva mañana rodeadas por los intensos olores que despedían los puestos con carnes, pescados y verduras, las tres regresamos cargadas con los cestos llenos de comida. Llegamos a nuestro portal al mismo tiempo que el cartero, que traía el maletín lleno de cartas.

—Es usted Ana, la hija de doña Teresa Vidal, ¿verdad? —me preguntó al reconocerme—. Traigo una carta para ella.

—Sí —respondí cogiendo el sobre que me tendió—. Muchas gracias.

Satisfecho con su rápida entrega, el hombre se dio la vuelta y continuó su trayecto hasta el siguiente portal, mientras que yo, sin soltar el cesto de comida, me guardé la carta en uno de los bolsillos de la falda y me apresuré a subir la compra hasta la buhardilla. Una vez arriba, mi tía me dijo que comiera con ellos y, tras un copioso estofado, mi prima y yo nos quedamos adormiladas en su pequeña habitación, situada al final del pasillo.

Cuando me desperté, apenas quedaba un resquicio de luz y la penumbra avanzaba por el cuarto. Desperezándome, me levanté y me asomé a la ventana situada en el techo abuhardillado, desde donde había una panorámica del cielo despejado y de los tejados de la ciudad, a aquella hora iluminados por la luz dorada del atardecer. Solo entonces recordé la carta que debía entregar a mi madre. La saqué del bolsillo y alisé las esquinas dobladas por el roce de la falda. Al hacerlo, reparé en el remite: había sido enviada desde el jardín de Olavide. Mi corazón comenzó a retumbarme en el pecho y, con manos temblorosas, me apresuré a extraer el papel.

Estimada señora:

Tras su asistencia y la de su hija al baile que se ofreció en nuestra finca el pasado sábado, en el que tuve el honor de bailar con su primogénita la última pieza, le escribo esta carta solicitándole la posibilidad de volver a verla. Quizá desconozca mi faceta artística, dado que poca gente está al tanto de ella, pero lo cierto es que desde hace muchos años invierto casi todo mi tiempo en pintar los cuadros que, por decenas, decoran las paredes de mi estudio. Le informo en estas líneas de mi afición porque ese es el verdadero cometido de esta carta: pedirle permiso para poder retratar a su hija. Sería todo un honor para mí. Si, tras discutirlo con su esposo, acceden a mi proposición, pondré a su disposición un carruaje que las traslade hasta la finca de mi familia.

Con mis mejores deseos,

Don Víctor de Velasco
XI Duque de Olavide

Al leer aquellas palabras, comenzó a abrirse paso en mi mente una arriesgada decisión que marcaría el devenir de las siguientes semanas. Me senté junto a mi prima, que continuaba adormilada en su cama, y la zarandeé con suavidad.

—¿Qué pasa? —preguntó frotándose los ojos.

Le tendí el papel y, mientras trataba de enfocar su visión en aquellas líneas, se incorporó lentamente, movida por la sorpresa.

—Prima, ¿qué vas a hacer? —me interrogó al terminar de leer.

—Regresaré al jardín —respondí.

—Haz acopio de todas tus fuerzas, porque tu madre brincará de pura emoción cuando se entere —dijo mi prima con una sonrisa, pero aquel gesto se esfumó al ver mi semblante—. ¿Qué ocurre?

—No se lo diré —contesté bajando la voz—. Al menos no por ahora.

—¿Qué? —se mostró confundida.

—Iré yo sola —aseguré.

—Pero ¿por qué? —insistió mi prima—. No puedes ir sola, tienes que decírselo.

—¿Y enfrentarme a su histeria desmedida? Sabes tan bien como yo que se encargará de correr la voz por toda la ciudad en cuanto se entere. Y estar en boca de todos, no como consecuencia de mis actos, sino por lo que mi madre aventurará que va a tener lugar en ese encuentro, es lo que menos deseo.

Me puse en pie de nuevo para observar a través del cristal. Detrás de mí podía sentir la mirada llena de preocupación de Inés posada sobre mi espalda.

—Es difícil de explicar, pero… —me detuve para escoger las palabras adecuadas—. No quiero que la actitud de mi madre condicione el encuentro. Depositaría sobre él demasiadas expectativas y deseos que terminarían cambiando el orden natural de los acontecimientos. Prima, ¿acaso no estaría al segundo día hablando de un enlace matrimonial?

—Es cierto que suele convertir lo insignificante en inmenso —admitió Inés—. Pero...

—Él solo quiere retratarme —aseguré interrumpiéndola—. Así que ¿para qué alimentar las ilusiones de mi madre y, a continuación, decepcionarla? —razoné—. Prefiero ahorrarle ese disgusto.

—Si estás segura... —Se rindió ante mis explicaciones.

—Por ahora será mi secreto.

En aquel instante, un último rayo de sol volvió a asomarse e iluminó mi cabello con un resplandor. Observé la silueta de los tejados recortados contra la última luz del día. El destino estaba tejiendo las redes que definirían mi futuro y yo tan solo deseaba permanecer inmóvil, contemplando el devenir de mi vida como si se tratase de aquel atardecer, con curiosidad pero sin intervenir en él, abriendo el camino hacia lo inevitable.

CAPÍTULO 13

Noviembre de 1895

Ana

Los nervios centellearon en mi estómago cuando el carruaje atravesó la verja exterior del jardín y se desvió hacia el camino de cipreses que desembocaba en la plaza del palacio. Al llegar allí, el coche giró a la derecha y ascendió por una colina, adentrándose en la parte alta del jardín a través de sus estrechos senderos. Finalmente ralentizó la marcha y se detuvo junto a un edificio de planta baja y tejado en forma de pabellón, situado frente a un estanque.

Cuando el cochero abrió la puerta y me tendió la mano para descender, una súbita corriente de aire frío agitó las hojas de los árboles que rodeaban la superficie del agua, custodiando y aislando aquel lugar del resto de la finca. Tras caer desde lo alto, varias hojas amarillas se posaron con suavidad sobre el estanque y lo salpicaron de color.

—Don Víctor la espera en su estudio —anunció el cochero invitándome a pasar al interior del edificio con un gesto de la mano.

El estudio del duque de Olavide resultó ser una habitación de suelo enmoquetado y paredes empapeladas en color rojo con dibujos de damasco en relieve. Por todos los rincones, sobre cualquier mesa o repisa, había pinturas y pinceles esparcidos; así como lienzos, apoyados en caballetes o apilados en vertical en el suelo. No había desorden, todo parecía ocupar su lugar exacto, listo para ser usado. Las obras que ya estaban terminadas lucían colgadas en la pared junto a la puerta de la entrada y, en el extremo opuesto, una gran chimenea de madera caldeaba el lugar. Fue en aquel rincón junto al fuego donde él me pidió que me sentara, en el centro de un canapé. Tras deshacerme de los zapatos, sintiendo el suave tacto de la moqueta en los pies, seguí sus indicaciones para colocarme en la posición correcta.

Mientras me acomodaba en el sofá, él se acercó a la chimenea para avivar el fuego, se quitó la chaqueta y se remangó la camisa. A continuación analizó mi figura desde diferentes ángulos, en busca de la mejor perspectiva para retratarme. Cambió el caballete de lugar varias veces, hasta decantarse por uno de los extremos de la chimenea, a mi derecha. Junto a él dispuso un tablero y sobre la superficie colocó varios tarros de pintura con movimientos ágiles y metódicos.

Tras asegurarse de que estaba cómoda, cogió entre sus dedos un carboncillo negro y, sin más dilación, lo alzó hacia el lienzo. En aquel momento, como si se acabase de abrir una puerta hacia una nueva realidad, se sumergió de lleno en su creación. Con el ceño levemente fruncido, comenzó a dar vida a su obra, centrando su atención en mis rasgos. Durante los primeros minutos me sentí cohibida bajo la fijeza de su mirada, que se deslizaba por mi rostro, estudiándolo centímetro a centímetro. Absorto en su creación, apretaba la mandíbula, acentuándola. El calor de la chimenea y la fuerza de su concentración provocaron que varias gotas de sudor se precipitasen por sus sienes. Con un movimiento rápido, levantó el brazo que tenía libre para secarse la frente y continuó dibujando, ensimismado, alzando una y otra vez la mirada hacia mí.

Mientras las horas pasaban ante nosotros, fui acostumbrándome a aquella dinámica y relajando mi postura, dejándome llevar por la calma que infundían sus movimientos seguros y serenos. En aquel profundo silencio, tan solo amortiguado por el crepitar de la madera en la chimenea, no eché en falta las palabras: nuestras miradas actuaban como mensajeras de revelaciones inaudibles. A medida que él leía y comprendía mis rasgos, su expresión fue suavizándose y la neblina bajo la que sus atentos ojos verdes parecían protegerse del mundo se evaporó, dando lugar a una mirada cristalina, en la que creí atisbar un rastro de tristeza.

Como si de un sueño se tratase, ambos volvimos a la realidad cuando tres suaves golpes en la puerta de la entrada quebraron el silencio. Era Manuel, el cochero, quien había regresado con puntualidad al estudio para llevarme de vuelta a la ciudad en el carruaje. Con incredulidad, tuve que lanzar un par de miradas al reloj de pared para cerciorarme del tiempo que había pasado allí dentro, más de tres horas. Por si acaso osaba desconfiar de las manecillas del reloj, mis músculos se quejaron cuando me puse en pie, entumecidos después de tanto tiempo en la misma posición. En el exterior, el carruaje me esperaba en una de las orillas del estanque. El sol estaba descendiendo en el cielo y se ocultaba por el oeste. Tenía el tiempo justo para regresar a la academia, desde donde volvería a casa con Inés, como si nada hubiera ocurrido.

—Gracias por venir —dijo él tomando mi mano y besándola con suavidad—. Cuídate.

—Por supuesto, ahora más que nunca —le prometí—. No me gustaría que tu cuadro se quedase a medias.

Él sonrió y, tras una breve reverencia, me dirigí hacia el carruaje. Manuel me tendió la mano con una expresión profesional, impasible. Después cerró la puerta, se colocó en el asiento y tiró de las riendas para poner en marcha el coche. A través del cristal, miré hacia el estudio y observé la esbelta figura de Víctor recortada contra la claridad del interior. Él levantó una mano para decirme adiós una vez más y yo retuve aquel instante, como todos los que vinieron después, en mi memoria.

Víctor

Al regresar al estudio tras despedirme de ella, sentí que se había quedado vacío. Ana se había marchado, pero su presencia permanecía flotando en el ambiente. Todavía podía percibir el rastro de su olor, que me recordaba la calidez que me envolvía en su compañía. Había algo hipnotizante en ella... Su manera de moverse, la curiosidad que se reflejaba en sus ojos verdes mientras observaban mis movimientos, la seguridad que desprendía, su osadía al acudir a mi estudio sin compañía. A medida que recorría sus rasgos con la mirada, estudiándolos para poder reproducirlos sobre el lienzo, supe que sería muy difícil olvidarlos. Había un halo de atracción alrededor de aquella joven: cuanto más la observaba, más atrapado me sentía.

Eso era precisamente lo que quería conseguir con mi obra, transmitirle al espectador la necesidad insaciable de continuar observándola. Me situé frente al lienzo y repasé los trazos, corrigiendo su expresión. Si quería capturar su esencia, necesitaba seguir quedando con ella. Hasta que la obra no estuviese terminada, aquellos encuentros debían ser nuestro secreto, valdría la pena correr aquel riesgo. Actuaría con precaución y la citaría cada martes, el día en el que mi madrastra abandonaba la finca para visitar a sus amistades en la ciudad. Allí, en el estudio, estaríamos a salvo. Nadie más frecuentaba aquella zona del jardín.

Tenía que proteger el hechizo de su presencia. Ella me había devuelto la magia de la inspiración. Cuando estaba cerca de mí, cientos de impulsos eléctricos sacudían mi interior y desataban el acto de creación. Mientras la observaba, mi mano sentía la imperiosa necesidad de deslizar el pincel por el lienzo para retener todos los matices que la caracterizaban y la hacían única.

«Ana...».

CAPÍTULO 14

Abril de 1990

Al llegar al club social, Julia se dirigió hacia el salón principal. Allí se encontró con su madre, sentada en su sitio habitual, un sofá de cuero colocado bajo un gran ventanal con vistas a una de las calles más transitadas de Madrid. Como siempre, Josefina iba vestida de forma impecable y estaba perfectamente erguida.

—Madre. —Julia se acercó a ella y le dio un beso en la mejilla.

—Querida —la saludó Josefina.

Julia tomó asiento frente a ella mientras uno de los camareros se acercaba para dejar una tetera y dos tazas de porcelana en la mesita que había entre ambas.

—¿Y bien? —preguntó Julia cuando se quedaron solas—. ¿Qué es lo que ocurre? ¿Por qué me has hecho venir con tanta prisa?

—Veo que te has soltado el cabello —musitó Josefina obviando las preguntas.

Los ojos de Julia se encontraron con la mirada escrutadora de su madre.

—Pues sí —respondió molesta mientras se retiraba un mechón detrás de la oreja—. Creo que no soy tan mayor como para ir siempre con ese dichoso moño.

—Si tú lo dices —contestó Josefina enarcando las cejas.

—¿Para eso me has hecho llamar? —protestó Julia—. ¿Para expresarme en persona tu desagrado por mi peinado?

—Por supuesto que no —replicó su madre aferrándose con ambas manos a un objeto apoyado sobre las rodillas.

Julia reconoció aquel antiguo álbum de fotografías familiares. Desde hacía muchos años, ocupaba un hueco en la estantería principal del salón de la casa de sus padres.

—¿Por qué lo has traído al club? —le preguntó extrañada.

Sin modificar la expresión, Josefina cogió la taza de té humeante entre los dedos nudosos y arrugados y dio un pequeño sorbo. Como si se hubiese olvidado de la presencia de su hija, con añoranza, deslizó la otra mano sobre la carátula del álbum, donde había una antigua fotografía de cuando ella era pequeña, posando junto a sus padres. Aquel gesto llamó la atención de Julia. Su madre jamás se permitía una muestra de nostalgia, ni mucho menos de tristeza, en público. Guardaba las emociones con rigurosidad para sí misma. Con impaciencia, vio cómo Josefina abría el álbum y pasaba las páginas lentamente, avanzando por todos los retratos que sus padres se habían hecho con ella a lo largo de la vida, como si se hubiera olvidado de su presencia.

—Todas las Navidades, los tres acudíamos con nuestras mejores galas a un antiguo estudio de fotografía —musitó Josefina rememorando aquellos tiempos—. Era nuestra gran tradición. Casi todos los retratos de este álbum están tomados allí. Hace muchos años que el estudio desapareció y que ellos ya no están. Pero aún recuerdo como si fuese ayer las vitrinas repletas de fotografías, aquella inmensa y aparatosa máquina, al fotógrafo escondiéndose bajo una sábana para inmortalizar nuestros rostros...

Lanzando un largo suspiro, Josefina avanzó hasta el final del álbum y regresó al principio. Mientras observaba de reojo los movimientos de su madre, Julia se dio cuenta de un detalle: las fotografías en el viejo álbum familiar empezaban cuando Josefina ya era una niña de cinco o seis años de edad.

—¿Por qué no hay ninguna foto tuya de bebé? —preguntó.

Pero su madre volvió a ignorar la pregunta. Lentamente pasaba las hojas hacia delante y hacia atrás, ensimismada. Julia se inquietó al ver su expresión, jamás había visto aquel gesto de profunda confusión en su rostro. De pronto, Josefina parecía perdida, incluso más pequeña. Los hombros, siempre rectos y esbeltos, lucían caídos, encogidos.

—¿Qué ocurre, madre? —le preguntó.

El timbre de Julia sacó de aquel trance a su madre. Carraspeó, volvió a apoyar la taza sobre la mesita, se alisó la falda innecesariamente porque estaba planchada con pulcritud y lanzó una rotunda afirmación:

—No hay fotografías mías de cuando era bebé porque no existen.

—¿Qué quieres decir? —preguntó sorprendida.

—Hay algo que debes saber —anunció Josefina.

Julia conocía bien aquella firmeza en sus palabras; habría dado igual que en aquel momento le hubiese pedido que no quería sorpresas, porque su madre habría continuado de todas maneras.

—Júrame que no dirás nada a nadie por ahora —le pidió Josefina con severidad.

—¿Por qué no pueden enterarse mis hermanos? —replicó ella.

—Nadie debe saber nada de esto hasta que no se aclare. Además, no quiero que se distraigan por algo que a lo mejor no tiene importancia. Tienen que atender sus trabajos, están siempre muy ocupados.

«Cómo no —pensó Julia para sí misma—. Siempre tiene una excusa para evitar que ellos tengan que ocuparse de ninguna carga».

—¿Qué? No me mires así —protestó Josefina—. Tú tienes más tiempo libre que ellos, ¿sí o no? Al menos, que Jaime y que Vicente. Lo de Javier es un caso perdido.

—Está bien, madre, como quieras —dijo Julia molesta ante aquel chantaje.

—Como ya sabes, mis padres fallecieron cuando tú apenas eras una niña —comenzó Josefina—. No sé qué recuerdos tendrás de ellos, pero me atrevo a decir que todo se reduce a las fotografías que has visto por casa, así como a lo que yo te he podido contar. Debes comprender que lo que estoy a punto de decirte no cambia nada, porque efectivamente ellos son quienes me criaron y representan esas figuras referentes para mí. Sin embargo…, lo cierto es que Rosario y Vicente no eran mis padres biológicos —sentenció.

—¿Qué? —Fue lo único que alcanzó a decir.

—En realidad eran mis tíos. Rosario era la hermana de mi madre. Me acogieron en su casa cuando yo era muy pequeña, pero por aquel entonces ellos ya rondaban la cuarentena. Por eso fallecieron cuando tú apenas tenías nueve o diez años.

Julia sacudió la cabeza, confundida ante el impacto de aquella noticia que desestructuraba su pasado familiar.

—Pero, madre, ¿por qué nunca nos habías dicho nada? ¿Por qué me cuentas esto ahora?

Todo aquel que conociese a Josefina sabía que jamás dramatizaba ni alargaba innecesariamente los momentos difíciles; si tenía que dar una mala noticia, lo hacía. De manera directa y sin rodeos. Sin embargo, en aquella ocasión, Julia se preguntó cómo era capaz de soltar a la ligera algo tan grave. Josefina continuó su relato como consideró pertinente.

—Cuando mi padre biológico se enteró de que mi madre estaba embarazada, se largó con otra. Por lo que mis tíos me contaron, mi madre biológica fue una persona inestable. Cuando era joven, rompió la relación con su familia y atravesó muchos problemas económicos. Para ganarse la vida tuvo que hacer cosas impropias de una mujer. En uno de aquellos encuentros contrajo una grave enfermedad y murió cuando yo era una niña. Así fue como mis tíos decidieron hacerse cargo de mí. Siempre habían querido ser padres; sin embargo, se trataba de un sueño imposible, porque de pequeña a mi tía le extirparon los ovarios debido a un quiste, así que era estéril. No dudaron en acogerme cuando se enteraron de la fatal noticia.

Julia se llevó una mano al pecho, compungida.

—No me lo puedo creer...

—Claro que no. Siempre me he encargado de todo para que no sospecharais nada.

—¿Nunca volviste a ver a tu padre biológico?

—Él nunca me buscó y, por supuesto, yo tampoco —aseguró Josefina ofendida—. Ese hombre me abandonó antes de que naciera; dejó sola a mi madre, pese a que sabía que no tenía forma de ganarse la vida.

—Pero... ¿cómo puede ser que, siendo hermanas, una tuviese tanto dinero y la otra acabase prostituyéndose?

—Julia, no digas esa palabra en voz alta, por Dios —Josefina se apresuró a santiguarse escandalizada—. Mi madre biológica, María, fue una mujer que cometió muchos errores en su vida. Es cierto que ella y Rosario procedían de una familia respetable y gozaban de una posición privilegiada. Sin embargo, mi tía se casó con un hombre digno y se preocupó por mantener el buen nombre de sus antepasados. En cambio, mi madre perdió la cabeza por un hombre que no tenía ni dinero ni futuro. Lo dejó todo por una absurda historia de amor, que resultó no ser más que un juego para él, como demostró al irse con la primera que encontró en cuanto comprendió que aquello ya no era divertido, pues mi madre se había quedado embarazada.

—¿Por qué nunca nos habías hablado de ellos?

—¿Y qué sentido tiene? Un hombre que no quiso saber nada de mí y una mujer que dejó a su hija de cinco años sola en el mundo. Carecen de importancia para mí y desprestigian a nuestra familia. Todo esto es algo que me habría llevado a la tumba, pero hace una semana ocurrió algo que lo cambia todo.

—¿Qué ha pasado, madre?

—Fue en este mismo salón mientras jugaba al bridge junto a Eduardo, ¿sabes quién es? Se hizo socio de este club hace un par de meses.

Julia asintió.

—Como siempre, entre partida y partida, nos pusimos a hablar de nuestras vidas. Ya sabes que el pasado es el único tema de conversación cuando te haces viejo —apuntó Josefina con resignación—. Por casualidad, mencioné que mis padres eran los condes de Palafrugell y, al escuchar aquello, Eduardo frunció el ceño y apartó la vista de las cartas que estaba barajando para mirarme fijamente. Me dijo que eso no era posible, que estaba seguro de que los condes de Palafrugell no habían tenido descendencia, pues nadie había heredado su título y ellos fueron los últimos en ostentarlo. Le mentí y le dije lo mismo que siempre os he contado a todos, que renuncié a ese título cuando me casé porque tu padre ya tenía el de su familia y no quería llamar más la atención. Pero esto no es cierto, ahora ya lo sabes. No heredé el título porque no podía: no era su hija biológica. —Julia movió la cabeza de un lado a otro, intentaba asimilar todo aquello—. Extrañada porque Eduardo supiese ese dato de mi familia, le pregunté por el motivo. Y, al día siguiente, me trajo esta fotografía y me explicó la historia que había detrás de la imagen. Al escucharlo, me quedé tan perpleja que no tuve más remedio que confesarle la verdad.

Josefina rebuscó en su bolso y le tendió una antigua imagen en color sepia. En ella aparecían Rosario y Vicente, los abuelos de Julia —o, al menos, a quienes había considerado como tales hasta aquel día—, junto a un bebé tumbado en una cesta de mimbre.

—Ese bebé no soy yo —aseguró Josefina bajando la voz—. Es imposible, porque la primera fotografía que tengo es a los cinco años, poco después de que mi madre muriese, y es la primera que hay en este álbum. No tengo ningún retrato de antes porque mi madre no podía costearse algo así. Tampoco pudo ser cosa de mis tíos, porque ellos no me conocieron hasta que me quedé sola y decidieron hacerse cargo de mí. Mi madre había perdido el contacto con toda la familia. Por lo que no soy yo. Pero, por otro lado, mi tía no podía concebir, así que ¿quién demonios es ese bebé? ¿Por qué se retrataron junto a él como hacían conmigo cada Navidad?

Su madre tenía razón. Había algunos cambios, pero Julia reconoció el escenario de la fotografía, se trataba del mismo estudio en el que se hicieron todos los retratos del álbum familiar que Josefina había ojeado unos minutos atrás.

—¿Cómo llegó esta fotografía hasta Eduardo? —le preguntó Julia a su madre.

—Eso te lo contará él mismo. Le he citado a las seis en punto —dijo Josefina consultando su reloj—. Tiene que estar al llegar.

CAPÍTULO 15

Abril de 1990

Con puntualidad inglesa, Julia vio a Eduardo entrar en el salón del club social mientras el reloj de pared marcaba las seis de la tarde. A su lado, su madre sonrió satisfecha. Eduardo se detuvo para escudriñar la estancia y se dirigió hacia ellas con una sonrisa afable y pasos tambaleantes, ayudado por un bastón de empuñadura dorada con forma de león.

—Buenas tardes —las saludó al llegar a su lado.

—Buenas tardes, Eduardo —respondió Julia—. Gracias por venir. Mi madre me ha contado el misterio que ha surgido en torno a la fotografía que atesoraba entre sus pertenencias y me preguntaba cómo llegó a usted —dijo mostrándole la antigua imagen en la que aparecían Rosario y Vicente junto al bebé—. Siéntese, por favor.

Eduardo tomó asiento junto a ellas y se sirvió una taza de café.

—Desde luego que es un misterio —asintió con un timbre de voz desgastado por su avanzada edad—. Verá, Julia, esta fotografía perteneció a mi madre, aunque ella nunca me la entregó. En realidad, para que comprenda por qué la recuperé, primero tengo que hablarle de un gran amigo mío, Leo de Velarde. Quizá le suene su apellido o el título que su familia ostenta desde hace generaciones, el ducado de Olavide. Sus padres, Eleonor y Víctor, gozaron de gran relevancia en esta ciudad debido a sus múltiples compromisos culturales y sociales.

—He oído hablar del jardín de Olavide, no sé si está relacionado con ellos —dijo Julia.

—En efecto, así es —afirmó Eduardo—. Hasta hace no muchos años, ese jardín pertenecía a la familia de Leo. De hecho, guardo ese lugar en mi memoria con mucho cariño, pues fue el escenario de juegos de mi infancia. Verá..., la camaradería que nos une a Leo y a mí nació como consecuencia de la amistad que unió a nuestras respectivas madres a lo largo de sus vidas. Podría decirse que Leo y yo crecimos juntos, pues la relación entre ambas era tan especial que raro era el día en el que no se veían. Cuando éramos pequeños, la familia de Leo todavía vivía en el jardín de Olavide y allí era donde mi madre y yo acudíamos cada tarde en busca de su compañía, especialmente desde que perdimos a mi padre y pocos meses después a mi tío Tomás. Los años fueron pasando y yo me casé y me independicé, pero mi madre continuó yendo cada semana al jardín para visitar a su amiga, hasta que llegó la guerra y lo cambió todo. Cuando regresaron a la ciudad tras la contienda, Víctor y Eleonor se encontraron con algunas partes del jardín dañadas y eso los obligó a mudarse temporalmente mientras lo restauraban. Sin embargo, cuando las obras finalizaron, ambos comprendieron que eran muy mayores para continuar viviendo en aquella enorme finca, cuyo mantenimiento cada vez era más costoso. Víctor, el padre de Leo, falleció alrededor de los años cincuenta y dejó en su testamento su deseo de que donasen el jardín de su familia al ayuntamiento de la ciudad, para que pudiese visitarlo todo aquel que quisiera, y así lo hicieron su esposa y su hijo. Por eso, el gran jardín de Olavide hoy en día está abierto al público.

—Nunca he tenido el placer de visitarlo —confesó Julia.

—Es imposible que yo sea imparcial debido al cariño que le tengo, pero le aseguro que no tiene desperdicio —afirmó Eduardo con una sonrisa, aprovechando la pausa para beber un sorbo de café antes de continuar—. Pero, volviendo a la historia que nos atañe, he de confesar con orgullo que la amistad entre mi madre y Eleonor permaneció intacta hasta el final de sus días. Mi madre falleció en 1955 y la de Leo varios años después. Por aquel entonces, Eleonor era muy conocida por ser la directora de una prestigiosa escuela para jóvenes que ella misma había fundado en el centro de la ciudad tras la guerra civil. Con la intención de preservar la memoria de su madre, a su fallecimiento, Leo decidió poner a buen recaudo toda su correspondencia y sus pertenencias. Para ello, habilitaron una sala de la escuela y la convirtieron en el archivo personal. Y fue en aquel momento cuando apareció esta fotografía. Los empleados de la escuela la encontraron entre sus pertenencias, en un cajón del despacho. Tuvieron problemas para clasificarla, porque no había ningún nombre ni tampoco una fecha en el reverso. Leo me lo comentó un día de pasada y me enseñó la imagen en cuestión, por si a mí me sonaban de algo aquellos señores. Y entonces, nada más verla, por uno de esos misteriosos mecanismos de la memoria, acudió a mi mente un nítido recuerdo de mi infancia que creía olvidado: mi madre, sentada sobre sus rodillas, rezando frente a aquella fotografía, situada en lo alto de un improvisado altar, rodeada de velas. Así es como la sorprendí en el salón una noche en la que no podía conciliar el sueño y aquella visión me causó una gran impresión. Estaba seguro de que la fotografía que me había enseñado Leo era la misma que vi aquella noche, así que yo también busqué entre las pertenencias de mi madre y, pocos días después, la encontré. Se trataba de una copia de la original. Abrumados por aquel hallazgo mutuo, Leo y yo investigamos por nuestra cuenta la identidad de los desconocidos de aquella imagen, con la intención de descubrir el motivo por el que nuestras madres atesoraban una fotografía de ellos. No tardamos en averiguar que eran los condes de Palafrugell, fallecidos hacía varios años. Descubrimos también que no habían tenido descendencia, lo cual incrementó nuestra curiosidad por el bebé que salía con ellos en la fotografía. Intentamos ponernos en contacto con un primo segundo del conde de Palafrugell, pero nunca obtuvimos respuesta. La única explicación que encontramos fue que Víctor y Eleonor, los padres de Leo, hubiesen mantenido una amistad con aquellos condes cuando nosotros éramos pequeños o incluso antes de que naciésemos, pues ninguno de los dos los recordaba, y que, en alguna correspondencia, les hubiesen enviado aquella fotografía con un bebé que, quizá, perdieron poco después. Sin embargo, no encontramos ningún nexo entre ambas familias que pudiese demostrar esa teoría. Tampoco los historiadores que estaban trabajando en el archivo de Eleonor hallaron alguna pista al respecto, aunque consiguieron datar la fotografía alrededor de 1895. Supongo que la frustración sepultó nuestra curiosidad. Habíamos llegado a un punto sin salida y, por aquel entonces, los trabajos y las familias ocupaban la mayor parte de nuestro tiempo. Así que el asunto se quedó en el aire hasta que nos jubilamos e intentamos retomar nuestra investigación, sin éxito alguno... Y entonces, hace una semana, su madre anunció que era la hija de los condes de Palafrugell. Podrá imaginarse la confusión con la que me quedé observándola cuando dijo aquello.

—No me cabe duda —admitió Julia asombrada—. Hay que decir que es una gran casualidad que la vida los haya reunido.

—Estoy de acuerdo —secundó Eduardo.

Josefina, que hasta ese momento había aguardado en silencio en el sofá, con las manos puestas sobre el álbum familiar, volvió a abrirlo y se lo tendió a su hija.

—Escoge cualquiera de las fotografías de este álbum y compárala con la de Eduardo —le pidió—. Indudablemente son mis tíos, pero me costó reconocerlos..., porque no parece que sean ellos.

Julia se centró en una fotografía al azar y enseguida comprendió a qué se refería su madre: sus tíos habían experimentado un cambio drástico. Hasta ese momento había atribuido la seriedad, incluso la inexpresividad, de los semblantes de Vicente y Rosario a la solemnidad con la que la gente solía posar en épocas pasadas. Sin embargo, al observarlos con detenimiento, se dio cuenta de que había algo más en sus miradas, una honda tristeza. Por el contrario, en la fotografía de Eduardo aparecían radiantes. Posiblemente, el improvisado gesto del bebé alzando una mano hacia el fotógrafo en el momento del disparo, como si hubiese querido coger la cámara con la que los estaban retratando, fuera lo que les habría arrancado aquellas felices sonrisas. Pero aquel cambio no solo se apreciaba en sus expresiones, también en su apariencia. No había ni rastro de las ropas oscuras y sobrias de las fotografías en blanco y negro del álbum de su madre, en aquella misteriosa imagen lucían elegantes ropas claras que acentuaban el cambio en la figura de Rosario. Aquella mujer de mejillas redondeadas y sonrosadas no parecía la misma que posaba junto a Josefina, con los pómulos hundidos y la mirada vacía.

—Esa jovialidad... Yo nunca la conocí —murmuró Josefina.

Julia observó a su madre; allí, encogida en el sofá, le pareció más abatida que nunca, como si hubiese envejecido aceleradamente en aquella última semana. Sus ojos, con un poso de abatimiento, buscaron los suyos y, antes de que dijese nada, Julia supo lo que estaba a punto de pedirle.

—Mis tíos borraron la existencia de ese bebé —dijo Josefina con un hilo de voz—. Se deshicieron de sus pertenencias y de las fotografías; jamás me hablaron de él. Pero ahora sabemos que existió. Hija, no puedo morirme sin saber qué hacían con él mis tíos.

Julia suspiró. No podía negarle esa ayuda a su madre en una cuestión tan delicada.

—Está bien —aceptó—. Veré lo que puedo hacer.

—Gracias, hija —asintió Josefina.

—Por mi parte, esta misma noche llamaré a Leo —intervino Eduardo—. Los años no pasan en balde y me temo que está muy mayor. Apenas sale de su casa, pero, aunque no pueda participar en todo esto, estoy seguro de que encontrará la forma de ayudarnos.

—De acuerdo, pero ambos debéis prometerme algo —les pidió Julia—. Intentad no obsesionaros con todo esto, ¿de acuerdo? Continuad con vuestra rutina y no dejéis de venir aquí. Os vendrá bien para manteneros distraídos.

Ambos asintieron, pero Julia sabía muy bien que hasta que aquel inesperado misterio no se resolviese, su madre no estaría en paz.

CAPÍTULO 16

Abril de 1990

Julia, ¿qué ocurre? —preguntó Miguel—. ¿Es por lo que te ha contado hoy tu madre?

Pese a los esfuerzos para disimular su inquietud fingiendo que estaba concentrada en la novela que tenía entre las manos, Julia comprendió que los suspiros que lanzaba al aire inconscientemente habían delatado su malestar. Su mente regresaba una y otra vez a la conversación con su madre, acontecida apenas unas horas atrás, y a la revelación del pasado familiar.

—En parte sí —confesó cerrando el libro—. No tengo ni idea de por dónde empezar a resolver este misterio, aunque en ese sentido quiero creer que me las apañaré. Lo que me preocupa es que esto haya surgido ahora que intento soltar los nudos de los lazos que me mantienen unida a mi madre con demasiada fuerza. En las últimas semanas no he ido a visitarla todo lo que debería y no puedo evitar sentirme culpable por ello. Hoy se la veía tan desvalida, tan afligida... Pero, al mismo tiempo, creo que merezco dedicarme un poco de tiempo a mí misma, ¿no? Hace años que quedo con ella prácticamente cada tarde.

Miguel plegó el periódico que estaba leyendo, lo dejó apoyado en el sofá y se giró hacia su mujer.

—Por supuesto que te lo mereces —respondió—. Ya lo hemos hablado alguna vez, tu madre es una mujer muy absorbente... Sin embargo, si lo planteas de la forma correcta, estoy seguro de que puedes convertir este misterio en una buena oportunidad para ti misma.

—¿A qué te refieres? —le preguntó Julia.

—Ya llevas casi dos meses yendo a terapia. Durante este tiempo habéis sentado las bases necesarias para empezar a trazar ciertas barreras que tu madre no debería haber sobrepasado nunca, y puede que esta sea la oportunidad que necesitas para ponerlo en práctica. Has accedido a ayudarla y me parece que has hecho bien, porque es posible que te necesite más que nunca. Pero debes encontrar la forma de que todo esto te beneficie a ti también. Llevas muchos años aguantando en silencio sus ácidos comentarios y sus intromisiones. Creo que ha llegado el momento de abandonar ese miedo que te inmoviliza a la hora de plantarle cara y hacerle ver cómo te hace sentir. No pasa nada por decirle lo que no está bien, y ahora, más que nunca, estás preparada para ello. Si te involucras en esto, que sea por ella, pero sobre todo por ti.

Julia sabía bien a qué se refería su marido. Siempre se había dado cuenta de cómo Miguel solía morderse la lengua cuando oía a Josefina hacer descaradas valoraciones acerca de su aspecto físico o de su relación con Candela, consciente de que era ella quien debía tomar cartas en el asunto sobre esos temas. Sin embargo, cuando su madre decidía entrometerse en su matrimonio, su sentido de la justicia le impedía quedarse callado. En alguna ocasión, cansado de que su suegra le diese consejos en público que él no le había pedido, Miguel había tomado el control de la situación y esta había terminado en una disputa con Josefina.

—Reconozco que me aterroriza la posibilidad de tener que contradecir a mi madre —admitió Julia en un susurro—. Y he de pedirte perdón por todas las veces que he permitido que, sin ningún derecho, hiciese comentarios acerca de nuestra relación. Adela me dijo hace un par de sesiones que de forma inconsciente asocio el enfado con la pérdida... Y tiene razón. Debería alejarme cuando mi madre me hace daño, pero en vez de eso me aferro a ella desesperadamente. No tiene ningún sentido.

—Si lo sientes así, es por algo. No debemos tachar de irracional a ningún sentimiento, por incomprensible que parezca.

—Sí, lo sé —admitió Julia reconfortada por la sensatez de su marido—. Me refiero a que, en el fondo, me gusta permitirle a mi madre que vele por mí, porque eso me aporta seguridad.

—Enjuiciar tus actos no es velar por ti —repuso Miguel—. Y no creo que sea seguridad, tan solo comodidad. Ya te lo he dicho alguna vez, pero tratar de satisfacer a tu madre supone una gran pérdida de energía. Nunca conseguirás hacerlo plenamente. Ni tú ni tus hermanos ni nadie. El grado de similitud con su propia vida es el criterio que tiene Josefina para evaluar si a alguien le va bien o no. Y eso no es justo, Julia, porque piensas que no haces las cosas bien solo porque no las haces como ella.

Julia exhaló un largo suspiro, Miguel tenía razón.

—Ella ya no puede deshacer sus errores... —musitó—. Solo espero estar a tiempo de que Candela no piense lo mismo de mí.

—Claro que no —la animó Miguel—. Se le terminará pasando el enfado, ya lo verás. Y, quién sabe, lo mismo resolviendo este misterio del pasado descubres por qué tu madre es como es —añadió poniéndose en pie—. En fin, me parece que me voy a acostar. Estoy agotado, ha sido un día largo en el trabajo.

—Claro. —Julia sonrió mientras su marido le daba un beso en la frente—. Yo me quedo un rato en el salón. Buenas noches.

—Buenas noches.

CAPÍTULO 17

Noviembre de 1895

Ana

En nuestro segundo encuentro, Víctor me invitó a dar un paseo por los alrededores de su estudio. Mientras dos gorriones revoloteaban a nuestro alrededor, surcando el aire con acrobacias y amortiguando con sus cantos el sonido de nuestros pasos, ambos tomamos un sendero de tierra que se alejaba del estanque.

—¿Qué tal ha ido tu semana? —se interesó él.

—Ha transcurrido tranquila, entre lecciones de mi institutriz por las mañanas y clases de música cada tarde —respondí—. Si he de ser sincera, prefiero estas últimas. Tengo la fortuna de acudir a la famosa academia de música de Úrsula Bonila.

—¿De veras? —me preguntó él enarcando las cejas.

—¿La conoces? —repliqué a su vez.

—Supongo que toda la ciudad ha escuchado alguna vez hablar de ella. Es una mujer bastante peculiar, por lo que tengo entendido.

Asentí con una leve sonrisa. Peculiar era un término suave para referirse a su excéntrica personalidad. Continuamos andando en silencio hasta que el camino desembocó en una plaza radial con una columna de piedra situada en el centro, desde donde partían otros cinco senderos. En uno de los extremos, una construcción semiderruida llamó mi atención. Se trataba de una torre de piedra incompleta, como si en algún momento la estructura superior se hubiese venido abajo.

—¿Qué le ha ocurrido? —pregunté señalando en su dirección.

—En realidad, mi abuela la mandó construir ya en ruinas —me explicó él—. Verás..., como ya te comenté el primer día durante el baile, ella no erigió nada al azar en este jardín. Su intención era que todo tuviese un significado. En el caso de esa torre, quería que simbolizase la decadencia, el fin de la existencia. Justamente en el extremo contrario levantó el abejero, el edificio hacia el que nos dirigimos, que representa la vida. Si te fijas, también jugó con los puntos cardinales para enfrentar ambos estados vitales; nos dirigimos hacia el este, donde comienza el día, mientras que la torre está orientada hacia el oeste, donde el sol desaparece.

Víctor me indicó el sendero que debíamos seguir y, poco después, distinguí entre la vegetación un edificio de color amarillo suave. Las líneas rectas y su simetría le otorgaban un aire clásico. Con una pesada llave, Víctor hizo girar el cerrojo de la puerta principal.

—Este era el lugar favorito de mi abuela, donde pasaba horas y horas —anunció.

En el interior del edificio, los rayos de sol se filtraban a través de grandes ventanales e iluminaban con suavidad el mármol blanco de una gran escultura situada en el centro de la estancia. Debido a la ausencia de mobiliario y a aquel halo de luz que incidía directamente sobre la piedra, aquella estatua era la incuestionable protagonista de esa sala. Su sensualidad y sus ropas ajustadas con transparencias eran inconfundibles: se trataba de Venus, la diosa del amor y de la belleza. Me detuve ante ella y la contemplé, abrumada por el realismo y por el tamaño, magnificado por la luz que suavizaba los contornos. Había cientos de pliegues en el tejido del vestido y bajo la tela podían adivinarse los matices de la piel.

—¿En qué piensas? —me preguntó Víctor, que me observaba con curiosidad.

—En la valía de los artífices que consiguen que un bloque de piedra cobre vida, transformándolo en una obra de arte —musité.

Víctor asintió. Advertí que continuaba mirándome mientras yo alzaba la vista hacia aquella imponente escultura. Sobre ella caía el techo en forma de cúpula, adornado con rosetones hexagonales.

—No es una casualidad que posean seis lados —me explicó—. Es un número importante, que se encuentra repetido por todo el jardín. Está directamente relacionado con lo que voy a enseñarte ahora.

Lo seguí por un pasillo decorado por enormes cuadros al óleo hasta que se detuvo junto a unos cristales en la pared tras los que advertí movimiento. Al acercarme, comprendí que se trataba de una gran colmena, con cientos de abejas que entraban y salían de sus diminutos agujeros.

—Esto sí que no me lo esperaba —admití.

—Vienen y van continuamente a través de unas trampillas metálicas que hay en la fachada posterior —me explicó—. En un primer vistazo, las abejas pueden parecer caóticas, pero, si las observas bien, te darás cuenta de que en realidad están trabajando de manera ordenada y minuciosa. Saben muy bien lo que hacen. Su forma de organizarse me fascina, son miles y miles y, sin embargo, en ningún momento se molestan entre sí. Cada una tiene claro su trabajo.

—¿Con qué intención mandó construir esto tu abuela? —pregunté con curiosidad.

—Supongo que lo hizo movida por los recuerdos de su infancia. Se crio lejos de la ciudad y en la finca de sus padres había varias colmenas. Desde pequeña, le relajaba estudiar el comportamiento de las abejas. Las estudió durante tanto tiempo que estaba convencida de que eran capaces de comunicarse entre sí con un lenguaje simbólico, mediante patrones de movimiento. Además, estos animales representan la constancia y la disciplina, dos rasgos que formaban parte de la férrea personalidad de mi abuela. Admiraba a las personas que, con tesón y firmeza, alcanzan lo que se proponen. Siempre decía que no existía otra manera de conquistar el conocimiento, por el que luchó toda su vida, y que para ella representaba una puerta hacia un sinfín de posibilidades.

—Por desgracia, hay muchos factores que se escapan de nuestras manos —razoné—. De nada sirve que yo quiera continuar con mis estudios, la sociedad en la que vivimos lo imposibilita. Por no hablar de la importancia de la posición social o económica. No podemos elegirlas, pero determinan nuestras vidas. Sin ánimo de ofenderte, pero tu abuela creía en ello desde una posición privilegiada.

Al terminar de hablar, temí haberme propasado. Había dado mi propia opinión y cuestionado la de un hombre, algo prohibido. Sin embargo, para mi sorpresa, él me observó con curiosidad, entrecerrando los ojos.

—Tienes razón —asintió—. Es difícil salir de la burbuja en la que uno ha nacido y en la que le han criado y observar el mundo en su totalidad. Supongo que, de manera inconsciente, extrapolamos nuestra condición a la de los demás, pero lo cierto es que la realidad de cada uno es compleja y, en efecto, limitante. —Hizo una pausa antes de añadir—: En cualquier caso, en defensa de mi abuela, diré que no vivió ajena a la existencia de otras realidades. Invirtió mucho tiempo y dinero en mejorar la situación de la gente que no era tan privilegiada como ella, financió escuelas y mejoró las condiciones higiénicas de las inclusas de la ciudad.

A continuación me señaló uno de los bancos del pasillo y me invitó a sentarme. Ante su templanza, me arrepentí de mi intervención y no pude evitar cuestionarme si yo misma estaba interpretando su realidad a través de un prejuicio.

—Supongo que te interesará conocer por qué el número seis se repite. Acabas de volver a verlo en cada celda del panal —me dijo mientras se acomodaba a mi lado—. No sé si habrás oído hablar de los pitagóricos, seguidores del filósofo Pitágoras. —Su voz grave resonaba con un eco agradable sobre el mármol, con el tenue zumbido de las abejas de fondo—. Tenían una concepción mágica de los números y a cada ser cósmico le asignaron una cifra. En esta relación, el seis se correspondía con el alma humana. Es un poco complejo, ellos creían que el alma no iba ligada al cuerpo, sino que era un ente independiente, de tal forma que podía dar vida sucesivamente a diferentes cuerpos y también existir de manera etérea, sin estar unida a ninguno. Mi abuela no podía decirlo abiertamente, pero en las reuniones que organizaba con su círculo más privado no dudaba en confesar que ella creía en ese comportamiento cíclico del universo. En la energía que siempre permanece, aunque el cuerpo se apague. Por ello, el número seis está presente en muchos de los rincones de este jardín.

Al escuchar sus palabras, recordé la conversación que había mantenido con mis amigas en la academia. Supe que se refería a las reuniones que había mencionado Úrsula y que tanta fama habían adquirido en la ciudad.

—Mi abuela no decía que no a nada —continuó él—. Incluso hablaba de lo desconocido, de la muerte, de la magia... Pero nunca abría la boca sin saber. Cada día acudía a su biblioteca, en la que se almacenan miles de ejemplares, tomaba un libro y buscaba refugio entre estas paredes. Aquí, rodeada del incesante trabajo de las abejas, leía durante horas acerca de todas las disciplinas posibles. Siempre forjaba su opinión antes de hablar.

—Tengo la sensación de que eso es algo que ambos teníais en común —intuí.

—Me temo que estás en lo cierto —afirmó, y la luz del sol que se filtraba a través del cristal hizo resplandecer el brillo de su mirada.

Aquella tarde, al regresar al estudio y situarme en el sofá, todavía hundido en el centro debido al rastro que el peso de mi cuerpo había dejado días atrás, Víctor me pidió que me soltara el cabello. Lo miré con sorpresa y permanecí inmóvil, preguntándome si realmente había escuchado bien. Fuera de mi hogar, tan solo me permitía aquel gesto de cercanía cuando estaba reunida con mis amigas en la academia.

—¿Acaso no es así como lo llevarías si de ti dependiese? —me preguntó.

—Sí —admití.

—En ese caso, me gustaría retratarte tal y como eres —me pidió él.

Con cautela, fui retirándome las horquillas y dejé caer mi larga melena sobre mis hombros. Él me observó con curiosidad durante unos instantes y después centró su atención en el lienzo.

—Tengo que rectificar aquí —musitó para sí mismo—. Y este otro trazo.

Tomó entre los dedos el carboncillo, lo alzó hacia la obra que estaba creando y se sumergió en ella. Aquel era uno de los rasgos que lo definían: cuando algo o alguien capturaba su atención, no dudaba en entregársela plenamente. Tan solo abandonó aquel estado de concentración, con el rostro encendido y el sudor empapando su frente, cuando los tres golpes habituales en la puerta pusieron fin a nuestro encuentro.

CAPÍTULO 18

Diciembre de 1895

Ana

Los últimos días de aquel año estuvieron marcados por mis visitas al jardín de Olavide, de las que tan solo eran cómplices mis amigas y Úrsula. Respaldada por ellas, una vez a la semana pasaba la tarde con Víctor y regresaba, con puntualidad, a la hora en la que las clases de la academia terminaban para volver a casa con mi prima Inés, fingiendo una aparente normalidad.

Pese al riesgo que corría, en el estudio de Víctor me sentía protegida; era como si aquellas paredes nos aislasen del resto del mundo. A medida que él avanzaba en su obra, dejó atrás la profunda concentración inicial que lo obligaba a abstraerse de todo lo demás y me hablaba de arte, de arquitectura, de mitología. Mientras permanecía inmóvil en mi asiento, yo lo escuchaba con atención. Aquellas lecciones ampliaban los límites de mi entendimiento y de mi curiosidad.

En uno de aquellos encuentros, mientras daba una vuelta por el estudio para estirar las piernas durante una pausa, me di cuenta de que había menos espacio en la pared en la que colgaba todas sus obras terminadas, junto a la puerta de entrada. Me acerqué para observar los cuadros de cerca y enseguida reconocí los últimos lienzos incorporados; hasta ese momento habían estado apilados en un rincón del estudio. Sus trazos oscuros, amplios e irregulares habían llamado mi atención.

—Veo que al final has decidido enmarcarlos —comenté señalándolos.

—Así es. He tardado tanto porque no me sentía orgulloso de ellos —confesó mientras me miraba por encima del lienzo, en el que ultimaba varios detalles antes de unirse al descanso—. Lo cierto es que, hasta que comencé a dar vida a tu retrato, hacía meses que sufría un largo bloqueo. Siempre terminaba pintando el mismo cuadro y la angustia por conocer el resultado, incluso antes de empezar a pintar, me paralizó por completo. —Hizo una pausa antes de añadir—: Sin embargo, agradezco haber pasado por esa crisis. Sin ese bloqueo, ahora este cuadro no sería el mismo. Supongo que, aunque sea dolorosa, la inestabilidad es la única forma de romper con el pasado y avanzar hacia un nuevo lugar. A veces necesitamos sentirnos perdidos para recordar quiénes somos.

El timbre de su voz fue apagándose hasta convertirse en un murmullo y me dio la sensación de que aquellas palabras encerraban un gran vacío. En silencio, continuó deslizando el pincel por el lienzo para deshacerse de aquel pesar. Dio un paso hacia atrás para observar el cuadro en su totalidad y finalmente dejó el pincel apoyado sobre el caballete.

—Habrá mucho contraste entre esos cuadros y tu retrato, ya lo verás —dijo acercándose a mí y alzando la vista hacia sus últimas creaciones.

En una de ellas, recortada contra un cielo en llamas, se apreciaba la silueta de varios hombres de espaldas, que contemplaban un precipicio. En otra había un oscuro agujero con enigmáticas figuras danzando a su alrededor. En conjunto, la visión resultaba turbadora e inquietante. Era imposible no percibir en ellos el dolor que Víctor había sentido en aquellos últimos meses.

—Primero perdí a mi padre y sentí una inmensa tristeza —susurró—. Después falleció mi abuela y entonces el dolor anegó mi vida. Era inevitable que ese sentimiento terminase oscureciendo mis pinturas. —Hizo una pausa antes de añadir—: ¿Sabes?, eres la primera persona que las ve. Casi nadie entra en mi estudio.

—¿Nunca realizas encargos? —pregunté.

—Nunca. No sería capaz —respondió—. No me rijo por horarios ni por tiempos. No sé cuánto me llevará cada obra, ni siquiera cuándo voy a ponerme a pintar. Simplemente me dejo llevar; cojo los pinceles cuando hay algo que necesito expresar. Por esta razón, no se me daría nada bien satisfacer las pretensiones que llevan implícitas los encargos. Además, soy consciente de que mi estilo no es muy usual. A la mayoría de la gente no le agradaría.

—Supongo que te refieres a las formas abstractas de la mayoría de ellos —intuí describiendo sus obras—. A los espacios y a los volúmenes indefinidos.

—Sí —admitió él—. Cuando se trata de emociones, invisibles e intangibles, ¿cómo podría representarlas mediante algo concreto? Aunque ambos pensáramos en la misma sensación, nuestras descripciones nunca coincidirían por completo, porque lo que tú sientes puede ser más intenso, más agobiante o más profundo que lo que siento yo. Así que no quiero que exista una única verdad para mis cuadros, sino que haya mil maneras diferentes de interpretarlos, tantas como personas se atrevan a hacerlo.

—¿Como si se tratase de un final abierto?

—Exactamente —asintió él—. Bajo mi punto de vista, esta es la forma del artista de hacer justicia, de saldar la deuda que, inevitablemente, contrae con el espectador. Solo quien da vida a una obra conoce su auténtica naturaleza, las inquietudes y las sensaciones que motivaron el acto de creación. Sin embargo, si el artista está dispuesto a exponerla, no tiene sentido establecer un único significado. Debe de aceptar de antemano que cada persona que la contemple lo hará desde una perspectiva diferente y que todas ellas serán válidas, porque en el terreno de las emociones hay múltiples realidades. Cuando una pintura se comparte con el mundo, ya no solo pertenece a su creador, sino también a todo aquel que la observe.

Asentí y miré su obra en su totalidad.

—No creo que sea cierto que tus cuadros no agraden —opiné—. Lo que sí es cierto es que es imposible que gusten a quien no esté dispuesto a explorarlos. Y a explorar en sí mismo.

Al oír mis palabras, Víctor apartó la vista de la pared y centró en mí su atención. En silencio, agradecí aquella intimidad. No quería que nada ni nadie alterase lo que teníamos. No necesitaba saber lo que ocurriría en el futuro; ni siquiera si ese futuro existiría. Tan solo me importaba aquel sentimiento, sólido y abrumador, que brotaba en mi interior cada vez que sus ojos se encontraban con los míos y que hacía que el peligro valiese la pena. Aquellas conversaciones, aquellas tardes, tan solo nos pertenecían a los dos.

CAPÍTULO 19

Abril de 1990

Aquella antigua plaza del centro de Madrid aguardaba, en silencio y vacía, la llegada de Julia. No había ni rastro de la agitación que animaba las calles de aquel barrio los días soleados; una llovizna fina y gris se había instalado en el corazón de ese lugar, alejando a sus habituales visitantes. Julia avanzó bajo un gran paraguas, vigilada desde lo más alto por la cúpula de una de las iglesias más antiguas de la ciudad, que se alzaba sobre ella rozando las nubes más bajas. Sus tacones resonaron por el recinto que delimitaba aquella parroquia y, finalmente, desaparecieron en su interior.

Al otro lado de una pesada puerta de madera, se encontró con un templo de techos elevados y paredes recubiertas con yeso y mármol negro. No había escogido aquella iglesia al azar: era la más cercana a la casa en la que Vicente y Rosario, sus abuelos, habían criado a su madre. Allí habían vivido hasta los años veinte, momento en el que decidieron mudarse a un piso alejado del centro de la ciudad. Tras un rápido barrido visual al interior de la nave, distinguió una sotana negra en uno de los últimos bancos.

—Padre, disculpe —dijo acercándose—. Hace unos días llamé por teléfono con la intención de solicitar permiso para consultar el archivo de esta parroquia. Me citaron para hoy a las diez de la mañana.

—Ah, sí —dijo el párroco, de unos setenta años, asintiendo e incorporándose con una sonrisa solícita—. Fue conmigo con quien habló. Llega usted puntual. Sígame al despacho parroquial, por favor.

El hombre sacó una gran llave dorada de uno de los bolsillos y la introdujo en el cerrojo de una puerta situada en uno de los extremos de la nave. Ambos avanzaron por un pasillo de piedra hasta una habitación con suelos de madera y paredes cubiertas por estanterías repletas de cajas y carpetas. El frescor y la humedad de aquel día se colaban entre los grandes bloques de piedra del edificio y, allí dentro, el olor dulce del incienso se fundía con el olor a papel y a aire estancado.

—Le interesaba ver las partidas de bautismo de finales del siglo XIX, ¿verdad? —le preguntó el párroco a Julia.

—Así es —respondió—. A partir de 1895, por favor.

—Vuelvo enseguida. Puede sentarse —señaló una silla antes de desaparecer en una sala contigua.

Cuando regresó, traía consigo dos pesados libros que dejó caer sobre la mesa y levantaron una nube de polvo. Antes de abrirlos, limpió con un paño las tapas de cuero desgastadas por el paso del tiempo.

—En estos dos cuadernos están anotadas todas las partidas de bautismo que se conservan desde 1895 hasta 1897 —informó a Julia—. Si no halla lo que busca, avíseme y le sacaré los siguientes. Estaré donde me ha encontrado, pero me acercaré de vez en cuando por si necesita algo.

—Muchas gracias.

Al abrir el primero, observó que cada partida ocupaba una carilla entera. Anotados con una cuidadosa caligrafía llena de florituras, no solo figuraban la fecha y el lugar del bautismo, sino también el nombre del niño, así como de los padres, los abuelos y los testigos de la ceremonia. Con la esperanza de encontrar su apellido familiar en aquellas inscripciones, Julia deslizó el dedo índice a través de las páginas amarillentas por el paso de los años. Al cabo de una hora, cerró el primer libro y revisó el siguiente tras consultar con impaciencia su reloj de pulsera: no quedaba mucho tiempo antes de que el archivo cerrase. Sin detenerse, continuó pasando las páginas mientras los meses de las inscripciones avanzaban: agosto, septiembre, octubre... Su dedo se detuvo en el día 15 de ese último mes.

En la ciudad de Madrid, en el día quince de octubre de mil ochocientos noventa y seis,

Yo, don José Domínguez, cura párroco de la presente parroquia de San Andrés Apóstol, bauticé solemnemente a Santiago Alcocer, a la edad de dos meses de vida, hijo legítimo de don Vicente Alcocer, conde de Palafrugell, y de su mujer, doña Rosario Alcocer, condesa de Palafrugell, de soltera la señorita Rosario Cavero. Asisten al encuentro la abuela paterna del niño, doña Cristina Alcocer, viuda de don Santiago Alcocer, así como los abuelos maternos: don Mariano Cavero y doña Dolores Cavero.

Con asombro e incredulidad, Julia posó sus dedos sobre el apellido familiar. Sus antepasados habían intentado deshacerse de todas las pruebas que evidenciaban el paso por sus vidas de aquel bebé, pero, sobre ese papel con más de noventa años, había quedado constancia de la verdad. «Santiago», murmuró Julia para sus adentros. Ese era el nombre que habían elegido para el recién nacido que aparecía con ellos en la fotografía, el mismo que su bisabuelo. ¿Qué había ocurrido? ¿Por qué sus abuelos habían bautizado como propio a un bebé que no podía ser suyo?

—¿Qué tal? —la voz del párroco a sus espaldas la sobresaltó—. ¿Ha encontrado lo que buscaba?

—Sí, acabo de dar con ello —respondió.

—Justo a tiempo, porque he de cerrar el archivo en diez minutos. Puede volver otro día si lo desea.

—No, ya tengo lo que buscaba —aseguró—. Muchas gracias por su amabilidad. ¿Le ayudo a colocar los libros?

—Yo me encargo, no se preocupe.

Al abandonar aquella iglesia, Julia abrió el paraguas para resguardarse de la persistente llovizna y encaminó sus pasos hacia la casa en la que su madre había crecido, situada a dos calles de distancia de allí. Se trataba de un palacio de grandes dimensiones del siglo XVIII, que había sufrido constantes remodelaciones y divisiones en su interior a lo largo de los años. Sin embargo, se conservaba intacto un pequeño jardín situado en uno de los extremos del edificio. Cuando llegó a la tapia de ladrillo que lo separaba de la calle, Julia atravesó la verja de hierro y se adentró en él.

Sorprendida por el silencio que reinaba al otro lado, se detuvo y observó el jardín, disfrutando del recogimiento que envolvía aquel lugar. El tenue aguacero lo había dejado todo reluciente: las hojas de las enredaderas, el cenador de hierro que se alzaba en uno de los extremos, el musgo que se abría paso con valentía entre los ladrillos que delimitaban sus caminos. En el centro del jardín se alzaba una fuente de piedra blanca, donde descendían constantemente, con gracia y con orden, diferentes pajarillos para saciar su sed. Sus alegres cantos ahogaban el ruido del exterior, amortiguado por el lecho de vegetación verde que cubría cada uno de los rincones. Al fondo, enmarcados por las ramas de los árboles más altos, como si se tratase de un cuadro o de una fotografía, se veían los tejados de Madrid, los techos abuhardillados, las azoteas en tonos amarillos y anaranjados.

Durante unos instantes, Julia sintió que veía a Rosario con Santiago entre sus brazos recorriendo los caminos de aquel pulcro jardín. Se la imaginó feliz, con las mejillas sonrosadas, sentada en un banco de piedra mientras cantaba al bebé hasta adormecerlo. Sintió la certeza de que las paredes de piedra que la rodeaban habían visto y oído, muchos años atrás, las respuestas que necesitaba. Porque lo cierto era que, en algún momento, aquel bebé había desaparecido de sus vidas sin apenas dejar rastro y con él se había llevado la alegría de Rosario y de Vicente para siempre. Aquella ausencia había depositado una tristeza eterna y desmedida en las miradas de sus abuelos, como se apreciaba en los retratos del álbum familiar que Josefina atesoraba de ellos.

Antes de abandonar el jardín, Julia alzó la vista y reparó en un panel informativo, situado junto a un parterre por el que trepaban varios rosales. Se dirigió hacia él y lo leyó en silencio.

ESTE JARDÍN ES UNO DE LOS POCOS EJEMPLOS QUE HA LLEGADO HASTA NUESTROS DÍAS DE LAS CASAS DE LOS NOBLES DE LA CORTE MADRILEÑA DE FINALES DEL SIGLO XVIII. EN EL SIGLO XIX SE PRODUJO UNA REFORMA DEL PALACIO Y SE SEPARÓ EN DIFERENTES VIVIENDAS, HABITADAS, ENTRE OTRAS FAMILIAS INFLUYENTES DE LA VILLA, POR EL DISTINGUIDO ALMIRANTE RAMIRO GUTIÉRREZ O LOS CONDES DE PALAFRUGELL, QUIENES OCUPARON EL EXTREMO DEL EDIFICIO QUE COLINDA CON ESTE JARDÍN. EN EL AÑO 1976, EL PALACIO FUE COMPRADO POR UNA EMPRESA CONSTRUCTORA QUE REHABILITÓ SU INTERIOR Y EL JARDÍN PASÓ A SER DE DOMINIO PÚBLICO.

A Julia le resultó extraño que el título nobiliario de su familia estuviese atrapado en aquella placa metálica, donde todo parecía pasar a formar parte de la historia. Fue precisamente al alzar la vista para contemplar en toda su magnitud el gran edificio palaciego en el que habían vivido sus antepasados cuando comprendió que un niño no podía desaparecer del seno de una familia tan influyente sin dejar rastro. En aquella época, como su madre había mencionado en alguna ocasión, las noticias volaban de boca en boca, especialmente, los escándalos.

Julia consultó su reloj, dio media vuelta y abandonó con pasos firmes aquel jardín resguardado del ritmo frenético de la ciudad, donde el tiempo parecía estar estancado. Se alejó de aquellas paredes que, dos generaciones atrás, habían sido testigo de la pérdida que sus familiares se habían afanado en ocultar y que ella estaba dispuesta a descubrir.

CAPÍTULO 20

Diciembre de 1895

Ana

Las niñas pequeñas vestidas de lavanderas gritaban y revoloteaban a nuestro alrededor, presas de los nervios y de la excitación por su primer concierto. Apenas quedaban dos horas para que diese comienzo el gran acontecimiento anual de la academia de música, el colofón de muchas semanas de ensayos, y reinaba el caos en el salón engalanado para la representación. Las crías se perseguían las unas a las otras, más preocupadas por aprovechar cada momento de diversión que por cómo saliese el concierto; las medianas ensayaban en corros la actuación y las mayores ayudábamos a Úrsula a ultimar los preparativos. Habíamos dispuesto guirnaldas y espumillón dorado por toda la sala, decorado el telón con lazos y motivos navideños y esparcido por el escenario algodón blanco a modo de nieve. Tan solo faltaban por colocar varias filas de sillas y el salón estaría listo para recibir al público: madres y padres fervorosos, deseosos de ver actuar a sus hijas.

—¡Un momento, por favor! —bramó Úrsula con su potente voz por encima del ruido.

De inmediato, toda la actividad se detuvo y se propagó un silencio sepulcral por la sala.

—Este no es un lugar de juegos —regañó a las pequeñas—. Más vale que vuestros trajes lleguen intactos hasta el final del concierto. Cuando termine, haced con ellos lo que queráis, pero encima del escenario tenéis que estar impecables. Y, ahora, haced el favor de colocaros por grupos e id subiendo al escenario en el orden del concierto. Vamos a hacer un último ensayo general. Clara y Ana, ayudadme... —añadió bajando la voz—. O las niñas acabarán conmigo.

—Claro —respondimos solícitas.

—Vamos, al escenario —dije dirigiéndome al grupo de las pequeñas, las primeras en aparecer.

Aunque habían ensayado más de una veintena de veces su posición, siempre había problemas a la hora de colocarse en el escenario.

—¡Yo iba ahí! —chilló una niña a punto de romper a llorar.

—¡Qué dices! —replicó otra haciéndole una mueca—. La señorita Úrsula me cambió y me puso a mí delante porque tengo mejor voz que tú.

—¡Niñas, basta! —Clara les llamó la atención para restablecer la calma—. No quiero volver a oír ningún comentario de ese estilo. Ya sabéis que Úrsula no los consiente en su academia.

—Sí, señorita Clara —respondieron al unísono.

Se tranquilizaron momentáneamente, pero, en cuestión de segundos, se les olvidó la reprimenda y volvieron a agitar las piernas con nerviosismo, luchando con todas sus fuerzas por mantenerse quietas en su posición sin salir corriendo. Algunas reaccionaban así cuando estaban nerviosas, pero otras se paralizaban por completo, por fortuna para nosotras. Se quedaban quietas, con los ojos muy abiertos, esperando a que las empujásemos con suavidad y las colocáramos en su sitio. A ellas les costaba seguir los breves y sencillos movimientos que Úrsula había coreografiado para sus villancicos. Solían aplaudir cuando ya había que girar y giraban cuando las demás habían vuelto a aplaudir. Sin embargo, todas eran necesarias; las más vivaces y nerviosas impulsaban a moverse a las más tímidas y las que más vergüenza tenían eran quienes más solían cuidar la entonación. Unas mejoraban el efecto visual de la actuación y las otras contribuían a que la melodía fuese agradable al oído.

Después de un sinfín de órdenes, tras colocarlas una a una, conseguimos que todas estuvieran en su sitio y en silencio. Entonces Úrsula dio la entrada en el piano para que recordasen la nota en la que debían empezar y en el momento preciso entonaron un agradable villancico. Clara y yo regresamos exhaustas a los asientos de la primera fila para disfrutar del ensayo. Resultaban agotadoras, pero, cuando al fin comenzaban a cantar con sus voces infantiles, el efecto de ternura que suscitaban era inmediato.

Carolina e Inés se sentaron a nuestro lado y las cuatro nos cogimos de la mano. No hacía mucho, esas niñas éramos nosotras, con cinco años recién cumplidos. Igual que a ellas, ese año no nos había preocupado nada más que nuestro traje confeccionado expresamente para la ocasión, tener una buena posición garantizada sobre el escenario, reír y jugar en cada descanso con las demás niñas y divisar entre el público a nuestros padres para poder saludarlos antes de que empezase la actuación. No podíamos imaginar todas las horas que pasaríamos en aquella academia durante los años siguientes ni lo importante que llegaría a ser, tanto que se convertiría en nuestra segunda casa. Tampoco podía pensar que mi prima y yo tejeríamos una amistad tan especial y durante tantos cursos con las dos crías que estaban en el otro extremo del escenario y con quienes apenas habíamos hablado durante esos primeros meses. La amistad que nos unía a las cuatro era un refugio, un lugar en el que nos sentíamos a salvo y en el que podíamos compartir nuestros sueños sin miedo a ser juzgadas.

En aquel instante, mientras escuchábamos las delicadas voces de las pequeñas, estoy segura de que las cuatro pensábamos en lo mismo: qué íbamos a hacer cuando aquel curso terminase. Sin embargo, ninguna se atrevió a formular aquella pregunta en voz alta. A modo de respuesta, nos miramos y nos sonreímos, con la fuerza y la intensidad con las que únicamente se viven los momentos que sabes que están llegando a su fin.

Cuando Úrsula dio la última nota en el teclado, aplaudimos emocionadas y a nuestra ovación se sumaron las demás alumnas. Las pequeñas se pusieron tan contentas ante la cálida acogida de su actuación que comenzaron a dar saltos de felicidad. Una de ellas, la más extrovertida, hizo una reverencia de agradecimiento con mucha elegancia y las demás, divertidas, la imitaron. Al ver que nos reíamos ante su ocurrencia, se recrearon en aquel gesto repitiéndolo una y otra vez. Al oír el alboroto, Úrsula se giró en su asiento para ver qué ocurría. Su grave y profunda risa se elevó en el aire y nos contagió a todas. Terminamos riéndonos a carcajadas, para disfrute y satisfacción de las pequeñas. En aquel ambiente íntimo, previo a la llegada del público, el brillo relucía en la mirada de Úrsula. Sé que aquella vez no solo era satisfacción, sino que también estaba mentalizándose en silencio para despedirse de nosotras. Lo sé porque, mientras reíamos, ella nos observó, una a una, como si tratase de detener aquel instante.

CAPÍTULO 21

Abril de 1990

Julia subió la escalinata de la Biblioteca Nacional y atravesó las altas puertas de entrada, custodiadas por la escultura de una mujer con una corona de laurel que parecía repartir sabiduría a todo aquel que entrase en sus dominios. Avanzó entre las grandes columnas que sostenían los techos del vestíbulo y siguió las indicaciones hacia los cajetines de la hemeroteca. En el puesto de información, la atendió una señora que llevaba el pelo engominado y recogido en una tirante coleta.

—Buenas tardes —saludó—. Me gustaría consultar algún diario de Madrid de finales del siglo XIX. Desconozco cuál era el más relevante en esa época.

—¿Qué está buscando? —se interesó la señora desde el otro lado del mostrador, subiéndose con el índice las gafas que se le escurrían por el puente de la nariz—. ¿Algún suceso político, una crónica, un informe o un boletín?

—Intento localizar una noticia de sucesos de la época relacionada con mis abuelos, que ostentaron el título de condes de Palafrugell —respondió Julia.

—Pruebe con la revista *Las damas de hoy en día* —le recomendó—. No eran publicaciones extensas, tenían unas cuatro o cinco hojas y gran parte del contenido estaba formado por patronajes de moda. El propósito de la revista era detallar las confecciones de trajes para que las mujeres pudieran replicarlos e ir a la última moda. Sin embargo, al final de cada número había un apartado de relatos y otro con ecos de sociedad, en el que quedaba constancia de los sucesos más relevantes. Debe buscarlo en el cajetín con la letra «D». Aquí tiene una ficha de consulta.

—Perfecto, muchas gracias.

—A usted.

Julia se dirigió hacia el cajetín indicado, lo abrió y pasó las fichas ordenadas alfabéticamente hasta que localizó el nombre de la revista. Había ejemplares publicados desde el año 1860, así que avanzó hasta dar con el periodo deseado. Debía centrarse en el año que figuraba en la partida de bautismo de Santiago, 1896, así como en los meses siguientes. Rellenó la ficha de consulta con la signatura correspondiente y las fechas que le interesaban, cerró el cajetín y se dirigió a la sala contigua. En un gran mostrador entregó la ficha y esperó mientras los bibliotecarios desaparecían en el archivo.

—Señora, pupitre número quince —le dijo uno de ellos al cabo de unos minutos y le hizo entrega de los ejemplares de la revista.

Julia asintió y se dirigió a la mesa de consulta indicada, intentando amortiguar el sonido de sus zapatos contra el mármol. Pese a que la mayoría de las mesas estaban ocupadas, a su alrededor no se escuchaba nada más que el suave roce de las páginas de los documentos que estaban siendo consultados en medio de un respetuoso silencio.

Al llegar a su puesto, se quitó el abrigo y se centró en las revistas. Como le había asegurado la mujer del mostrador de información, cada una de ellas consistía en dos grandes hojas de papel plegadas a la mitad. Tomó en sus manos la primera y observó con curiosidad los bocetos que aparecían en ella. En la portada, el subtítulo de la revista rezaba «Periódico de señoras y señoritas» y, bajo aquella sugerente llamada de atención, había un dibujo a mano alzada de dos elegantes señoras de la época, con un sumario que describía sus vestidos con todo lujo de detalles. En el interior había numerosos bocetos con trajes, bordados, vestidos, camisas de dormir con canesú e incluso ideas de peinados, no solo para mujeres, también para niñas. Cada prenda estaba minuciosamente descrita, desde el número de encajes o la forma geométrica de estos hasta el tejido en cuestión.

En las dos últimas carillas había dos secciones. A la izquierda, Julia encontró el apartado de relatos, firmado por «E. de Lustonó», junto a un anuncio con el título «Vinagre de Tocador», al parecer, un exclusivo perfume de la época a la venta en las «mejores casas de confianza». El título que aparecía a la derecha enseguida captó su atención: «Las crónicas de sociedad más codiciadas». Una rápida lectura fue suficiente para comprobar que en aquella sección los redactores hacían un exhaustivo repaso por los acontecimientos sociales más importantes acaecidos en las últimas semanas, entre ellos, un exclusivo baile ofrecido en el hotel París para la más alta sociedad. Animada por el detalle con el que se describía cada noticia, Julia cogió el siguiente ejemplar y lo abrió directamente en aquella sección. No pudo evitar sonreírse hacia sus adentros al leer el sentido lenguaje de la época, tan recargado y pomposo en contraste con el actual. Veinte ejemplares después, cuando ya comenzaba a sentirse una experta en el panorama social de finales de aquel siglo, dio con la primera noticia relevante, en el cuarto ejemplar del mes de marzo de 1896:

> Los señores condes de Palafrugell, matrimonio muy conocido y querido por su círculo, abandonan el invierno de Madrid hacia tierras más cálidas. Ambos cuentan con diferentes posesiones y, en esta ocasión, se han decantado por la ciudad de Santander. Han hecho saber que necesitan descansar y estar alejados durante una temporada de la vida social, presentando sus disculpas por no poder corresponder a las invitaciones de los diferentes bailes de esta temporada.

Julia intuyó que aquella retirada de la vida pública, más que un viaje, había sido una huida para intentar simular el embarazo de la condesa, pues apenas ocho meses más tarde de la fecha de aquella crónica, Rosario y Vicente habían registrado en su parroquia la partida de nacimiento de su primer hijo varón. Sin embargo, Julia sabía la verdad:

aquel embarazo jamás se produjo, porque Rosario no podía concebir.

Alentada por el hallazgo de aquella noticia, Julia continuó leyendo los siguientes números de la revista, pero, tal y como imaginaba, no encontró nada relacionado con la estancia en el norte del país. La siguiente mención a su familia la encontró a su regreso a Madrid, en la crónica de finales de septiembre de 1896:

> Los condes de Palafrugell han puesto fin a su larga estancia en su residencia de Santander y han regresado a la ciudad con su primogénito entre los brazos. En las próximas semanas tendrá lugar su bautismo en la parroquia de San Andrés Apóstol. Se rumorea que recibirá el mismo nombre que tenía su abuelo, el fallecido padre del conde, don Santiago Alcocer, un hombre muy querido y respetado en esta ciudad.

Aquellas líneas eran una confirmación de la partida de bautismo que Julia había consultado hacía unas horas. Era innegable que el exhaustivo seguimiento de los cronistas de la época se había convertido con el tiempo en una valiosa fuente de información. Si había quedado constancia del viaje de sus familiares y del nacimiento de Santiago, estaba segura de que tenía que haber otra noticia que mencionase qué le había ocurrido a aquel bebé. Estaba en lo cierto, la encontró varios meses más tarde, en el ejemplar de octubre del año siguiente:

En el día de ayer, la ciudad de Madrid amaneció triste, pesarosa y gris. El cielo hacía justicia a la desgracia que acababa de producirse en el seno de la casa de los condes de Palafrugell. Su pequeño hijo, Santiago, de apenas catorce meses de edad, decía adiós a esta vida. Así lo hicieron saber en una breve esquela en la que anunciaron que será enterrado en su panteón familiar.

CAPÍTULO 22

Enero de 1896

Ana

No tengo palabras para describir el instante en el que vi mi retrato por primera vez. Permanecí inmóvil durante varios minutos al sentirme capturada para siempre en aquel lienzo, reflejada a través de los ojos de otra persona. Víctor no había pintado mis rasgos con nitidez, sino que estaban ligeramente difuminados y, gracias a aquella ilusión de movimiento, adiviné en su obra mi expresión, me reconocí en ella al instante. Me había retratado tal y como era, sin artificios ni adornos que recargasen innecesariamente la obra. Estaba sentada en el sofá con los brazos apoyados en el regazo sobre un cojín oscuro y las piernas inclinadas hacia un lado. Bajo el vestido se adivinaban los pies descalzos. Mi rostro aparecía enmarcado por rizos libres y salvajes, con las mejillas encendidas por el calor de la chimenea. Detrás de mí, todavía en forma de boceto, había reproducido la pared del fondo, con decenas de cuadros colgados. Mi retrato, en primer plano y en tonos cálidos, contrastaba con aquellas obras oscuras y lúgubres. El fuego iluminaba mi cara, que brillaba encendida, como si desprendiese luz propia. Eso es lo que nunca olvidaré de aquel cuadro: él, que llevaba meses atrapado en un bucle de oscuridad, decidió asociarme con la luz.

—Gracias —murmuré emocionada sin apartar la vista del lienzo—. Por retratar mis dos partes, la correcta y la incorrecta.

—No hay nada incorrecto en ti —respondió él—. Quien te haya dicho eso se equivoca.

—Llevan toda la vida haciéndome creer que debo cambiar, ocultar una parte de mí —confesé en un susurro.

Víctor giró con suavidad mi rostro hacia él.

—Que no encajes en los estrechos y uniformes esquemas de esta sociedad no quiere decir que haya algo malo en ti. Todo lo contrario, significa que eres auténtica.

Permanecí inmóvil, asimilando la abrumadora sensación de verme reflejada en aquel lienzo como la persona que siempre había querido ser. Víctor no solo había sabido captar esa parte en mí, sino que había decidido convertirla en la protagonista de su creación.

—Nunca dejes de defender tus opiniones, de argumentar y debatir. —Volvió a alzar mi rostro hacia él—. No permitas que nadie apague tu curiosidad ni tu imaginación. Y, por supuesto, nunca dejes de ir descalza —añadió mirándome los pies con una sonrisa.

Yo también sonreí, pero un poso de tristeza se deslizó por mi interior. Por desgracia, sabía bien que el mundo no funcionaba así y que la naturalidad con la que Víctor había aceptado mi manera de ser era una excepción.

—¿Qué va a pasar ahora? —le pregunté—. Tu cuadro casi está terminado.

—De eso quería hablar contigo —dejó escapar un suspiro—. Deseo seguir viéndote, pero debemos formalizar nuestros encuentros. Redactaré una carta para tus padres, pero… me temo que no es tan sencillo como me gustaría. Primero debo hablar con mi madrastra, con Olivia. Mi posición dificulta un poco las cosas, pero te prometo que todo saldrá bien.

En su voz advertí un matiz desconocido al final de su frase, como una nota de desgana, incluso de agotamiento. Hasta ese momento creía que nuestro mayor impedimento era pertenecer a clases sociales diferentes, pero me dio la sensación de que había algo más.

—Lo haré esta semana, te lo prometo —añadió.

Los ojos verdes de Víctor resplandecieron bajo cientos de destellos, iluminados por el fuego. Lentamente me atrajo hacia él y me besó en la mejilla. Su barba acarició mi piel con suavidad y percibí su cálido olor. Sonriendo, lo rodeé con mis brazos sellando mi deseo de continuar junto a él.

Aquel día le pedí a Manuel que se detuviese antes de llegar a la plaza que actuaba como el corazón de la ciudad. Necesitaba caminar para calmar mi excitación. Las emociones se arremolinaban en mi interior tras observar la belleza con la que Víctor me había inmortalizado y escuchar su promesa de que aquellos encuentros no se acabarían, pese a que el cuadro estaba casi terminado.

Con actitud servicial, el cochero aceptó mi ruego y se abstuvo de mostrar desaprobación o reticencia ante la propuesta de caminar sin compañía por las calles. Se limitó a despedirse de mí con su habitual discreción y, haciendo restallar los látigos, emprendió el regreso al jardín de Olavide.

A aquella hora, el interior de los cafés estaba a rebosar, latiendo con fuerza, con cientos de voces exaltadas y achispadas por la bebida vibrando en el interior. Las risas llegaron amortiguadas hasta mis oídos. Al pasar junto al restaurante Lhardy, el resplandor que emanaba dentro del local me invitó a detenerme durante unos instantes para admirar su elegancia. Los suelos y paredes, los anaqueles y zócalos, todo de las mejores maderas, relucían iluminados por la brillante luz eléctrica de las lámparas. En las estanterías laterales, cientos de cristalinas botellas de licor se distribuían perfectamente alineadas. Al fondo, enmarcado por dos ornamentadas columnas de forja, un gran espejo con marco dorado me devolvió mi reflejo. A diferencia de los cafés, allí los clientes, hombres en su gran mayoría, iban vestidos con chisteras y bastones y hablaban con templanza alrededor del mostrador de la planta baja, sin elevar la voz, con un coñac entre las manos. Cuando terminasen aquella copa, subirían al piso de arriba para cenar. Todos ellos estaban ensimismados en sus conversaciones, fruncían el ceño y escuchaban a los compañeros con atención antes de intervenir y exponer sus propios argumentos. Pese a que entre aquellos caballeros y yo tan solo había una puerta de madera, en realidad, esa era la frontera que me separaba de un mundo inalcanzable. Lanzando un suspiro que empañó el cristal del escaparate, me alejé de allí para sumergirme en el frenesí de la Puerta del Sol.

En aquella gran plaza confluían todas las líneas de tranvía y ómnibus, así como el camino de cientos de viandantes. En las aceras se habían formado corrillos de gente que charlaba animadamente mientras a su alrededor los vendedores anunciaban a voces sus productos, colocados de forma estratégica para evitar ser atropellados por el constante flujo de vehículos. En una esquina, un hombre se afanaba en recortar la barba de un joven con manos expertas después de toda una vida dedicada al oficio. A sus pies, custodiaba una maleta de cuero roído junto a sus inseparables jarro y escudilla. En los bajos del hotel París, un mozo anunciaba a pleno pulmón sus servicios de limpiabotas. Para asegurar su valía, mostraba orgulloso los cepillos, las bayetas y el betún. En medio de aquel bullicio, varios muchachos con una placa dorada en la chaqueta pedían paso entre la multitud, cargados con cestas de comida y con una pila de cajas decoradas con lazos, por cuyo transporte, con un poco de suerte, recibirían una generosa propina.

Tras esquivar a las personas que se cruzaban en mi camino e interrumpían mi avance, conseguí llegar al otro extremo de la plaza, en el que siempre flotaba un intenso aroma dulzón que se escapaba por las puertas entreabiertas del obrador más famoso de la ciudad. Al pasar junto a aquel edificio, llamó mi atención una mujer encorvada, que se acercaba a unos y a otros pidiendo ayuda. En aquel cruce siempre atestado de gente era habitual ver a personas pidiendo limosna, pero la desesperación que desprendía la actitud de aquella anciana hizo que me detuviera. Intentaba reclamar la atención de quienes pasaban a su lado para decirles algo. Hablar con desconocidos era una de las prohibiciones más tajantes de mis padres, pero las profundas arrugas que surcaban su rostro, los ojos hundidos y la delgadez de su cuerpo vencieron mi indecisión y finalmente avancé hacia ella.

—Hija mía, perdone que la detenga. —Se dirigió a mí con voz temblorosa—. No me gusta incordiar a la gente, pero me encuentro en una situación muy difícil.

—Dígame, ¿qué le ocurre? —le pregunté.

—Verá, mi hija dio a luz hace una semana —me explicó—. Fue un parto muy complicado. Gracias a Dios, mi nieto está bien y es un niño fuerte. Pero mi hija perdió mucha sangre en el alumbramiento y desde entonces no tiene fuerzas, está pálida, tendida en la cama y dormitando casi todo el tiempo. En los últimos días ha tenido fiebres muy altas y no consigo que mejore. Necesito medicamentos, señorita. No se lo pediría si no estuviese desesperada. Me veo obligada a estar aquí día tras día pidiendo ayuda sin poder atender a mi hija y a mi nieto. Todas las tardes regreso a última hora con un nudo en el estómago por si ha ocurrido lo peor.

—¿Dónde viven usted y su familia? —Observé con aflicción la desesperación de aquella mujer.

—En el barrio de las Injurias, señorita, un poco más adelante del cruce entre el paseo de las Acacias y el paseo de Yeserías. Allí no hay calles, pero nuestra casa está en el camino principal. Puede preguntar a cualquiera, dentro de nuestro barrio todos nos conocemos. Pregunte por la abuela Milagros, así es como todos me conocen. No la entretengo más, la gente empieza a mirarnos, no quiero incomodarla.

Desconocía cómo iba a conseguir las medicinas, pero no podía irme sin ofrecer mi ayuda a aquella anciana.

—Señora, intentaré ir lo antes posible —le aseguré—. Pero necesitaré varios días para conseguir los medicamentos. Mientras tanto, por favor, no venga hasta aquí. Quédese en casa junto a su hija, necesita sus cuidados. Procuraré conseguir también algo de dinero.

—Que Dios la bendiga, señorita —dijo la mujer despidiéndose mientras sacaba un pañuelo sucio para secarse los ojos humedecidos.

—Espere, por favor.

Rebusqué en el bolsillo de la falda y le di todo el dinero que llevaba encima, suficiente para que pudiera comprar un billete de tranvía y algo para cenar.

—Gracias, gracias —dijo esbozando una sonrisa desdentada y avergonzada.

Se dio la vuelta y desapareció entre el gentío sollozando, tapándose el rostro para ocultarse de las miradas. Después de aquel encuentro me apresuré y dejé atrás a los faroleros, encaramados a sus escaleras para dar mecha a las farolas. Con pasos ágiles, me dirigí hacia la academia, dispuesta a contarles a mis amigas lo que me acababa de ocurrir. Quería socorrer a aquella mujer, pero no podía ir sola a uno de los peores barrios de la ciudad; necesitaba que me ayudasen.

CAPÍTULO 23

Enero de 1896

Víctor

Ricardo me ha dicho que quería usted verme.

El hilo de mis pensamientos se interrumpió al escuchar la voz de Olivia. Lancé un último vistazo a la fría bruma matinal que se estaba levantando en la parte trasera del jardín y me aparté del cristal, dispuesto a hacer frente a aquella conversación.

—Así es, hay algo que me gustaría hablar con usted —anuncié—. Puede sentarse si lo desea.

Olivia ignoró mi ofrecimiento y permaneció de pie, impaciente por escuchar el motivo de aquella entrevista. Cogí aire y medí mis palabras antes de comenzar.

—Verá..., durante el baile de invierno hubo una joven que llamó mi atención. Tras considerarlo detenidamente, he decidido escribir una carta a su familia con la intención de concertar un encuentro en el jardín.

—Vaya, qué gran noticia —dijo Olivia enarcando sus cejas—. ¿Y quién es la afortunada?

—Su nombre es Ana Fernández. Procede de una familia respetable.

—¿Respetable? —me interrogó entrecerrando sus ojos—. No me resulta familiar. ¿Dónde vive?

—En el centro —respondí—. Su padre atiende y sana a los enfermos de esta ciudad, es médico.

La emoción se esfumó del rostro de Olivia.

—Ya veo... —asintió despacio.

—Espero contar con su aprobación antes de escribir a la familia —le señalé dando por finalizada aquella conversación.

Sin embargo, ella no parecía dispuesta a marcharse. Me escrutó con la mirada y, tras un largo silencio, dijo:

—Querido, creo que su padre, don Alberto, dejó muy claro cuáles debían de ser las condiciones del matrimonio, las mismas que se han seguido durante generaciones en esta familia. He de recordarle que no goza de cualquier posición en esta vida y, por lo tanto, no puede escoger a cualquier esposa. Estoy segura de que le aburro al mencionarle que debe pertenecer a su misma clase social.

—Lo sé —aseguré—. Sin embargo, usted conoce bien que para mí la riqueza o la posición social de mi futura esposa no representan requisitos indispensables para decidirme a pasar mi vida con ella.

—Lamento oírle decir eso. —El tono de su voz se enfrió—. Claro que no me sorprende, pues durante toda su vida ha hecho lo que le ha venido en gana. Nunca se ha preocupado por los intereses de la familia ni ha respetado las aspiraciones que su padre tenía para usted. Afortunadamente, yo sí que estoy dispuesta a cumplir con el deseo de mi esposo, así que no lo permitiré. No puede contar con mi aprobación para casarse con esa muchacha. No pienso consentir que nadie se aproveche de nuestra fortuna. Pero no debe desanimarse, la mujer adecuada para usted terminará apareciendo.

—Habla como si fuese usted mi madre —le espeté—. Y nunca lo ha sido. Con su permiso o sin él, estoy dispuesto a continuar viendo a Ana.

Olivia me miró con severidad y supe que estaba dispuesta a devolverme el golpe mencionando la realidad que desde hacía meses trataba de evitar.

—Creo que no hace falta que le recuerde cuál fue la condición que su padre se vio obligado a establecer para asegurarse de que usted, de una vez, contrajese matrimonio y lo hiciese en las condiciones estipuladas —me dijo en un tono mordaz antes de añadir el impacto final—: No heredará este jardín hasta que no se case y deberá hacerlo con alguien de su mismo estatus. Así figura en el testamento de su padre.

En aquel momento, un gran abismo se abrió bajo mis pies y me arrastró hacia un remolino de recuerdos afilados. Fueron muchas las conversaciones que mi padre tuvo conmigo para intentar que siguiera los pasos que tanto él como mi abuelo habían dado en sus respectivas carreras militares. Mi padre siempre había considerado que las horas que pasaba entre lienzos y pinceles eran una pérdida de tiempo.

La pintura representaba para él una mera afición, de dudosa conveniencia, que no podía alejarse más del futuro que esperaba para mí. En aquellas discusiones, que podían prolongarse durante horas, a menudo llegábamos a un punto de no retorno, en el que él callaba. Guardaba silencio porque era consciente de que había regresado a mi vida demasiado tarde.

Tras la muerte de su amada esposa durante mi alumbramiento, perseguido por un dolor irremediable, le rogó a mi abuela que se hiciese cargo de mí y huyó de la ciudad. Los únicos recuerdos que tengo de él durante mi infancia no son más que visitas esporádicas. Regresaba para saber que estábamos bien, pero entonces la pérdida y los recuerdos volvían a acecharle, veía la figura de mi madre ausente en cada rincón del jardín y, de nuevo, se alejaba, dejando mi cuidado y educación en manos de mi abuela.

Cuando conoció a Olivia y contrajo matrimonio con ella, intentó que nos trasladásemos a otro sitio. Pero yo me negué, aquel jardín se había convertido en mi hogar y no estaba dispuesto a separarme de mi abuela Victoria. Por aquel entonces, la misma verdad que años más tarde le haría abandonar nuestras discusiones, le hizo desistir de su deseo: había sido Victoria, con aquel jardín de fondo, quien me había cuidado y criado en ausencia de mis padres. Ya no había nada que él pudiese hacer para subsanar las consecuencias de sus ausencias, así que aunó fuerzas y se asentó en el jardín del que llevaba años intentando huir. En el mismo lugar en el que había fallecido su querida esposa, trató de rehacer su vida con una mujer a la que nunca consiguió amar como a mi madre. Por supuesto, nunca regresó del todo. Sus compromisos le obligaban a desplazarse por todo el país y él nunca rechazaba la oportunidad de alejarse de allí.

Pasaron los años y, cuando alcancé la madurez, volvió solo para pedirme que le acompañase en su carrera militar. Ante mi firme negativa, por primera vez me dedicó la suficiente atención como para darse cuenta de que mi vida giraba en torno a la espiral de arte y de conocimiento que inundaba los pasillos del palacio. Era demasiado tarde para trazar un rumbo diferente para mi futuro: la pintura se había convertido en una parte más de mí.

Pese a todo, mi padre persistió en su empeño varios años más, pero finalmente desistió. Como si de una batalla se tratase, se rindió, porque comprendió que no había llegado a tiempo. Supongo que lo que más le pesó fue que no podía culpar a nadie de aquello más que a sí mismo, porque al separarse de mí renunció a cuidarme y a la educación que hubiese querido brindarme. Aunque nunca comprendió que yo decidiera seguir los pasos de mi abuela en vez de los de él, nada podía reprocharle a su madre. Todo lo contrario, siempre se sintió en deuda con ella por haberse encargado de mí mientras él atravesaba su peor momento. Así fue como claudicó y las discusiones terminaron. Se alejó de mí una vez más y la decepción se instaló para siempre en su mirada.

En los últimos años de vida de mi padre, la enfermedad le obligó a permanecer en el jardín, pero pese a aquella cercanía, nunca fuimos capaces de salvar la gran distancia que se había instalado entre nosotros desde el día en el que mi madre falleció tras el parto. Siempre vio en mí a la persona que le hubiera gustado que fuese, nunca a quien realmente era.

El golpe final a aquella larga sucesión de decepciones ocurrió durante sus últimos días. Las advertencias de que el futuro de nuestra familia dependía exclusivamente de mí y de mi descendencia comenzaron a sucederse cuando comprendió que se estaba muriendo. No confiaba en mi palabra, él mismo me lo dejó claro. Tampoco en mis actos ni en mis aspiraciones: no me creía capaz de preservar el linaje de nuestra familia como él deseaba. Necesitaba una garantía de que en aquel aspecto no le llevaría la contraria y para ello escogió el lugar más importante para mí, el mismo en el que yo le había obligado a permanecer y del que jamás había logrado huir pese a todos sus esfuerzos: el jardín.

—Es curioso que mi padre, en el delicado estado en el que se encontraba en sus últimas semanas, tuviera la lucidez necesaria para realizar ese cambio en su testamento —dije lentamente tras aquel amargo repaso a mis recuerdos más oscuros—. Todo apunta a que fue alguien quien lo impulsó a hacerlo —la acusé.

—No se atreva —respondió Olivia alzando su dedo índice hacia mí—. Nadie más que usted es el culpable de que su padre tuviese que hacer algo así. No sé qué se esperaba. Todo el santo día metido en el estudio entre esos cuadros... ¿Para qué se esforzó su padre en darle la mejor educación posible?

—Mi padre no tuvo nada que ver con mi educación —protesté con furia—. Fue mi abuela quien asumió esa responsabilidad y quien se encargó de mí mientras mi padre estaba a kilómetros de distancia de aquí.

—Se lo advierto una última vez —el tono de voz de Olivia era frío y cortante—. Conviértase de una vez en lo que se espera de usted. De lo contrario, si tiene el despropósito de casarse con quien no debe, perderá este jardín.

Se dio media vuelta y abandonó el despacho con un portazo, dejando tras ella una hiriente e insalvable amenaza flotando en el aire.

Victoria

Cuando mi hijo me anunció que se casaría de nuevo, quise advertirle de que estaba cometiendo un grave error, pero no quiso escucharme. Alberto quería creer que con el tiempo llegaría a querer a alguien como había amado a Elisa, pero eso era imposible. Todavía no había olvidado a su primera esposa y Olivia no tardó en darse cuenta.

Su llegada desestabilizó la armonía que reinó en el jardín durante los primeros quince años de vida de Víctor y gran parte de esa culpa la tuvo mi hijo. Olivia enseguida comprendió que el futuro con el que había soñado tan solo existía en su imaginación. Pocas semanas después de que se casasen y se instalasen en el palacio, Alberto sintió la necesidad de huir. Olivia le rogó que volviese, pero él nunca llegó a quedarse a su lado. Cuando ella comprendió que lo que perseguía a su marido era el recuerdo de su anterior esposa y que en su corazón, roto en pedazos, nunca habría sitio para nadie más, ya era demasiado tarde. Entonces, para llenar el vacío de aquel amor que nunca sería correspondido, quiso ganarse el afecto de Víctor. Actuó bajo la desesperación, intentando llegar hasta él de forma precipitada, sin ganarse primero su confianza. Trató de comportarse con él como si fuese su madre y aquello provocó el efecto contrario; intimidado por su presencia, Víctor se alejó aún más de ella.

Con el tiempo, el rostro de Olivia adoptó un rictus de severidad y su esperanza se desvaneció; su marido nunca la querría como ella había imaginado. Lo había intentado todo para encontrar su lugar en aquel enorme palacio en el que Alberto la había abandonado, pero no había nada que pudiese hacer para escapar de la terrible soledad que la acompañaría a lo largo de su matrimonio.

Por su parte, mi hijo nunca se libró del sentimiento de culpabilidad que lo atormentaba por haberse casado con ella, por haberla condenado a aquella infelicidad. Esa fue la razón por la que, cuando estaba a punto de morir, quiso brindarle a Olivia lo que no supo darle en vida: una razón de ser. Una función en aquella casa, con la que pudiese llenar el vacío que sentía desde el mismo día en el que había contraído matrimonio con él. Con la intención de que le perdonase por sus ausencias, le encomendó a Olivia la responsabilidad de asegurarse de que Víctor se casaría con la persona adecuada para preservar el legado de la familia. Ese fue el último error que cometió mi hijo antes de morir.

Después de tantos años vagando sin rumbo por aquella vida que no era la que ella había elegido, Olivia se aferró al encargo de su marido con la misma desesperación con la que años atrás había intentado acercarse a Víctor. Sabía que en aquella ocasión su hijastro no podría ignorarla, porque su marido le había entregado el poder suficiente como para que Víctor le demostrase de una vez la atención que se merecía. De ella dependía que heredase el jardín de Olavide.

CAPÍTULO 24

Abril de 1990

Julia? —la voz de Josefina apareció al otro lado de la línea telefónica.

—Hola, madre.

—Hija mía, tengo noticias y me temo que no son alentadoras —anunció Josefina sin dilación—. No hay ni rastro del bebé en nuestro panteón familiar, tal y como yo me figuraba.

—¿Qué? —inquirió Julia—. ¿Cómo es posible?

—El mausoleo que levantaron mis tíos terminó de construirse años después de que el bebé falleciese, alrededor de 1910 —le informó Josefina—. Esto ya lo sabía, pues recuerdo que por esa fecha trasladaron el cuerpo de mi madre biológica al nuevo panteón. Teniendo eso en cuenta, no era descabellado pensar que quizá mis tíos hiciesen lo mismo con el bebé, con la máxima discreción. Sin embargo, esta mañana he llamado a la casa capitular del cementerio y en el archivo de registros de enterramientos solo consta el de mi madre y, muchos años más tarde, el de mis tíos. Así que el bebé, Santiago, no está enterrado en el sepulcro familiar.

—No me lo puedo creer... —murmuró Julia moviendo la cabeza hacia ambos lados.

Sin soltar el auricular del teléfono, se acercó hasta el bolso y rebuscó la copia que le había facilitado Josefina de una de las fotografías del álbum familiar. Observó una vez más el rostro de Rosario, el semblante severo, el cuerpo extremadamente delgado y enlutado; así como las oscuras ojeras que enmarcaban la mirada de Vicente. ¿Lloraban en silencio la muerte de Santiago o acaso la breve esquela con la que habían anunciado el fallecimiento no había sido más que un engaño orquestado para ocultar lo sucedido? Como si Josefina pudiese leer sus pensamientos, confesó:

—¿Sabes, hija? Llevo dándole vueltas todo el día a algo que sucedió cuando yo tendría unos quince años. Me ha venido a la mente poco después de llamar al cementerio.

—Si lo has recordado justo ahora, puede que esté relacionado con todo esto. —Julia quiso animarla a hablar.

—Resulta que, por aquella época, falleció una de las mejores criadas que tuvieron mis tíos, Remedios Ramírez —recordó Josefina—. La recuerdo bien porque era muy cariñosa conmigo y siempre me regalaba dulces a escondidas. En sus últimos años de vida, abandonó el trabajo porque ya estaba muy enferma y, cuando el final se acercaba, fuimos a su casa para despedirnos de ella. Lo primero que pensé al entrar en aquel piso fue en cómo diantres una criada podía costearse el lujo con el que estaba decorado. Sin embargo, si mis tíos pensaron lo mismo, no dijeron una sola palabra. La visita no duró mucho, porque cuando entramos en la habitación en la que descansaba Remedios, la mujer comenzó a emitir unos alaridos desesperados nada más vernos. Imploraba perdón por alguna razón que desconozco. Mi tío se apresuró a decirme que saliésemos de la habitación y, para tranquilizarme, me explicó que Remedios había empezado a partir hacia otro mundo y que sus palabras ya no tenían sentido. Lo último que logré oír antes de abandonar aquel cuarto fue: «Debió permanecer con sus padres desde el principio». Ahora puedo recordar su voz gritando aquello como si hubiese ocurrido ayer mismo.

—Madre, ¿crees que se refería al bebé de la fotografía, a Santiago?

—No podría afirmarlo. Solo sé que aquella noche mi tía sufrió una crisis nerviosa y permaneció metida en la cama varios días. Después, no volvieron a mencionar lo sucedido en casa de Remedios nunca más.

—Todo aquello que se evita siempre es sospechoso —sentenció Julia—. Lo más seguro es que Remedios supiese quiénes eran los verdaderos padres del bebé.

—Y añadiría algo más —apuntó Josefina—. Aquella mujer se vio involucrada en lo que ocurrió y la culpa le alcanzó hasta los últimos días de su vida.

—Este asunto cada vez se complica más —musitó Julia—. En fin, voy a darle una vuelta a todo esto. ¿Hay alguna otra novedad?

—Sí, Eduardo ha hablado con Leo. Le ha contado que encontraste la partida de nacimiento del bebé, Santiago, en la parroquia de San Andrés Apóstol. Se ha mostrado sorprendido no solo por el hallazgo, sino porque él también nació por las mismas fechas.

—Qué casualidad.

—Sí, lo es. Por cierto, ¿cuándo piensas venir a verme? —le pidió Josefina—. Ayer tampoco te acercaste.

—Estuve con mis compañeros del club de lectura tomando un café, ya te avisé —respondió Julia molesta por el tono inquisitivo de su madre.

—Pues yo no me acuerdo de eso. Espero que no se te olvide la comida familiar que tenemos el sábado —le recordó Josefina—. Nos reuniremos en casa, como siempre. Ya sabes, ni una palabra de todo este lío, ¿de acuerdo?

—Claro, no te preocupes. Adiós, madre.

Al colgar el teléfono, Julia sopesó durante varios minutos la revelación del panteón. Si la tumba de Santiago no se encontraba allí, ¿dónde lo habían enterrado sus abuelos? ¿Habían llegado a hacerlo? Julia agitó la cabeza con incomprensión y decidió seguir dándole vueltas a aquel asunto en otro lugar. Mientras se dirigía hacia el dormitorio para arreglarse, recordó el nombre del café literario que habían mencionado en la última reunión del club de lectura. Atraída por la promesa de un ambiente más relajado y distendido que los que acostumbraba, abrió las puertas del armario y se decantó por un vestido sin estrenar que llevaba allí años.

En aquellas últimas semanas estaba luchando por deshacerse del impecable papel del que tanto le aterraba salirse y, para su sorpresa, se había encontrado con una versión de sí misma que yacía dormida bajo esa máscara tras la que se había escondido durante tantos años. Todavía estaba desperezándose, tanteando la realidad con cautela. Julia necesitaba que aquella nueva forma de enfrentarse a la vida brotase y se forjase sin que nadie a su alrededor la cohibiera ni enjuiciase.

CAPÍTULO 25

Enero de 1896

Ana

Una fría mañana del mes de enero del nuevo año recibimos una triste noticia en forma de telegrama: el único familiar que les quedaba a mi madre y a mi tía por parte materna estaba muy enfermo y le quedaban días de vida. Se trataba de su tío, con quien ambas tuvieron un trato especial cuando eran pequeñas, pues habían vivido durante muchos años en edificios colindantes. Siempre fue soltero y por ello había tenido tiempo libre para ir cada tarde a visitarlas y llevarlas a dar largos paseos junto al río. Hacía más de una década que había abandonado la capital para mudarse a la antigua casa familiar en la que nació nuestra abuela, en un pequeño y tranquilo pueblo en el campo. Desde entonces, lo veíamos en contadas ocasiones, pero tanto mi tía como mi madre guardaban un cariñoso recuerdo de él.

Tras recibir el telegrama, ambas tomaron la decisión de partir cuanto antes hacia el pueblo para despedirse de él. No debían viajar solas, así que mi tío Nicolás, que continuaba sin encontrar un trabajo estable, se ofreció a acompañarlas. En un principio, los tres iban a partir temprano al día siguiente, pero cuando mi padre regresó a casa y se enteró de la noticia, anunció que él también iría para acompañar a mi madre en aquel difícil momento. Así pues, los adultos se reunieron en nuestro salón para decidir qué hacían con nosotros. Después de hablar a solas durante media hora, vinieron a mi cuarto, donde Inés y yo aguardábamos su decisión mientras mi primo saltaba encima de la cama entre nosotras, feliz, ajeno a la situación.

—Ana, Inés, creemos que lo mejor es que os quedéis en Madrid con Tomás —anunció mi padre—. Va a ser un viaje largo y duro. Nosotros nos despediremos de él de vuestra parte, seguramente se acordará de las últimas Navidades que pasó aquí hace un par de años. Le pediremos a Manuela que esté pendiente de vosotras, pero ya sois lo suficientemente mayores como para cuidar tanto de vosotras mismas como del pequeño Tomás durante un par de días, tres como mucho. Yo no puedo ausentarme durante más tiempo y dejar desatendido el consultorio.

—¿Mamá, por qué te vas? —intervino Tomás al comprender al fin que ocurría algo.

—Cariño, volveré en unos días —le respondió ella—. Tengo que ir a visitar a mi tío, que está muy enfermo, pero te prometo que se te pasará tan rápido que ni te vas a enterar de que me he ido. Mientras tanto, debes obedecer a tu hermana y a tu prima, ¿de acuerdo? Ellas cuidarán de ti.

Tomás se bajó de la cama y fue corriendo a abrazar a su madre, como si quisiera detener su partida.

—Nos iremos mañana muy temprano, al amanecer —informó mi padre—. Al llegar, enviaremos un telegrama.

—Inés, Tomás, cuando os despertéis tenéis que bajar aquí, ¿de acuerdo? —intervino mi tío Nicolás—. Permaneceréis todos juntos hasta que regresemos. Os dejaré la llave en la mesa del salón.

—Lo que sí os vamos a pedir hasta que volvamos es que no vayáis a la academia de Úrsula —nos pidió mi madre—. Tomás no puede quedarse solo ni queremos que andéis por las calles con un niño pequeño sin compañía. Manuela os traerá la comida, así que, por favor, no salgáis de casa.

Ante su resolución, mi prima y yo asentimos con un gesto de gravedad, pero por detrás de nuestra espalda entrelazamos nuestras manos y las apretamos con fuerza disimuladamente; íbamos a quedarnos solas en casa por primera vez.

Cuando me desperté al día siguiente, mis padres ya se habían ido. Mis primos bajaron al cabo de media hora y desayunamos juntos chocolate caliente con bizcocho. Manuela llegó a las diez de la mañana, bastante antes de su hora habitual, con el pretexto de preparar el almuerzo con tiempo suficiente. No respiró tranquila hasta que comprobó que los tres estábamos sanos y salvos. Pasó el día con nosotros y alargó la hora en la que finalizaba su jornada, resistiéndose a marcharse. Al notar su indecisión, temiendo que nuestra noche a solas peligrase, mi prima y yo tuvimos que asegurarle una docena de veces, con nuestros semblantes más serios y responsables, que no era necesario que se quedase, que las indicaciones de nuestros padres eran claras y nosotras podíamos encargarnos de Tomás. Terminó aceptando sin demasiada convicción y nos aseguró que volvería a primera hora de la mañana para prepararnos el desayuno.

Cuando por fin se fue, Inés y yo nos miramos con complicidad, sabíamos muy bien qué hacer para entretener a Tomás. Cuando éramos pequeñas, habíamos pasado muchas tardes de nuestra infancia disfrazándonos con las telas, los retales y los trajes viejos que mi madre ya nunca se ponía y que guardaba en el fondo de su armario. Le dijimos que nos siguiera y Tomás echó a correr hacia el cuarto de mis padres. Con movimientos solemnes, como si dentro se escondiese el mejor de los tesoros, abrí las puertas del gran mueble, saqué un pesado cesto de mimbre y lo destapé lentamente para crear expectación en torno a él. Como si fuese el presentador de alguna función, anuncié:

—Es hora de que se conviertan en quienes quieran ser.

Tomás emitió un grito nervioso al comprender en qué consistía aquel juego y acto seguido los tres revolvimos y sacamos del cesto todo su contenido. Después de elegir nuestros trajes, nos escondimos y, tras varios minutos en el más absoluto silencio, la voz de Inés anunció que el espectáculo estaba a punto de comenzar:

—¡Atención, por favor! ¿Han terminado todos nuestros participantes de vestirse?

—¡Un minuto! —grité mientras me colocaba el último accesorio.

Había escogido un largo vestido que seguramente perteneció a mi abuela, a juzgar por el amplio vuelo de la falda sostenida por una crinolina y la gorguera que adornaba el cuello. Para rematar el conjunto, había elegido un antiguo abanico, una peluca con tirabuzones blancos y unos elegantes guantes que me quedaban grandes y me llegaban hasta el hombro.

—¡Todos los participantes al salón! —gritó Inés—. ¡Qué comience el desfile!

Años atrás, nuestro público eran nuestras madres, pero como en aquella ocasión estábamos solos, Inés había dispuesto en el sofá del salón a varias muñecas viejas que había encontrado en mi cuarto.

—¡El público está fervoroso! —vociferó mi prima—. ¡Pide a gritos que la primera participante demuestre sus dotes! ¡Atención, aquí viene, recién llegada del siglo pasado! —me anunció dejando escapar una risita en cuanto me vio aparecer.

Con toda la elegancia de la que fui capaz, estiré el cuello y entré en el salón pavoneándome mientras movía con energía el abanico. Oculté mi rostro tras él para hacer una entrada triunfal, mas cuando lo aparté y vi cómo se había disfrazado Inés toda mi elegancia se fue al traste. Llevaba un frac masculino que le quedaba enorme, pantalones de traje que le arrastraban por el suelo y una chistera que se le resbalaba constantemente y se le quedaba apoyada sobre el puente de la nariz, tapándole los ojos. Con carboncillo negro se había pintado un fino bigote. Ante su vestimenta, no pude parar de reír. Por su parte, Tomás se había pintado un parche negro en el ojo izquierdo y se había anudado un pañuelo en la cabeza para parecer un pirata. Mi primo nos miraba con curiosidad, sorprendido por aquel estallido de diversión.

No hubo discrepancias para elegir el mejor disfraz: la merecida ganadora de aquel desfile fue Inés. Tomás y yo la aplaudimos vitoreándola y, a modo de premio, le entregué uno de los jarrones del salón, que levantó subida a un taburete de madera como si de un trofeo de oro se tratase.

—¡Ahora quiero jugar al escondite! —propuso Tomás.

—¡Que así sea! —exclamé.

Tras un par de horas de juegos durante las que había dado lo mejor de sí y después de cenar el guiso que Manuela nos había dejado preparado, Tomás cayó rendido. Se durmió en el regazo de Inés y yo lo cogí en brazos y lo llevé a la cama de mis padres para arroparlo. A continuación, todavía disfrazadas, me tumbé junto a mi prima en el sofá del salón. A aquellas horas, la calle estaba silenciosa y vacía. No se oía nada a través de los ventanales, no había ni rastro del bullicio que había de día en el mercado. Sintiéndome protegida por aquella calma y nuestra soledad en la casa, me aventuré a pronunciar en voz alta una idea que llevaba formándose en mi mente desde la noche anterior, cuando nuestros padres decidieron que nos quedaríamos solos en Madrid.

—Voy a decirte algo que no te va a gustar —anuncié.

Inés, que estaba adormilada tumbada sobre varios cojines, se incorporó haciendo un esfuerzo por abrir los ojos para prestarme atención.

—¿Acaso me ha sido usted infiel, mujercita? —me dijo con humor.

—Calla, tonta —respondí riéndome mientras le quitaba la chistera de la cabeza.

Vacilé unos segundos escogiendo las palabras adecuadas.

—Ahora que estamos solas... —comencé—. Me gustaría visitar a Víctor sin tener que ocultárselo a nadie. Mis padres no están en la ciudad, así que no se van a enterar de nada.

—¿Qué? —Inés abrió los ojos de par en par—. No podemos salir de casa, ya has oído a tus padres.

—¿Y desde cuándo obedezco cada una de sus normas? —repliqué con una sonrisa.

Inés me miró con reprobación, haciéndome ver que aquello sobrepasaba mis propios límites. Borré mi sonrisa y me apresuré a calmarla:

—Escúchame, me iría a última hora de la tarde de mañana, después de que se haya ido Manuela. Puedo coger el tranvía del este y bajarme en la última parada. Desde ahí iré andando. Volveré al día siguiente por la mañana, muy temprano. Prácticamente no te darás cuenta de que me he ido, porque estarás durmiendo.

—¿Estás loca? —preguntó Inés mirándome con incredulidad—. ¿Quieres pasar la noche con él?

—Nadie se va a enterar —intenté razonar.

—Ana, eso es demasiado y lo sabes —dijo incorporándose—. Si te pasa algo, me la cargo yo también. Me niego a asumir esa responsabilidad. No puedes ir andando tú sola por las afueras de la ciudad, no conocemos esa zona. No sabemos quiénes viven ahí, te pueden pasar mil cosas.

Puse los ojos en blanco. Aquella frase era la misma que solía recitar mi madre. Aquel gesto enfadó aún más a mi prima.

—Eso sin contar con que te da exactamente igual que nos pueda pasar algo a mí y a mi hermano —añadió Inés—. Eres capaz de dejarnos aquí tirados y marcharte sin remordimientos.

—¿Aquí tirados? No os estoy pidiendo que durmáis en la calle. Te recuerdo que estáis cómodamente instalados en una casa. ¿Qué va a pasar?

—Lo que sea, Ana. Se puede poner Tomás enfermo o quizá me caiga y me parta una pierna. Nuestros padres están a muchos kilómetros de aquí. No deberías dejarme sola con toda la responsabilidad.

—Oye, no tienes que preocuparte por mí, ¿de acuerdo? Si me pasa algo, asumiré yo toda la culpa. A tu hermano y a ti no os ocurrirá nada, Inés. Os iréis a dormir y cuando os despertéis estaré de nuevo en casa.

Mi prima guardó silencio y por un momento pensé que aceptaría. Sin embargo, sentenció:

—Lo siento, pero esta vez no pienso ser cómplice de tu aventura. Hasta que Víctor no hable con su madrastra deberíais esperar para veros. Esto no es ningún juego, se trata de algo muy serio. Tu reputación no sobreviviría a semejante escándalo. Y, por mucho que nos pese, una mujer sin reputación no es nadie. Puedes echar tu vida a perder por esto.

No me dejó responder. Se levantó del sofá y se fue al cuarto de mis padres, junto a Tomás, cerrando la puerta tras ella. El corazón me latía desbocado y me sentí acalorada. Mi prima nunca había reaccionado así ante una de mis proposiciones, su tajante reacción significaba que aquello era ir un paso más lejos que nunca. No contaba con su aprobación y, si decidía seguir adelante, estaría sola. Lo cual no significaba que fuese más peligroso de lo que ya era, pero no contar con su apoyo volvía más nítido cada obstáculo al que podría enfrentarme. Sin embargo, pese a las terribles consecuencias que podían tener mis actos, no era capaz de dejar de pensar en que aquella era una oportunidad excepcional que no se repetiría en mucho tiempo. ¿Y si todo salía bien? En tal caso, sería un error haberme echado atrás por cobardía. En el instante en el que formulé aquella pregunta, supe que había tomado una decisión. Normalmente, bastaba con que la gente me retara a hacer algo para que no dudase en aceptar. Pero, cuando quien me retaba era yo misma, no había vuelta atrás.

CAPÍTULO 26

Enero de 1896

Ana

El cobrador anunció con su campanilla la última parada de la línea mientras el tranvía ralentizaba la marcha hasta detenerse. Me apeé del vehículo y miré hacia ambos lados intentando reconocer aquel lugar. Se trataba de una zona transitada, especialmente a aquella hora. La gente avanzaba sorteando los tranvías y los animales cargados con mercancías, presurosos por llegar cuanto antes a sus casas o a alguna posada para hacer noche. Había pasado por allí en mis viajes en carruaje hasta el jardín de Olavide, pero la oscuridad dificultaba la orientación. Junto a uno de los extremos del camino creí reconocer un edificio blanco, de baja altura, y decidí echar a andar en aquella dirección. Sin embargo, no tardé en darme cuenta de que no había calculado bien la distancia.

Comencé a preocuparme cuando llevaba más de una hora caminando y cada vez había menos luces que alumbraran el camino o casas que se vislumbrasen en los alrededores. Ni siquiera estaba segura de ir en la dirección correcta, pero era demasiado tarde para retroceder. A aquella hora, ya no había tranvías que regresaran al centro, así que aceleré el paso e intenté alejar de mi mente las palabras de advertencia de mi prima Inés. Sabía muy bien que si había una situación que debía evitar era precisamente aquella: caminar perdida, sola y en mitad de la noche, por lugares que no conseguía reconocer. En la vía, los carruajes pasaban veloces a mi lado. Cuando los cascos de los caballos, repiqueteando contra el camino, me prevenían de que se acercaba un coche, me apresuraba a apartarme hacia el margen para guardar toda la distancia posible. Algunos carruajes iban alumbrados por quinqués colgados en el exterior y aquel resplandor me cegaba y me obligaba a detenerme hasta que mis ojos se volvían a acostumbrar a la oscuridad.

Continué avanzando un tiempo que se me hizo eterno hasta que un sonido tintineante y agudo me sobresaltó. El cochero de uno de los carruajes que se acercaba por detrás hizo sonar su campanilla con insistencia a pocos metros de mí. Asustada, me giré para ver lo que ocurría y vi con terror que se dirigía hacia mí. Justo en el momento en el que el tintineo se volvió estridente, salté hacia un lado para salvar la altura que separaba aquel camino de las tierras colindantes y caí rodando. Inmediatamente después, el carruaje ocupó todo el margen izquierdo para evitar chocar con un vehículo que estaba ocupando su carril, en dirección opuesta.

—¡Eh, cuidado! —gritó una voz ronca sin dejar de hacer sonar aquel timbre metálico—. ¡No son horas para ir por los caminos!

Su voz quedó amortiguada por el desagradable chirrido de los ejes de las ruedas, que levantaron piedras en todas direcciones al salirse del camino, hasta que el cochero consiguió enderezar de nuevo la dirección del carruaje. Solo cuando vi que me había sobrepasado, mi corazón, hasta ese momento expectante, retumbó con fuerza en mi pecho. Al estruendo lo siguió el silencio más absoluto, pero aun así permanecí agazapada en cuclillas varios minutos para recobrar el aliento. Cuando al fin alcé la vista, no pude ver nada. Una densa nube de polvo que se había quedado en suspensión en el aire me irritó los ojos y la garganta y me hizo toser. Tapándome con el abrigo, avancé varios metros y, entonces, entre la humareda vislumbré dos pequeños torreones. Suspiré con alivio. Conocía bien aquella tapia de mampostería, era la entrada a la finca.

Miré hacia ambos lados para cerciorarme de que no venía ningún coche, atravesé la vía y me adentré en el sendero que se desviaba hasta la propiedad. Sobrepasé los torreones y avancé con pasos rápidos a través del largo camino adoquinado y flanqueado por cipreses que se adentraba en el jardín. Ya había recorrido la mitad y podía distinguir a lo lejos los edificios del servicio y las caballerizas, cuando oí tras de mí un sonido rítmico que retumbaba sobre las piedras del camino y que identifiqué como los cascos de un caballo. Me quedé petrificada al comprender que alguien se acercaba a gran velocidad. Era inútil tratar de esconderme, fuera quien fuese ya me habría visto.

—Perdone, ¿se ha perdido? —gritó un hombre a mi espalda ralentizando la marcha—. No sé si sabe que esta es una propiedad privada.

Al oír aquel timbre de voz, alcé ligeramente la vista y observé sobrecogida las dimensiones de un gran caballo de pelaje negro azabache. Me aparté el sombrero con ambas manos para descubrir mi rostro.

—¿Ana? —musitó Víctor con una mueca de asombro.

Ya en el interior del estudio, sentada frente al fuego de la chimenea para calentarme, él no dejaba de observarme, como si no terminase de creerse del todo que estuviese allí.

—¿Se puede saber cómo pensabas atravesar la verja principal? —me preguntó—. ¿Y qué ibas a decirle a los guardas?

—Sinceramente, ni siquiera me había parado a pensar en todas las personas que podría haberme cruzado hasta llegar al estudio —admití—. Pero seguro que algo se me habría ocurrido.

Víctor meneó la cabeza hacia ambos lados sonriendo.

—Deberías comer algo —me dijo señalando la fuente de plata que Manuel había dejado en una mesa frente a mí—. Lo necesitarás para entrar en calor. Además…, he pensado que quizá te gustaría dar un paseo por el jardín.

Alcé la vista hacia él con sorpresa.

—Mi madrastra se retirará a sus aposentos en una hora y poco después lo hará el servicio —me informó—. Si esperamos, no correremos peligro.

—Nada me gustaría más —admití.

Bajo la promesa de volver a recorrer los senderos de aquel jardín, vacié la bandeja y esperé impaciente hasta que el reloj apoyado sobre la repisa de la chimenea marcó las once en punto. A esa hora, Víctor me tendió una capa para protegerme del frío y ambos abandonamos el estudio.

El jardín había experimentado un gran cambio durante aquellas semanas. Bajo la luz de la luna, las ramas de los árboles lucían grises, desnudas, y el manto de hojas que cubría los caminos comenzaba a deshacerse. Tras bordear el estanque, en el que varias aves se amontonaban unas junto a otras para entrar en calor en aquella fría noche, comprendí que Víctor se dirigía hacia su caballo, atado en uno de los árboles. Al acercarme a él, su altura y el intenso color negro de su pelaje me intimidaron.

—Se llama Atenea. Puedes acariciarla, no te va a hacer nada. Deja que se acostumbre a tu olor.

Lentamente posé mi mano sobre ella e imité los movimientos de Víctor, que acariciaba el cuello del animal. Su pelaje era grueso y fuerte. Ante mi presencia, Atenea apenas emitió un leve resoplido.

—Eso es, muy bien —me dijo—. Parece que le gustas. Vamos a montar en ella, ¿de acuerdo? Es la forma más rápida para ir a un sitio que quiero que conozcas. Te ayudo a subir.

Localicé el estribo y cogí impulso. Víctor me sostuvo por la cintura y me ayudó a contrarrestar mi peso mientras me sentaba en la silla. Después, con agilidad, se colocó detrás de mí. Cogió las riendas y, con un movimiento suave y un par de palmadas en el cuello, le indicó que se pusiera en marcha.

En silencio, avanzamos por un sendero rodeado de vegetación y humedad que desembocaba en una explanada de hierba que enseguida reconocí, era la zona de juegos donde habíamos subido a varias atracciones antes de dirigirnos en barca hacia el casino de baile. Cuando llegamos allí, sin previo aviso, Víctor tensó sus brazos a mi alrededor para impedir que perdiese la estabilidad y agitó las riendas para que el animal acelerase el paso. Al instante, Atenea comenzó a contraer y expandir su musculatura, imprimiendo cada vez más velocidad a sus movimientos. Me así con firmeza al pomo de cuero e intenté acompasar la flexión de mis piernas al salvaje avance del animal para amortiguar el dolor que crecía en mis muslos. El aire me azotó en el rostro cortándome la respiración y provocando que varios mechones de mi cabello se agitasen en todas direcciones. Finalmente, Víctor tiró con fuerza de las riendas y Atenea respondió al momento clavando las patas delanteras y arrastrando las traseras, haciendo un surco en la tierra. La adrenalina había vuelto a dispararse en mi interior y no pude evitar reírme. En mi nuca sentí el calor de la exhalación que Víctor dejó escapar con una sonrisa de incredulidad.

—Parece como si no le tuvieras miedo a nada —dijo bajándose de Atenea de un salto.

Yo sonreí mientras me retiraba los mechones de pelo de la cara, antes de descender.

—¿Dónde me has traído? —le pregunté.

Estábamos en un nuevo estanque, pero aquel era diferente de los demás, de reducidas dimensiones y encajonado en una hendidura del terreno. Para acceder a él había que descender por una escalera de piedra. La balsa de agua se alimentaba gracias a una fuente construida en una de sus esquinas, con forma de columna. Al fijarme bien advertí que la parte superior era un busto sin cabeza.

—Se trata de un lugar muy especial —me explicó—. En los mapas de la finca se aprecia con claridad que este estanque se encuentra exactamente en el centro del recinto. No creo que su ubicación en el corazón del jardín sea una casualidad, como tampoco los diferentes elementos que lo conforman. Siempre ha despertado en mí una profunda curiosidad, acrecentada por el hermetismo con el que mi abuela se refería a él —al confesar aquello, el brillo en su mirada se acentuó—. Pese a la insistencia con la que llegué a suplicárselo, jamás me reveló la verdad de este lugar. Decía que debía descubrirlo por mí mismo y también que estaba segura de que lo conseguiría en el momento adecuado. Durante sus últimos meses de vida, le pedí que me adelantase alguna respuesta, pero lo único que me dijo fue algo que me provocó aún más inquietud: «Cuando halles el significado de este jardín, estarás preparado para alejarte de él».

—Qué gran misterio —admití sorprendida—. A juzgar por sus palabras, parece como si este lugar dotase de cohesión a todo lo demás. ¿Qué es lo que has descubierto hasta ahora?

—Creo que todo está relacionado con esa columna de ahí —dijo señalando el busto sin cabeza—. Esculpidas en su base, si te fijas, verás representadas dos figuras: lo que parece ser la pata de una oca y, al lado, tres rosas. Aún no he conseguido encontrar un significado para la primera, pero sí puedo decirte que la segunda está relacionada con uno de los temas más controvertidos del jardín y que más interpretaciones libres ha suscitado en el círculo de amigos y conocidos de mi abuela. Ven —dijo haciéndome una seña con su mano—. Sentémonos.

Ambos descendimos por las escaleras de piedra que conducían hacia el estanque y tomamos asiento en un banco, junto a la orilla.

—Verás, muchos visitantes han afirmado que en el jardín hay símbolos ligados a la masonería —me dijo Víctor—. Están esas tres rosas en la base de la columna, pero en el casino de baile también hay relieves con ritos iniciáticos asociados a esta congregación, así como escuadras y cartabones. Por todo ello se ha insinuado en muchas ocasiones que mi abuela pertenecía a esta hermandad secreta. Sin embargo, ella me confió la verdad.

La mirada de Víctor se perdió sobre la superficie del agua, donde se estaba formando una bruma invernal. La humedad traspasaba nuestras ropas, pero yo solo podía prestar atención a su voz.

—La intención de mi abuela fue venerar a la masonería, pero no tal y como hoy la entendemos, sino regresar a sus orígenes. La palabra como tal proviene del francés *maçon* y significa «albañil». En la Edad Media, los masones eran los canteros y los constructores de grandes templos. Era un gremio, igual que los alfareros o los joyeros. El gremio que poseía el conocimiento necesario para levantar catedrales, iglesias y monasterios, por lo que socialmente contaron con una posición elevada; eran muy respetados y admirados por la gente. Como se trataba de un sector en auge y cada vez había más miembros, se organizaron en logias, que no eran más que pequeños edificios construidos de manera temporal junto a la gran obra en la que estuviesen involucrados. En ellas celebraban reuniones para revisar la construcción, pero también se convirtieron en un refugio, donde descansaban o se congregaban después de las jornadas de trabajo.

»Con el tiempo, el oficio de masón fue cerrándose sobre sí mismo. Creían tanto en la importancia de su saber que lo consideraban algo sagrado. Para proteger sus conocimientos, celosos de que otras personas ajenas a su gremio descubriesen los secretos de su oficio, desarrollaron contraseñas y una compleja y elaborada simbología. Así fue como, con el paso de los años, se convirtieron en una sociedad hermética, con sus propios reglamentos y estatutos que debían cumplir con rigor. Incluso enseñaban arquitectura a los aprendices en códigos secretos, a través de números y símbolos que tenían que demostrar entender. De lo contrario, quedaban excluidos de aquella doctrina; no podían ser masones. Este secretismo y simbolismo que se desarrolló a finales de la Edad Media sentó las bases de la masonería que nacería después, una masonería moderna, secreta e iniciática, cuyos objetivos primordiales eran la búsqueda de la verdad y del conocimiento para el desarrollo humano. Dejó de ser un arte o un oficio y se transformó en algo teórico, basado en la fraternidad. Continuaron utilizando los símbolos que habían creado sus antecesores, los constructores, pero ya no con fines educativos, sino con un halo de misticismo.

—Así que tu abuela quiso rendir homenaje en su jardín a aquellos antiguos constructores —recapitulé.

—Exacto —afirmó—. Y sé que hay algo más. Tiene que haber algún motivo por el que las tres rosas estén esculpidas en la piedra junto a una pata de oca, pero no he conseguido descifrarlo todavía.

—Además, ese busto sin cabeza es significativo en sí mismo —razoné.

—Sí, creo que en esa columna está la clave de todo —asintió pensativo.

En aquel instante, sumergido entre la neblina que se estaba levantando alrededor el estanque, la visión de aquel busto se me antojó inquietante.

—¿Estás cansada?

—No, estoy bien.

—Me gustaría enseñarte algo más antes de regresar al estudio.

Nos subimos de nuevo a lomos de Atenea y nos adentramos por caminos rodeados de arbustos y enredaderas. Al final de un frondoso túnel, la vegetación se abrió y, en lo alto de una ladera, apareció un edificio de piedra y madera con aspecto de abandono. Un rosal seco apresaba su fachada y, bajo la luz de la luna llena, le otorgaba un aspecto mágico. Aquella construcción, que nada tenía que ver con los demás elementos del jardín, y que se asemejaba a la cabaña que cabría esperar encontrarse dentro de un bosque, despertó mi interés.

—¿Qué puedes decirme de ese extraño edificio? —le pregunté a Víctor.

—Pese a que te resulte una construcción peculiar, es frecuente encontrarlas en jardines privados. Se trata de una imitación de una casa de labranza.

—Pero, más allá de eso, ¿cuál era su cometido? —insistí.

—Lo cierto es que, hace muchos años, era el lugar favorito de reunión de mi abuela con sus amigas más cercanas. Se reunían en él y hablaban durante largas horas. Siempre a puerta cerrada, pues mi abuela no quería que nadie las molestase. Ni siquiera el servicio estaba presente. Sin embargo, todo cambió hacia 1870, poco antes de que yo naciese. En una terrible epidemia que asoló la ciudad perdió a varias de sus amigas. Rara vez me hablaba de ello, pero estoy seguro de que esa fue la razón por la que clausuró este edificio.

Me encogí al oír el fatal desenlace de aquellos encuentros mientras me imaginaba las estancias detenidas en el tiempo y sumidas en el silencio desde entonces. Mientras lo rodeábamos, fui incapaz de apartar la vista de él y un escalofrío sacudió mi cuerpo cuando finalmente desapareció entre la vegetación.

—Enseguida llegamos —me aseguró Víctor arropándome con su capa.

Poco después apareció ante nosotros el casino de baile.

—¿Acaso se trata de una trampa? —le pregunté.

—No, tranquila —respondió sonriendo—. No tendrás que bailar, te lo prometo.

Descendimos de Atenea y subimos por la escalinata que conducía hacia la entrada. En el salón, en calma y solitario, no había ni rastro de las voces agitadas y encendidas ni del frenesí de faldas que habían llenado la estancia durante el baile. Tan solo se oían los pasos de Víctor retumbando contra el mármol mientras prendía varios candelabros.

—Si tuviera que decir si hay un principio y un final para recorrer este jardín, sin duda diría que la visita debería comenzar en el palacio —habló regresando a mi lado—. Allí, esculpidos en la fachada principal, hay varios rosetones que representan tres momentos de la vida de Apolo, el dios de la luz. Me gustaría habértelos enseñado, pero por los alrededores siempre hay guardas y podrían vernos.

Al decir aquello, sus mandíbulas se tensaron y la expresión de su rostro se endureció. Me dio la sensación de que aquellas últimas palabras encerraban una verdad que no quiso confesarme. Sus facciones se suavizaron cuando su vista volvió a posarse sobre mí.

—Lo cierto es que esas tres etapas del mito no están elegidas al azar, sino que mi abuela las escogió porque de cada una de ellas puede extraerse la misma moraleja: no hay un buen desenlace para la arrogancia y la soberbia. No los dispuso en cualquier sitio, sino que lo hizo en su casa, en el edificio en el que vivía, para avisar a todo aquel que viniera a visitarla.

—Tu abuela no permitía ese tipo de comportamientos en su hogar —deduje.

—Exacto. Pese a su elevada posición no era el dinero lo que le interesaba, le daban exactamente igual los títulos o el estatus social de quien la visitase. Si era una persona soberbia o egocéntrica, esta podía darse media vuelta; eso es precisamente lo que se extrae de esos relieves. En cambio, las personas buenas y humildes eran bienvenidas.

La mirada de Víctor volvió a perderse en un punto infinito cuando añadió las siguientes palabras:

—Esa es una de las cosas que más echo de menos. Mi abuela no solo estaba abierta a todo tipo de conocimiento, sino también a todo tipo de personas. Era frecuente ver por los pasillos del palacio a gente de lo más variopinta que asistía a las reuniones. Había un ambiente muy especial, en cualquier rincón era posible encontrar a personas discutiendo sobre arte o vaticinando el futuro del país; gente con inquietud y deseosa por conocer. Ahora que ella ya no está, no te puedes imaginar el silencio y la tristeza que inundan los pasillos.

Su voz se quebró y, por alguna razón, pensé en sus oscuras pinturas, en el vacío que desprendían. Hablaban de la misma angustia que en aquel momento se adivinaba en su mirada, como si en su interior estuviera deslizándose sin remedio por el negro abismo al que había dado vida en sus creaciones.

—Aunque ya no puedas verla, ella continúa a tu lado —susurré—. Su manera de ser y su fuerte personalidad están esparcidas por cada rincón de este jardín. Es imposible no sentirse cerca de tu abuela entre estos muros.

La tristeza que había intentado reprimir dentro de él se asomó al exterior y humedeció su mirada. Posó una mano sobre mi espalda y, con suavidad, me atrajo hacia él.

—Gracias —dijo apoyando su frente contra la mía y cerrando sus ojos—. A ella le habría gustado mucho conocerte.

Víctor tomó mi mano y la estrechó contra su mejilla. Sintiendo el contacto de nuestra piel, bajo la lámpara de araña que nos había visto bailar la noche en la que nos conocimos, pensé en cuánto había cambiado mi percepción de él. Había olvidado el porte altivo y distante que intuí en su figura aquel día, cuando entró en el salón junto a su madrastra. Ahora sabía que aquello no era más que un mecanismo de defensa, una fachada bajo la que se protegía del resto del mundo y quizá también de su propio dolor. Mientras observaba de cerca sus ojos verdes, comprendí que conocer a alguien significa emprender un viaje hacia su interior, hacia las alegrías y aspiraciones, hacia los secretos y los miedos. Y también que es muy difícil regresar de ese viaje siendo la misma persona.

—Este es el final del recorrido del jardín, ¿verdad? —le pregunté en un susurro.

Víctor posó la mano bajo mi barbilla y alzó mi mentón hacia el techo.

—Es posible que con el bullicio que había el día del baile no te fijases. Puedes hacerlo ahora que no hay nadie.

Contemplé entonces el fresco que rodeaba la lámpara; se trataba de ángeles y mujeres envueltas en túnicas de colores suaves.

—Las figuras que ves representadas constituyen una imagen celestial —me explicó mientras lo observaba—. Las mujeres con largas túnicas son las nueve musas de la mitología griega. Pertenecían al séquito del dios Apolo y se dice que bajaban desde los cielos a la tierra para susurrar ideas e inspirar a poetas y filósofos. Después volvían a ascender y le traducían a Apolo todo lo observado, conectando así a los humanos con los dioses.

—En el comienzo, tu abuela buscaba transmitir sus principios morales a todo aquel que decidiese adentrarse en el jardín —recapitulé—. ¿Qué es lo que ocurre aquí, en el final?

—Para mí, esta habitación habla de la trascendencia humana —respondió—. De ahí, la conexión entre el cielo y la tierra, a través de las nueve musas. En esta sala se aspira a lo desconocido, a aquello que está más allá de los límites naturales.

—Me reafirmo en que bailar es lo menos interesante que se puede hacer en este salón —aseguré.

Él sonrió al escuchar mis palabras y me estrechó entre sus brazos.

Al regresar al estudio, nos tumbamos sobre la gran alfombra situada frente a la chimenea, protegidos del frío bajo una manta, con el fuego calentando nuestra piel. Él se situó junto a mí, observándome en silencio. Con precaución, extendí una mano hasta su rostro y recorrí con los dedos cada una de sus facciones. La nariz recta, la barba perfectamente recortada, el anguloso mentón, los finos labios. Lentamente me acerqué a ellos hasta entrelazarlos con los míos. Ante aquel contacto, mi cuerpo liberó con una oleada el urgente sentimiento que llevaba meses creciendo en mi interior. Un sentimiento que no era del todo mío, sino que una parte le pertenecía a él, lo habíamos construido entre los dos.

Como si aquella noche hubiese sido ayer, recuerdo el peso de su cuerpo sobre el mío, la novedad del contacto de nuestra piel tibia, adormecida por el calor del fuego; los latidos desbocados de su corazón martilleando contra mi pecho desnudo. Y, después, el silencio.

Con el peso del sueño amenazando con cerrar mis párpados, lo último que alcancé a ver fue su figura recortada contra las llamas de la chimenea. Apoyado de lado sobre uno de sus brazos, sin dejar de mirarme mientras acariciaba con suavidad mi mejilla, susurró las últimas palabras que escuché aquella noche, antes de caer rendida en un profundo sueño:

—Tú eres como esta parte del jardín, Ana. Creces libre, eres auténtica. Como bien dijiste el primer día que nos conocimos, lo superficial puede ser agradable a la vista, pero solamente eso, no hay nada más. No hay una lectura en profundidad ni matices que lo enriquezcan. La mayoría de las personas están vacías. En cambio, tú has luchado por mantenerte fiel a ti misma. Por pertenecer a esta parte del jardín. Tu belleza es tu naturalidad. No aspiras a ser perfecta, sino a ser real. Y eso te convierte en perfecta a mis ojos. Te quiero, Ana.

CAPÍTULO 27

Abril de 1990

Me imagino que no habrá sido fácil encajar la noticia que te dio tu madre acerca de sus padres biológicos —dijo Adela con comprensión tras escuchar el relato de Julia sobre su pasado familiar.

—Por supuesto que no —admitió ella—. Nos ha engañado a todos durante muchos años. Además, me pidió que no dijese nada a mis hermanos hasta que el misterio se resuelva, así que no he podido compartir con ellos esta sorpresa. —Julia entrecerró los ojos—. Sin embargo..., después de darle muchas vueltas, creo que esto explica bastantes cosas.

—¿A qué te refieres? —se interesó su terapeuta.

—Siempre he dado por sentado que mi madre tuvo una infancia fácil. Al fin y al cabo, todo lo que sabía era que había crecido en una casa enorme, rodeada de privilegios y comodidades. En ese pasado imaginario que yo había construido para ella, nunca había tenido que enfrentarse a la carencia de nada. Incluso presupuse el cariño que recibió de sus padres. Pero me he dado cuenta de que todo eso no era nada más que una cortina de humo que ella misma había dispuesto con tiento para ocultar la realidad. Y la realidad es que nunca llegó a conocer a su verdadero padre, que se crio con sus tíos porque su madre murió cuando apenas tenía cinco años y que, probablemente, en esa casa enorme tuvo la oportunidad de conocer la felicidad o la dicha en contadas ocasiones.

—¿Crees que tu madre no tuvo una infancia feliz?

Julia recordó las expresiones de los tíos de su madre en los retratos del álbum familiar. Vacías, tristes, consumidas.

—Creo que es muy difícil que lo fuese, porque convivió con dos personas que debían de sentirse muy desdichadas. Todavía no sé lo que ocurrió, pero estoy segura de que aquello les arrebató de cuajo la esperanza. Y es precisamente en ese contexto de tristeza en el que creció mi madre. Cuando ella llegó a sus vidas, Rosario y Vicente habían perdido la alegría.

—Eso tuvo que condicionar el carácter de tu madre —apuntó Adela mientras hacía anotaciones en su folio.

—Sí… Alguna vez, me comentó que la educaron con estrictas normas, las mismas que luego aplicó a mis hermanos y a mí. Supongo que, después de ver el terrible destino que corrió su hermana, Rosario tendría pánico de que su sobrina terminase como ella. Quizá por eso fue tan severa con mi madre.

—Es razonable pensar que, después de perder a su hermana, Rosario trazase una frontera entre lo que estaba bien y lo que era peligroso —admitió Adela—. A un lado de esa línea invisible, estaría su mundo, en el que se sentía segura. Y, al otro, lo que había llevado a su hermana a la muerte: una relación fuera del matrimonio con un hombre de clase inferior, haber abandonado su hogar y a su familia.

—Eso es lo que aprendió mi madre, que había un mundo seguro al que ella pertenecía y otro al que no debía asomarse —asintió Julia—. Por eso siempre ha censurado con rigidez todo aquello que se escapa de su control.

—Es posible —coincidió la terapeuta—. Pero no debes culparla por ello, porque detrás de su actitud se esconde uno de los sentimientos más poderosos y difíciles de manejar: el miedo. Eso es lo que, de forma inconsciente, heredó de sus tíos: un miedo terrible a terminar como había acabado su madre.

Con la vista sobre el tablero del escritorio, Julia asintió en silencio.

—Creo que sería justo que contases con alguna ayuda en esta investigación —apuntó Adela.

—Ha de ser mi madre quien se lo cuente a mis hermanos.

—No me refiero a ellos —repuso con suavidad—. Hablo de Candela. Creo que es hora de que aceptes que este no es un enfado más. No basta con dejar pasar el tiempo, pues ya han transcurrido casi dos meses desde vuestra discusión. Lo que necesita tu hija es que le recuerdes que cuenta con tu apoyo, que estás a su lado. Este silencio es una llamada de atención, debes acercarte a ella. Y, quizá, todo este asunto sea una buena oportunidad para retomar el contacto. Te animo a que le pidas ayuda y a que le confieses cómo te sientes en este momento. Le complacerá saber que la necesitas, ablandará el caparazón en el que se ha encerrado tras vuestra disputa.

Aquel día, al abandonar la consulta, Julia pensó en su madre. Mientras caminaba, sintió que alzaba el vuelo y contemplaba su vida a vista de pájaro, apreciando por primera vez los acontecimientos que habían ido definiendo su carácter. Para protegerse del dolor de su pasado, Josefina había decidido evitarlo. Bajo aquel hermetismo escondió también las preocupaciones, los miedos y los sentimientos más complejos. A consecuencia de aquel vacío emocional, siempre había existido una distancia insalvable entre ella y sus hijos. Daba igual el tiempo que Julia pasase con su madre, tenía la sensación de que nunca conseguía llegar hasta ella.

Julia continuó elevándose en las alturas, hasta que fue capaz de distinguir lo que estaba por venir. Desde allí arriba, donde la perspectiva era tan amplia, no podía ignorar lo que tenía ante ella: los errores que no quería repetir con su propia hija. Aún estaba a tiempo. Debía acercarse a Candela como su madre nunca había sabido hacerlo con ella, con sinceridad, abriendo su interior y compartiendo sus sentimientos.

Al llegar a casa, se dirigió al cuarto de su hija. Cogió aire, llamó con dos toques a su puerta y entró.

CAPÍTULO 28

Enero de 1896

Ana

Esto es todo lo que han podido conseguir mis contactos —nos dijo Úrsula señalando la bolsa de tela ante ella—. ¿Seguro que no queréis que os acompañe? —añadió mirándonos con preocupación.

—Descuida, ya has hecho más que suficiente —le aseguró Carolina—. Lo más importante eran las medicinas, sin ti no habríamos podido conseguirlas.

—Tened cuidado, por favor —insistió Úrsula—. ¿Qué le ocurre a Inés? ¿Está enferma?

Una semana atrás, mis amigas habían escuchado el relato de mi encuentro con la anciana señora que me había pedido ayuda y todas ellas, incluida mi prima, me habían asegurado que me acompañarían al barrio de las Injurias. Sin embargo, llegado el día, Inés no había acudido a la academia a la hora indicada. En silencio, recordé con pesar la última conversación que había tenido con ella en el salón de mi casa, cuando anuncié que visitaría a Víctor en secreto, aprovechando la ausencia de nuestros padres. No me había vuelto a dirigir la palabra desde entonces y había procurado cruzarse conmigo lo menos posible.

—Estos últimos días anda desaparecida —dijo Clara.

—Ahora que lo pienso, el viernes estuvo muy callada —recordó Carolina.

Úrsula se giró hacia mí y le bastó una mirada para comprender que ocurría algo entre nosotras y también que aquel debía de ser el motivo de su extraño comportamiento. Decidió no insistir más.

—Intentaré hablar con ella, quizá esté preocupada por la situación de sus padres —disimuló—. No os entretengo más, tenéis que marcharos cuanto antes para evitar que se os haga de noche —nos recomendó Úrsula.

Las tres alzamos las bolsas de tela con todos los enseres que habíamos conseguido reunir y nos las colgamos al hombro. Úrsula se despidió de nosotras en la puerta de la academia.

—Mis niñas, sois valientes y buenas personas, pero por desgracia podríais meteros en un gran lío —dijo mientras movía la cabeza de un lado a otro con preocupación.

—Tendremos cuidado —le prometí—. No tardaremos en regresar.

Carolina, Clara y yo nos dirigimos con pasos rápidos hacia el tranvía del sur. El peso de las bolsas, llenas de ropa y medicinas, nos obligaba a arquear la espalda y las gotas de sudor enseguida me empaparon el cuello de la camisa. Con una manga, me sequé la frente y me concentré en llegar hasta la parada mientras los frascos de cristal de los medicamentos tintineaban entre sí.

En cuanto nos subimos al tranvía, debido a las miradas que se giraron hacia nosotras, nos dimos cuenta de que nuestras ropas desentonaban. Las mujeres llevaban sencillas faldas de paño oscuro, y la mayoría de los hombres, algunos con los rostros tiznados de negro, sus uniformes de trabajo. Un señor muy mayor, con la cara tan arrugada que apenas si se distinguían sus ojos, iba vestido con un traje roto y sucio y sus pies estaban cubiertos por unas alpargatas roídas. Se trataba de gente humilde y trabajadora que regresaba a sus casas en el extrarradio de la ciudad. Enseguida se olvidaron de nosotras y continuaron mirando por la ventanilla.

En el momento en el que divisamos el río a lo lejos, nos dirigimos hacia la puerta delantera del tranvía para descender y seguimos las indicaciones que me había dado Milagros. A nuestra derecha, vimos el cauce flanqueado por árboles y, entre ellos, a varias mujeres lavando ropa en el agua. Estaban encorvadas y charlaban animadas mientras sus hijos correteaban jugando a su alrededor. El aire movía la ropa pulcramente tendida en unos improvisados tendederos construidos con palos de madera.

Cuando llegamos a la entrada del barrio de las Injurias, comprobamos que, en realidad, no era más que una abertura en medio de la maltrecha verja que lo delimitaba. La visión del poblado que apareció ante nosotras fue abrumadora. Centenares de casitas de madera se apilaban unas encima de las otras, sin ninguna organización aparente. Los niños, con el cabello largo y despeinado, corrían sucios por la tierra persiguiéndose entre animales sueltos. Algunas mujeres avanzaban lentamente portando sobre los hombros jarras de agua o grandes cestos con la ropa limpia, otras estaban reunidas en corrillos, cocinando en hogueras improvisadas, junto a la entrada de sus casas. Por encima de los desvencijados tejados, en la línea del horizonte, sobresalían a lo lejos las chimeneas de ladrillo humeantes de las fábricas cercanas.

—No os dejéis llevar por prejuicios —nos indicó Clara—. Que no vivan como nosotras no quiere decir que sea gente peligrosa —afirmó antes de echar a andar con decisión por aquellas calles embarradas.

Sorprendidos por nuestra presencia, todos detuvieron su actividad y nos observaron con detenimiento.

—Así es como intentan ganarse la vida —nos explicó Clara mientras nos mostraba varios montones de trapos viejos, lana y madera—. Los venden a cambio de unas cuantas monedas para poder comer. Las imprentas aprovechan esos desechos para convertirlos en papel de periódico.

—¿Habéis visto las puertas de las casas? —preguntó Carolina en un susurro señalando varias lonas improvisadas que colgaban del techo atadas con cuerdas.

—Tienen que pasar un frío terrible por las noches —musité.

A nuestro alrededor, los niños nos seguían sin dejar de reírse ni de hacer bromas acerca de nuestra indumentaria. Yo intentaba distinguir entre aquellos rostros tiznados a Milagros. Una mujer que estaba prensando cañas de trigo se irguió al vernos pasar y se dirigió a nosotras mientras se limpiaba las manos en el delantal.

—Me parece que se han perdido —pronunció con un extraño acento.

Las vecinas que estaban a su alrededor dejaron escapar una risa.

—No, señora —respondí—. Venimos a traerle estas cosas a la abuela Milagros. Me consta que su hija está muy enferma.

La expresión de aquella mujer mudó de inmediato al escuchar mis palabras. Se levantó y se apresuró a indicarnos:

—Síganme, su casa está más adelante. —Echó a andar y regañó a los críos—: ¡Eh, niños, ya basta!

Los revoltosos chavales que venían detrás de nosotras guardaron silencio, pero continuaron siguiéndonos acompañados por sus madres, movidos por la curiosidad. La mujer que nos guiaba se detuvo ante una casa, apartó la cortina que servía como puerta y llamó a Milagros con un grito. Enseguida vi aparecer a la anciana con su desdentada sonrisa.

—¡Qué Dios la bendiga! —exclamó al reconocerme—. Y a ustedes también —añadió refiriéndose a Clara y a Carolina—. Oh, no sé cómo les voy a poder agradecer esto... —Su voz se quebró en un sollozo cuando vio las bolsas que traíamos colgadas de los hombros.

Se tapó la boca con un pañuelo y no pudo evitar llorar al mismo tiempo que nos hacía un gesto invitándonos a pasar.

—No saben cuánto les agradezco que hayan venido —dijo con voz trémula—. Mi niña está muy malita, ya casi no abre los ojos. Pasen, pasen, por favor.

Al traspasar el umbral, escuchamos el llanto insistente de un bebé. La primera habitación no era más que una pequeña estancia elevada sobre la tierra con tablones de madera desvencijados, sobre los que había varias alfombras esparcidas. Desde allí, a través de dos puertas medio descolgadas, se accedía a un humilde lavabo y al dormitorio, de donde procedían los llantos del bebé. Seguimos a Milagros hasta aquel cuarto estrecho y lúgubre, ocupado casi en su totalidad por el colchón. En él yacía su hija, de apenas unos veinte años. Estaba pálida, con el cabello a su alrededor enmarañado y empapado en sudor. El tono morado de los labios era la única nota de color en su rostro blanquecino. Bajo las sábanas, su cuerpo temblaba con espasmos. El bebé lloraba desconsoladamente a su lado.

—Ya no consigo que le baje la fiebre —dijo Milagros—. Las infusiones con quina no le hacen nada. Su frente está ardiendo desde hace un par de días.

La joven dormía, ajena a nuestra presencia y al llanto de su bebé. Su abuela lo cogió con cuidado y lo acunó para que se calmase. Una punzada de tristeza me atravesó el estómago al ver su cuerpecito, las piernas y los brazos estaban demasiado delgados.

—Vamos a sacar todo lo que nos ha dado Úrsula —dijo Carolina tomando el control de la situación.

Las tres nos apresuramos a disponer sobre el colchón los jarabes, cataplasmas, ungüentos y las mieles medicinales. Carolina cogió uno de los tarros de cristal y, señalando al bebé, nos organizó a todas:

—Intentad calmarlo, chicas. Yo me quedo con usted, Milagros. Tenemos que despertar a su hija y administrarle este jarabe. Debe tomárselo cuanto antes.

Siguiendo sus indicaciones, Clara rebuscó en una de las bolsas hasta dar con un biberón, yo cogí en brazos al bebé y abandonamos aquella minúscula habitación. Intenté imitar los movimientos de su abuela para calmarlo, pero él se retorcía y estiraba sus diminutas manos con inusitada fuerza para su pequeño tamaño, extrañando mi olor.

—Tiene mucha hambre —nos dijo la mujer que nos había guiado, que no se había movido de la entrada de la chabola—. ¿No ven que la mamá está tan débil que no puede amamantarlo? Algunas de las que todavía tenemos leche por nuestros hijos pequeños intentamos alimentarlo, pero ese chiquitín no es tonto. Sabe que no somos su madre y nos extraña. Come muy poco.

—Tenga —dijo Clara tendiéndole el biberón—. ¿Tienen leche para llenarlo?

—¿Qué es eso? —preguntaron varias mujeres que esperaban fuera al unísono.

—Un biberón —explicó Clara sorprendida—. Sirve para alimentar a los bebés cuando la madre, por el motivo que sea, no puede darle su leche.

Las mujeres se juntaron para ver aquel objeto y lo miraron con escepticismo. Una de ellas dijo:

—Traiga, démelo. Claro que tenemos leche. Las cabras que han visto por ahí corriendo no están para que los niños se diviertan. Nos alimentamos gracias a ellas.

Clara se lo entregó y esta regresó a los pocos minutos. Otra mujer, la mayor de aquel grupo, me indicó que le pasara al bebé. Sin demasiado tacto, al primer llanto le introdujo el biberón en la boca y el pequeño succionó con ansia, como si llevara hambriento desde que había nacido. Todas las vecinas, que hasta ese momento miraban con reticencia aquel objeto que desconocían, sonrieron sorprendidas al ver su función. Pese a su juventud, a la mayoría de ellas les faltaba algún diente o los tenían teñidos de negro.

Cuando Milagros reapareció junto a Carolina, nos invitó a sentarnos en una de las alfombras dispuestas por el suelo mientras acomodaba varios cojines. Había puesto la cafetera en el fuego y, sobre una pequeña mesa de madera, colocó un plato con frutos secos. Apenas tenía nada material, pero estaba ofreciéndonos todo lo que podía. Con unas palabras de agradecimiento, nos sentamos junto a ella.

—Supongo que les extrañará vernos solas a mi hija y a mí. —Nos miró con una sonrisa triste mientras servía el café—: Lo cierto es que las dos perdimos a nuestros maridos. El mío falleció hace cinco años, debido a una epidemia de difteria que se extendió por el poblado y que se llevó también a dos de mis hijos. El marido de mi hija se largó al enterarse de que se había quedado embarazada.

Nos confesó aquello con resignación pero sin lástima. Su voz, impregnada de templanza y coraje, no invitaba a la compasión, sino que más bien dejaba entrever la fortaleza con la que aquella anciana hacía frente a su situación.

—Aquí las cosas son un poco diferentes a las suyas —continuó—. La falta de dinero rige nuestras vidas, condiciona nuestras relaciones, nuestros trabajos, nuestra apariencia... En la mayoría de los comercios no quieren contratarnos porque no tenemos ropa para ir bien vestidos, así que nos vemos obligados a buscarnos la vida como podemos. Algunos tienen la dudosa suerte de conocer a alguien con dinero y deciden abandonar a sus familias para probar fortuna. Suelen regresar unos meses más tarde, cuando la persona en cuestión se entera de que su futuro marido o mujer ha crecido en este barrio. Nuestra procedencia condiciona nuestro destino. Sin embargo, hay algo que solo las enfermedades nos pueden arrebatar: nuestros niños. Ellos llenan de vida esto. Son nuestra energía para seguir. Mi hija y mi nieto son la razón por la que acudo cada día con ánimo para intentar ganarme la vida en las calles de la ciudad. Solo lamento no poder ofrecerles algo mejor. Una educación, unas buenas condiciones higiénicas, un hogar cálido, medicinas... Ahora mi hija está muy débil, pero no se imaginan lo fuerte y activa que siempre ha sido, todos aquí lo saben. —Hizo una pausa y nos aclaró—: Me quejo ante ustedes para que comprendan nuestra realidad, pero no se crean que me paso la vida lamentándome. Aquí todas las mujeres y todos los hombres somos luchadores y nos las ingeniamos para sobrevivir. El problema es que siempre aparece alguien que hace mucho ruido y se dedica a robar o algo peor y ensucia la fama del barrio. No hay más que ver cómo han apodado al lugar en el que vivimos.

Tras conversar con ella y bebernos el café, las tres le dimos las gracias y nos levantamos para marcharnos. El bebé, saciado, dormía tranquilo en los brazos de su abuela y, después de echar un vistazo al dormitorio, Milagros anunció que el cuerpo de su hija ya no temblaba.

—Le está bajando la fiebre —anunció.

La mujer se aferró a aquella pequeña mejoría dentro de su delicado estado y nos dio las gracias una y otra vez.

—¿La veré de nuevo en los alrededores de la plaza en la que nos encontramos? —le pregunté.

—Siempre ando por allí —respondió Milagros—. En cuanto mi hija se recupere, volveré a ir cada día.

—En ese caso, la buscaré y le preguntaré por su hija —le aseguré—. Esperamos de corazón que se ponga bien.

—Nos veremos por las calles —se despidió ella.

Le dimos un beso al bebé y las tres salimos de la casa. Las vecinas, que antes nos habían mirado con desconfianza, nos acompañaron hasta la salida charlando animadamente, sin rastro de esa primera impresión. Al llegar a la entrada, la mayor se despidió de nosotras tomando la palabra por todas:

—Milagros no lo va a reconocer, porque la pobre mujer no quiere ni pensarlo, tiene una fe ciega en que su hija se pondrá bien, pero, si ustedes no llegan a venir, habría muerto. Eso es así. Por tanto, de parte de todas nosotras, gracias. Porque aquí dentro somos una gran familia, con nuestros más y nuestros menos, pero todos nos conocemos. Sentimos cada pérdida y no se imaginan el sufrimiento que llevamos dentro por verla tan mal día tras día, la impotencia de no poder hacer nada. Es amiga de todas nosotras.

Cuando vieron que nos alejábamos, los niños interrumpieron su frenética actividad y se quedaron inmóviles junto a la verja, observando nuestra marcha con sus grandes ojos. Incluso cuando ya no podían distinguir más que tres siluetas en la penumbra del atardecer, nos giramos hacia ellos y los vimos en la distancia mientras nos decían adiós con las manos. Nos despedimos una última vez y deshicimos el camino hacia la parada del tranvía, tratando de asimilar aquel primer encuentro con una realidad tan cercana y, al mismo tiempo, tan distinta a la nuestra. Las tres permanecimos en silencio durante el trayecto de vuelta hacia el centro de la ciudad.

—Ana, si su hija no mejora, ¿podríamos hablar con tu padre? —me preguntó Carolina cuando estábamos a punto de llegar, rompiendo el silencio—. Si no quieres, lo haré yo misma, no te preocupes.

Sabía que no había manera razonable de pedirle ayuda a mi padre sin delatarme, pero no dudé mi respuesta.

—Confío en que mejore, pero si eso no ocurre lo haré yo misma —aseguré—. Si le pasa algo a esa joven, no podría perdonármelo.

CAPÍTULO 29

Abril de 1990

Resguardadas por la intimidad de una mesa solitaria en un restaurante de la Cava Baja, Candela escuchaba todo lo que había averiguado en el último mes su madre. El hallazgo de la fotografía de Eduardo, la partida de nacimiento del bebé, el viaje de los tíos de Josefina al norte para fingir el embarazo, los gritos de Remedios días antes de morir, la tumba inexistente de Santiago... Mientras hablaban, Candela observó a Julia con atención, agradeciéndole en silencio que hubiese decidido confiarle todo aquello.

Meses atrás, en el mismo momento en el que sus últimas palabras pusieron fin a la discusión que habían mantenido, Candela comprendió que aquella comparación con Josefina le había infligido un gran dolor a su madre. Durante los días siguientes, de manera sutil, el desconcierto y la confusión se habían instalado en la mirada de Julia. Nadie que no la conociese lo habría advertido, pues su madre no dejaba entrever sus sentimientos con facilidad, pero Candela no pasó por alto su aflicción. Bajo aquella tenue vulnerabilidad había visto asomarse a la mujer que se escondía detrás de una apariencia impecable: una Julia infeliz e, incluso, frágil.

Pese a que Candela se refugió en el silencio y en el resentimiento, prestó especial atención a cada uno de los cambios que había experimentado su madre desde entonces. Con cautela y cierta conmoción, observó los más evidentes, como su cabello suelto, el cambio en la rutina o los vestidos que había decidido ponerse después de llevar años colgados en el armario, todavía con la etiqueta puesta; pero había algo más, algo que nacía en su interior y se manifestaba en sus movimientos, en sus actos, en sus palabras e incluso en su sonrisa. Era como si una parte de ella hubiese despertado por primera vez. O quizá siempre había estado ahí, cuidadosamente escondida.

Candela no pudo evitar sentirse culpable y responsable de aquella transformación, consciente de que el desencadenante habían sido sus palabras. Incluso asustada, pues lo último que esperaba cuando la acusó de haberse convertido en la misma persona que su abuela era que su madre decidiese tomar cartas en el asunto. Por eso, el rencor que sentía hacia ella, que ya había comenzado a desarmarse, se quebró por completo cuando Julia le confesó que llevaba yendo a terapia desde su discusión. En un acto de rendición, de perdón, había entrado en su cuarto dejando fuera la coraza, aquella fría armadura bajo la que solía protegerse. Cuando ambas se abrazaron, Candela se sintió más cerca que nunca de su madre. Estaba dispuesta a proteger esa parte de ella que había comenzado a brotar a raíz de sus palabras. Todavía era frágil y vulnerable, pero estaba dispuesta a brindarle todo su apoyo para que no tuviese que protegerse bajo ningún escudo.

—De todo lo que hemos visto, me quedo con el edificio de piedra con cientos de rosas amarillas cayendo en cascada por su fachada. Parecía el escenario de algún cuento, ¿verdad? —la interpelación de su madre sacó a Candela de sus pensamientos.

Esa misma tarde, ambas habían realizado una visita guiada al jardín de Olavide, la finca que había sido propiedad de la familia de Leo hasta mediados de siglo.

—Sí —admitió Candela sonriendo—. Aunque no sabría decir si de un cuento con final feliz o triste. Yo, por mi parte, me quedo con el abejero. ¡Qué excentricidad!

—Era otra época —sonrió Julia—. Me habría encantado formar parte de las reuniones que organizaba la duquesa en los salones de su palacio —dijo recordando las palabras de la guía—. Recostarme sobre los elegantes sillones, con una copa de burdeos en la mano, y hablar de arte hasta el amanecer.

—Es cierto que la figura de Victoria de Velasco es digna de estudio y también que el jardín que fundó es precioso, pero me temo que no hemos podido averiguar mucho —se lamentó Candela—. Me habría gustado que la guía mencionase algo más de su nieto y de su esposa, Víctor y Eleonor. Al fin y al cabo, ellos fueron los últimos propietarios del lugar.

—Eleonor cuenta con un archivo personal propio, tal y como me contó Eduardo —recordó Julia—. Si necesitamos consultar algo de su vida, tenemos dónde acudir.

—No estaría mal centrarnos en las vidas de los duques de Olavide —propuso Candela—. Al fin y al cabo, ellos son, junto a nuestros antepasados, los condes de Palafrugell, el nexo de este misterio.

Julia, que en ese momento se estaba llevando el tenedor hacia la boca, interrumpió su movimiento y lo dejó apoyado en el plato.

—¿Qué ocurre? —preguntó Candela.

—Es posible que hayas encontrado la clave de todo este asunto —murmuró Julia—. Hasta ahora había dado por cierta la teoría que elaboraron Leo y Eduardo: el posible vínculo que explicaría por qué Eleonor atesoraba una fotografía con nuestros antepasados era una supuesta relación entre ellos. Pero ¿y si estábamos equivocados? ¿Y si era el bebé el nexo?

—¿A qué te refieres? —preguntó Candela confundida.

—A que Eleonor y Víctor fueran los verdaderos padres de ese bebé —dijo lentamente Julia—. Lo único que sabemos a ciencia cierta en todo este asunto es que Santiago no podía ser el hijo de nuestros antepasados. Simularon el embarazo de ella, lo bautizaron y se quedaron con él hasta que murió... o desapareció. Lo organizaron todo de tal forma que nadie pudiese sospechar, pero ellos no eran sus verdaderos padres. Rosario no podía concebir. —Julia se mordió el labio inferior antes de añadir—: Esto explicaría la desesperación de la criada en sus últimos días. Quizá estaba al tanto de la verdad y sabía lo que habían hecho sus señores: acoger en su casa a un niño que no era suyo.

Los ojos de Candela se abrieron desmesuradamente.

—Tenemos que conseguir un permiso para visitar el archivo de Eleonor —afirmó—. Es posible que haya algo entre sus pertenencias que demuestre si esta teoría es cierta. Iré contigo. Entre las dos tendremos más posibilidades de encontrarlo.

—Gracias por ayudarme en esto —le aseguró Julia conmovida por su ofrecimiento.

—No hay de qué, mamá —respondió Candela—. Ya sabes, tus problemas son los míos. Compártelos conmigo y pesarán la mitad.

Candela atesoraba aquellas palabras desde su infancia, Julia solía decírselas cuando era pequeña. Al pronunciarlas, los ojos de su madre se humedecieron.

CAPÍTULO 30

Febrero de 1896

Ana

Antes de abandonar mi cuarto, leí una vez más la última e inesperada nota que había recibido de Víctor apenas unos días después de pasar la noche en el jardín junto a él. Analicé la brevedad de sus líneas. Había algo extraño en ellas, quizá un matiz de urgencia que no había querido compartir conmigo.

Querida Ana:

Te escribo para informarte de que debo ausentarme de la ciudad durante un par de semanas. Volveré a ponerme en contacto contigo en cuanto regrese para que podamos vernos. Cuídate.

Un cálido abrazo,

VÍCTOR

Lanzando un suspiro me puse en pie, plegué el papel y lo guardé en mi secreter. Con el recuerdo de nuestro último encuentro todavía latiendo en mi interior, me dije que lo más probable era que aquel repentino viaje se debiese a uno de los múltiples compromisos que tendría que atender, debido a su categoría como duque. Tras despedirme de mi madre, abandoné nuestra casa y me dirigí hacia la academia de música mientras repasaba las palabras exactas que le diría a Inés. Aquella era la primera vez que un enfado nos había distanciado durante tanto tiempo. Después de dos semanas guardando silencio, mi prima al fin había accedido a hablar con Úrsula, y ella, sabedora de nuestro enfado, me había citado en su escondite para que pudiésemos solventar nuestros problemas.

Atravesé el patio de la academia, abrí el compartimento secreto y bajé de dos en dos los escalones hasta el salón. Sin embargo, cuando estaba a punto de atravesar las cortinas de terciopelo, me detuve al escuchar la profunda voz de Úrsula.

—Cariño, siento la responsabilidad de recordarte que tienes más opciones —le decía a Inés—. Sé que es un acto de generosidad inmenso por tu parte, pero ¿qué va a pasar contigo? ¿Acaso serás feliz?

No alcancé a oír la respuesta de mi prima, apenas un murmullo, pero sí la contestación de Úrsula a sus palabras:

—¿Y el coraje? —replicó—. ¿Lo tienes? Hablas de que tu vida se desmorona, pero acaso negarte la posibilidad de amar, de luchar por lo que sueñas, ¿no es también echar tu vida a perder?

Al oír aquello, mi corazón latió con fuerza. Incapaz de aguardar fuera, carraspeé y atravesé las cortinas. Mi prima estaba sentada en uno de los sofás, con los hombros hundidos y la mirada clavada en el suelo.

—¿Qué ocurre? —pregunté.

Por toda respuesta, Úrsula estrechó con cariño a Inés, se levantó y abandonó el salón para dejarnos a solas. Cuando se cruzó conmigo, supe por su expresión abatida que aquello no me iba a gustar.

—Ana, tengo que decirte algo. —Inés se dirigió a mí sin apartar la vista de su regazo—. Supongo que pensarás que te he estado evitando porque sigo enfadada contigo, y en parte sí, pero todo es mucho más complicado de lo que crees. Desde que nos enfadamos ha habido cambios en mi vida.

Avancé con nerviosismo y me puse de rodillas frente a ella para obligarla a que me mirase. Mi prima cogió aire varias veces moviendo sus manos con inquietud antes de comenzar.

—Hace unas semanas, mi madre se encontró en el mercado con una de nuestras antiguas vecinas. —Me estaba contando algo que sabía que iba a preocuparme—. Desconocía el motivo por el que tuvimos que mudarnos de un día para otro. Cuando se enteró de que mi padre había perdido su trabajo en el banco, se mostró muy afligida y le prometió a mi madre que vendría a hacernos una visita a nuestro nuevo hogar. Y así lo hizo. Vino a merendar al día siguiente de que nuestros padres regresasen del pueblo. Pero no lo hizo sola, sino acompañada de su hijo.

Inés hizo una pausa dejando escapar el aire. De manera inconsciente, mi mente comenzó a dar forma al motivo de su aflicción, pero traté de apartarlo de mis pensamientos. No quería tener que enfrentarme a aquella realidad. Era demasiado pronto.

—Nos presentaron, merendó con nosotras y acordamos vernos otro día —continuó Inés—. Y así fue: esa misma semana, acompañados por nuestras madres, estuvimos paseando por el paseo del Prado. Esa escena volvió a repetirse el domingo pasado.

En la voz de Inés no se adivinaba ni rastro de emoción. Ni siquiera de satisfacción. Hablaba de manera mecánica, como si deseara acabar con ello cuanto antes.

—Bueno, ¿y cómo es él? —le pregunté con un matiz distendido.

—Eso da igual —respondió Inés con amargura—. Lo que intento decirte es que quiere pedirle mi mano a mi padre.

—Entonces, con más razón, lo más importante es si te hace feliz —insistí—. ¿Acaso no es eso lo que debes tener en cuenta a la hora de decidir tu respuesta?

—Ana, voy a aceptar. Tengo que hacerlo.

Los hombros de Inés se hundieron aún más cuando dijo aquello. Parecía agotada. Sus oscuras ojeras revelaban su cansancio acumulado. Tomé sus manos entre las mías e intenté acercarme a ella.

—Siempre has defendido que no te casarías hasta que estuvieses segura de tus sentimientos —le recordé—. ¿A qué viene ahora tanta prisa? Tómate el tiempo que necesites para darle una respuesta, porque lo que decidas será para el resto de tu vida.

Inés se levantó con brusquedad del sofá, soltó mis manos y comenzó a andar de un extremo a otro del salón.

—No lo entiendes —dijo con frustración—. La posición económica de su familia es infinitamente mejor que la de mis padres. Si me caso con él, nunca nos faltará de nada. No solo eso, sino que, aunque sé que jamás lo admitirían, una hija ya casada supondría un inmenso alivio económico para ellos. Una boca menos que alimentar.

Asentí lentamente al comprender el motivo de aquella descabellada decisión.

—Te aseguro que son mis sentimientos los que me mueven a aceptar su proposición, aunque no de la manera que crees —afirmó—. No voy a casarme por amor a él, sino a mis padres. Odio que sufran, no soporto verlos ahogándose en sus preocupaciones.

—¿Y crees que la solución es condenarte a ti misma solo para salvarlos a ellos? —inquirí.

—Tú misma lo has dicho —respondió con amargura—. Mis padres no son felices, esa es la realidad, la prueba de que el amor no lo soluciona todo.

—Eso no es cierto, Inés. Tus padres están atravesando una situación muy complicada, pero al final del día se tienen el uno al otro. Su alma no está vacía. En cambio, la amargura que sentirás si te casas sin convencimiento te acompañará durante el resto de tus días.

Mi prima se detuvo en medio del salón y sus ojos se llenaron de lágrimas.

—Les he pedido demasiado, Ana —dijo en un susurro—. A ellos, a tus padres y también a Úrsula. Ni siquiera debería estar acudiendo a las clases de música, es algo que ya no me puedo permitir. Además, me case o no, aquí nos quedan menos de seis meses. Después seremos demasiado mayores para tomar clases de canto o de piano o para hacer cualquier otra cosa que no sea casarnos. Sabes tan bien como yo que estos años de despreocupación y ausencia de responsabilidades se nos acaban. Ya es hora de que aceptemos la realidad. Nos guste o no, ese es nuestro futuro.

—Ya sé que no tenemos escapatoria al matrimonio —le aseguré—. No se trata de eso, sino de elegir a la persona adecuada. A alguien que te comprenda y sepa cómo hacerte feliz. Esa persona existe, está ahí fuera, esperándote. ¿Acaso vas a tirar por la borda la oportunidad de conocerlo? No mereces eso y lo sabes.

El mentón de Inés tembló con violencia y por un momento pensé que recapacitaría, pero entonces dijo:

—Ana, baja al mundo real, por favor.

La interrogué con la mirada, pidiéndole una explicación a sus palabras.

—Sé que lo que estás viviendo con Víctor es muy intenso, pero ya es hora de que pongas los pies en la tierra y admitas que ese no es tu destino —sentenció Inés—. No puedes continuar viéndolo a escondidas toda tu vida.

—Ese es mi problema —atajé—. Estamos hablando de ti.

—Se trata de lo mismo. La diferencia estriba en que yo ya he asumido cuál es mi futuro, pero tú no quieres hacerlo.

Y creo que cuanto más tiempo sigas creyendo en esa fantasía, más doloroso te resultará aceptar la realidad.

—Lo que nos ha unido a Víctor y a mí no es ninguna fantasía, sino un sentimiento real —aseguré—. Lo que ocurre es que su elevada posición social complica las cosas y no basta con que le pida mi mano a mi padre. Sin embargo, me dijo que hablaría con su madrastra y lo arreglaría todo. Confío plenamente en su palabra.

—Te lo aseguró hace semanas —dijo Inés sacudiendo la cabeza con incredulidad—. ¿Acaso lo ha hecho?

Guardé silencio. Sin pretenderlo, vinieron a mi mente las escuetas palabras con las que anunciaba su ausencia en la última carta que había recibido de él.

—Lo siento, pero no puedo aceptar tus consejos. —La voz de mi prima sonó extraña y distante—. Llevas meses jugando con fuego y poniendo en riesgo tu reputación y tu vida, así que no me digas cómo tengo que conducir la mía.

Al terminar de hablar, las lágrimas rodaron por sus mejillas. La expresión de dolor en sus ojos contrastaba con la dureza de las palabras que acababa de dirigirme y comprendí que no podría hacerla cambiar de opinión.

—Si quieres rendirte tan pronto y arruinar tu vida, adelante, pero yo no voy a apoyarte —sentencié—. Quiero creer que la vida no es eso, aunque tenga que luchar para demostrárselo a todo el mundo, incluyéndote a ti, prima.

Me di la vuelta y abandoné el salón. Estaba dolida por el ataque que había lanzado hacia mí, pero, sobre todo, por la duda que había sembrado acerca de mi relación con Víctor. ¿Aquel viaje era, en realidad, una huida? ¿Un pretexto para alejarse de mí, para no tener que enfrentarse a la verdad? ¿Nuestra relación realmente estaba abocada a desaparecer? Mientras me alejaba de allí con paso firme, sacudí la cabeza y me obligué a alejar aquellos pensamientos, aferrándome al recuerdo de la noche que había pasado con él. Si Víctor se había alejado, tenía que haber algún motivo de peso que pronto descubriría.

CAPÍTULO 31

Febrero de 1896

Ana

Después de la discusión con Inés, lo único que quería era encerrarme en mi cuarto y estar a solas. Sin perder el tiempo, me di prisa para llegar a casa. Una vez entré al portal, subí las escaleras de dos en dos, llamé a la puerta y esperé impaciente a que Manuela me abriera. Sin embargo, me sorprendí porque fue mi padre quien apareció al otro lado de la puerta.

—¿Padre? ¿Qué hace en casa a estas horas? —pregunté extrañada—. No estará enfermo.

Mi padre me devolvió una mirada fría y cortante. No respondió a mi pregunta, sino que se limitó a hacerme una seña con la mano para indicarme que pasara al salón. Desde el pasillo pude ver a mi madre secándose las lágrimas con un pañuelo. Estaba sentada en el sofá, encorvada y abatida por algo. Mi corazón, ya acelerado por la discusión con Inés y por la velocidad con la que había recorrido el tramo que separaba mi casa de la academia, me retumbó en el pecho con fuerza. ¿Qué había pasado?

—Siéntate —me ordenó mi padre señalando uno de los sillones.

Obedecí y guardé silencio, esperando a que uno de los dos me explicase lo que ocurría. Con el pañuelo entre sus manos temblorosas, mi madre miró a mi padre y le pidió así que se encargase él.

—¿Se puede saber qué hacías en el peor barrio de esta ciudad? —me preguntó al fin, desafiante.

Tragué saliva y desvié la mirada. Así que eso era lo que ocurría. Se habían enterado de nuestra visita clandestina al barrio de las Injurias. Quizá parezca extraño, pero me tranquilicé al saber que solo se trataba de aquello. Podría haber sido mucho peor y que hubieran descubierto mis encuentros con Víctor. Al comprender de qué se trataba, decidí que no tenía sentido mentir.

—Hace un par de semanas, una mujer me detuvo por la calle y me pidió ayuda —expliqué—. Estaba desesperada porque su hija estaba muy enferma. Necesitaba medicinas, pero no tenía dinero para comprarlas. Se lo conté a mis amigas y ellas decidieron ayudarme y acompañarme.

—No contenta con ponerte a ti misma en peligro, involucraste a varias personas más en tu descabellado propósito —dijo mi padre alzando la voz.

La expresión de rabia que contraía su rostro era tan inusual que me costó reconocerlo. A su lado, mi madre continuaba llorando.

—¿Te das cuenta del peligro que corristeis yendo allí? —gritó.

—Padre, el nombre del barrio no hace justicia a la gente que vive allí —aseguré—. Todos fueron amables con nosotras. Son gente honrada.

—Honrada, dice. —Mi padre dejó escapar una risa incrédula—. En esas casuchas duerme gente de la peor calaña: raterillos, golfos... ¡Qué sé yo! Y resulta que a mi hija, después de brindarle la mejor educación posible, lejos de todas esas miserias, ahora le parecen gente de lo más agradable. ¡No doy crédito!

—Esa muchacha necesitaba ayuda, padre —protesté—. ¡Se estaba muriendo! Usted debería comprenderlo mejor que nadie. Ese es el objetivo de su profesión, salvar a la gente. No podía negarles mi ayuda.

—Claro que podías, ¡maldita sea! Por el honor y el respeto que le debes a esta familia. ¿Qué van a pensar de nosotros si nos ven en esa zona de la ciudad? Debes comprender que hay cientos de personas cada día en la situación de esa muchacha. Como comprenderás, no nos corresponde a nosotros solucionar ese triste dilema. ¡De eso deben encargarse otros!

Su tono áspero me asustó. Decidí guardar silencio para no empeorar la situación ni agravar las consecuencias. Dejando escapar aire con hastío, mi padre se levantó, encendió su pipa y comenzó a dar zancadas de un lado a otro de la habitación. La altura y el amplio porte de mi progenitor me parecieron más intimidantes que nunca.

—Como ya sabrás, tu prima Inés está a punto de aceptar una proposición de matrimonio —dijo desviando la conversación.

Asentí, bajando la vista a mis rodillas. Al parecer, había sido la última en enterarme de aquella noticia.

—Supongo que te alegrarás por ella como esta ocasión lo merece —insistió mi padre—. Sabes que la siguiente que debe dar ese paso eres tú, ¿verdad?

Mi cuerpo tembló al oír aquellas palabras. Asentí sin convencimiento.

—Ana, mírame, ¿lo sabes o no? —reiteró él.

—Sí, padre —respondí intentando demostrar firmeza.

—Bien, pues he de recordarte, porque parece que todavía no has comprendido la importancia y la repercusión de tus incoherentes actos, que ningún hombre te querrá como esposa si se entera de que haces visitas a los peores barrios de esta ciudad. Ya es hora de que respetes como se merece tu reputación y, sobre todo, nuestro apellido. Ahora que se aproxima tu matrimonio deberías esforzarte más que nunca, porque tu madre y yo no vamos a estar siempre salvándote el pellejo y ocultando como podemos tu irresponsabilidad. —Mi padre hizo una pausa para dejar escapar el aire y medir el tono de su voz—. A partir de ahora debes acudir como mínimo a dos bailes cada mes. Asimismo, me consta que los hijos de varios de mis pacientes, todos ellos familias respetables, desean conocerte. Es tu obligación encontrarte con ellos. Tu madre los invitará a merendar y podréis conversar entre vosotros. Si para ello has de faltar a las clases de música, lo harás. Ya es hora de que liberes el tiempo que te ocupa ir cada día a la academia y dejes las tardes libres para recibir a los posibles candidatos que quieran pedir tu mano. Al fin y al cabo, no puede quedarte mucho por aprender.

Intenté intervenir, pero mi padre alzó una mano advirtiéndome que guardase silencio.

—Espero que este sea el último escándalo en el que involucras a nuestra familia. No quiero que vuelvas a poner en peligro nuestro apellido, ¿me oyes?

—Sí, padre.

—Bien, dicho todo esto, te informo de que ya le he pagado la cantidad suficiente a la mujer que te vio saliendo de ese barrio desde su carruaje, una paciente habitual de mi consulta, como para que me haya prometido que lo iba a olvidar. Pero para nosotros, esto no se ha terminado aquí, ni mucho menos. A partir de ahora, nuestra relación contigo depende de ti. La única manera de que podamos perdonarte por esto es verte felizmente prometida. Formar una familia y respetar tu honor es tu único cometido, para el que siempre te hemos educado. Ya es hora de que nos agradezcas lo mucho que hemos hecho por ti.

Pese a que mi cuerpo entero ardía de impotencia, me limité a asentir una última vez. Tras comprobar que aquel había sido el golpe final y que ninguno de los dos tenía nada más que decir, me levanté en silencio, me dirigí a mi habitación y cerré la puerta.

CAPÍTULO 32

Febrero de 1896

Ana

Los dos primeros meses de aquel nuevo año marcaron un antes y un después en nuestras vidas. Cada una de nosotras tomó diferentes decisiones, voluntarias u obligadas, que cambiaron el rumbo de nuestro porvenir. Nuestra cómoda rutina se desvaneció y cedió su lugar a un futuro por el que no sentíamos ilusión. Con la perspectiva que otorga el tiempo, puedo decir que aquel fue el paso de la juventud a la madurez. El momento que tanto temíamos. La difícil transición entre lo que siempre habíamos tenido y lo que estaba a punto de desaparecer.

No tuve tiempo para asimilar lo que estaba ocurriendo. Los sucesos no llegaron de manera paulatina, sino atropelladamente, y así nacieron también mis decisiones. No fue así como debí tomarlas, teniendo en cuenta la repercusión que tuvieron no solo para mí, sino para la gente a la que quería. Aquel cúmulo de circunstancias terminó provocando un cambio drástico en mi vida. Y todo comenzó un día de mediados de febrero.

Ese jueves me levanté aturdida después de dormir una larga siesta, algo inusual en mí. Lo primero en lo que pensé al abrir los ojos fue en Víctor. Ya se habían cumplido dos semanas desde que había recibido su última carta, el tiempo durante el que se ausentaría, pero continuaba sin saber nada de él. Pese a mis esfuerzos por mantener la esperanza, la incertidumbre de aquella ausencia comenzaba a acecharme sin tregua.

Haciendo un gran esfuerzo, enfoqué la vista en las manecillas del reloj de pared. La hora que marcaban me hizo incorporar de golpe: llegaba tarde a la academia. Sin embargo, mi cuerpo no acompañó a aquel impulso. Al ponerme en pie con un rápido movimiento, me mareé y todo se volvió blanco durante unos segundos. Tuve que apoyarme en el cabecero de la cama para no caerme. Cuando me repuse, con la intención de espabilarme, me dirigí hacia el aseo para lavarme la cara y, al secármela con una toalla, el espejo me devolvió mi reflejo especialmente pálido y ojeroso. Abrí el armario del lavabo en busca de polvos para darle algo de color, pero entonces me detuve. Mis ojos se posaron sobre la almohadilla que debía colocar en mi ropa interior cada mes.

Durante los primeros segundos, mi mente se paralizó. Traté de recordar la última vez que la había usado, pero la memoria solo me devolvía la imagen de una madrugada en el mes de diciembre. Me había despertado con un fuerte dolor en el abdomen y una mancha roja en mis sábanas. Hacía mucho frío en el dormitorio y tuve que encender el brasero para poder templarme. Pero aquella no podía haber sido la última vez, porque habían pasado casi dos meses desde entonces. Con creciente nerviosismo, tanteé el asiento con las manos y me senté sobre una silla junto al lavabo. Mi corazón bombeaba sangre frenéticamente. «Piensa, Ana —me dije a mí misma—, ¿cuándo has vuelto a usarla? Tienes que haberla usado de nuevo». Nada. Mi mente no recordaba nada. Aterrorizada, comprendí que no había vuelto a sentir aquel punzante dolor en el vientre. Y sabía lo que significaba que una mujer no manchara sus sábanas.

Con los latidos golpeando mis sienes, recorrí el pasillo apoyada en la pared, abrí la puerta principal sin despedirme de mi madre, subí los escalones para dirigirme hacia la casa de Inés y golpeé con inquietud su puerta. Fue mi primo pequeño quien me abrió, observándome con curiosidad.

—Hola, prima, ¿estás bien? —me preguntó.

—Tomás, ¿están tus papás? —pregunté con voz temblorosa.

—No, han salido a comprar —respondió él con su vocecilla infantil.

—¿Y tu hermana?

—En su cuarto.

—Gracias. Ve a jugar, no te preocupes —dije con la vista puesta en la puerta del final del pasillo.

Entré sin llamar y bastó una mirada para que mi prima comprendiese que algo iba mal.

—Ana, ¿qué ocurre? —me preguntó acercándose a mí.

No podía controlar el temblor que me sacudía. Aquello no podía estar ocurriéndome a mí. Jamás había contemplado tal posibilidad. ¿Cómo había sucedido? Entorné la puerta y me senté en la cama de Inés mientras intentaba calmar mi respiración. Ni siquiera pensé en el silencio y en la distancia que nos habían separado en las últimas semanas. Solo a ella podía confesarle lo que me ocurría.

—Prima, creo que estoy embarazada —dije en un susurro.

Tras escuchar mis palabras, los ojos de Inés se abrieron desmesuradamente. Ante el impacto de aquella noticia, ella también se sentó en la cama, llevándose una mano a la boca.

—¿Cuánto hace que no manchas? —me preguntó con cautela.

—Dos meses —respondí.

Inés tragó saliva y asintió con lentitud.

—No deberíamos precipitarnos —intentó convencerse a sí misma—. A veces se retrasa, se lo oí decir una vez a mi madre.

—Algo en mí me dice que estoy en lo cierto. Oh, prima, ¿qué voy a hacer? —gemí—. Hace semanas que no sé nada de él.

—¿Todavía no ha regresado a la ciudad?

—Si lo ha hecho, no ha vuelto a escribirme.

Inés dejó escapar un largo suspiro antes de ponerse en pie y tirar de mí.

—Ven, vamos —me dijo.

—¿Adónde? —pregunté con desesperación.

—A ver a la única persona que sabrá qué hacer en esta situación.

Inés actuó con decisión. Recogió su abrigo, me dio otro a mí y, sin soltarme la mano, me condujo hasta la puerta de entrada de su casa.

—Tomás, voy a salir un momento —dijo alzando la voz—. Padre y madre están a punto de volver. No hagas nada peligroso hasta que regresen, ¿de acuerdo?

Su voz llegó a mis oídos como si procediera de otro mundo, pese a que estaba a escasos metros de mí. Recuerdo el recorrido hasta la academia como si se tratase de un sueño, sumergida en otra realidad. No era consciente de lo que pasaba a mi alrededor; la certeza de lo que estaba ocurriendo en mi interior eclipsaba todo lo demás. Me dejé llevar, permití que Inés tirase de mí, tomara los giros necesarios y esquivase los tranvías y carruajes. Reconocí el patio, las estrechas escaleras que nos conducían al escondite. Tuve que emplear todos mis esfuerzos para que las piernas me respondieran, no podía permitir que el temblor me venciera. Al fin atravesamos las cortinas y me desplomé sobre uno de los sofás. Úrsula, que en ese momento estaba sirviéndose té en su taza, se giró sorprendida y, al verme, la bebida se le desparramó por la gran alfombra.

—Ana… —dijo con preocupación acercándose hasta nosotras.

Se sentó junto a mí, cerró los ojos, tomó mi mano entre las suyas y empezó a hacer círculos con urgencia. A los pocos minutos su mentón comenzó a temblar.

—Noto tu cansancio y tu malestar. Sin embargo, en una zona muy concreta de tu cuerpo hay mucha energía… —Sus ojos en blanco no paraban de dar vueltas.

Y entonces los abrió de par en par. Lo sabía.

—Mi niña...

Aquellas dos palabras fueron como el veredicto de un médico. Úrsula me tumbó sobre su generoso regazo mientras se me escapaba el aire de los pulmones.

—Tranquila, tranquila...

Apoyada contra ella, sentí cómo la reverberación de la profunda voz de Úrsula hacía que su pecho temblase.

—Inés, abre la cómoda y saca un botecito decorado con flores moradas —ordenó Úrsula—. Prepárale una infusión con esas hierbas, por favor. Le ayudará a tranquilizarse.

A continuación entonó una suave melodía, en un tono apenas audible. Me concentré en aquellas notas, me dejé acunar por la vibración de su pecho. Estaba agotada, llevaba días arrastrando un profundo cansancio y los nervios finalmente dejaron mi cuerpo exhausto. Cuando Inés regresó con la taza humeante, obedecí y bebí de ella. Solo cuando mi respiración se calmó, Úrsula detuvo su canto y me habló con dulzura:

—Voy a ayudarte, cariño. Te apoyaremos en la decisión que adoptes. No tienes que decir nada ahora ni mañana. Tómate tu tiempo, todavía hay suficiente. Ahora no debes pensar en nada, solo descansa, cierra los ojos. La decisión vendrá a ti, está dentro de ti.

La cabeza me daba vueltas. La bebida ardiente continuaba acariciándome la garganta. Úrsula entonó de nuevo aquella nana. Cerré los ojos. Me abandoné al cansancio.

CAPÍTULO 33

Mayo de 1990

Tras las grandes puertas de la Fundación Eleonor apareció un hombre de mediana edad, que se presentó ante Julia y Candela como el encargado de aquella antigua escuela. Ninguna de las dos pasó por alto su escueto saludo ni la gravedad de su expresión.

—Hemos hecho una excepción dado que recibimos la llamada de Leo, el hijo de la fundadora de esta institución, doña Eleonor —dijo a modo de recibimiento—. Sin embargo, no podemos concederles más que una hora. Para evitar que los fondos se dañen o extravíen, el archivo no está abierto al público general. Durante los minutos de los que disponen, nuestro vigilante de seguridad permanecerá con ustedes para asegurarse de que no hay ningún problema.

Sin tiempo que perder, el encargado se giró y les hizo una seña para que le siguieran. Tras un breve recorrido por las principales estancias de la escuela de Eleonor, las guio a través de un patio interior hasta una puerta sencilla, que daba acceso a una escalera de caracol. Los tres descendieron por ella hasta el sótano en el que se encontraba el archivo. Allí dentro, aislado por gruesos muros de hormigón recubiertos de escayola, el clima era necesariamente seco para proteger todos los documentos que se albergaban en dicho lugar. La estancia estaba formada por una antesala en la que había una mesa con varias sillas y, a continuación, un pasillo con archivadores metálicos a ambos lados.

—Como podrán comprobar ustedes mismas, doña Eleonor era una mujer muy organizada y minuciosa con todos los documentos —les informó el encargado—. Estos están distribuidos por años, en los cajones de cada archivador hallarán las fechas pertinentes. Asimismo, los documentos están clasificados por temática: correspondencia, archivos propios de la fundación y de su administración, objetos personales... Si me dicen lo que están buscando, quizá pueda encontrarlo yo mismo.

—Nos interesaría consultar su correspondencia personal entre 1896 y 1897 —respondió Julia.

—Me temo que todos nuestros fondos comienzan a partir de 1898 —replicó el encargado—. Hasta ese año, nuestra fundadora vivía en Francia, el país natal de su madre. Allí fue donde conoció en 1897 al duque de Olavide, durante uno de sus viajes, y donde ambos permanecieron durante el primer año de su matrimonio hasta que decidieron mudarse a Madrid. No conservamos nada anterior a la llegada de Eleonor a nuestra ciudad.

Julia miró a Candela en silencio, aquello desmentía la teoría de que el bebé de la fotografía pudiese ser el hijo de Víctor y Eleonor, pues ella había crecido en otro país y, en la fecha en la que habían registrado su bautismo, todavía no conocía a Víctor.

—Comenzaremos entonces por 1898 —aseguró Julia, todavía dispuesta a encontrar algo que pudiera ayudarlas.

—Como deseen —dijo el encargado—. Hagan el favor de ponerse los guantes que les he dejado sobre la mesa para consultar los documentos. Son las once, volveré a las doce en punto.

Antes de abandonar la estancia, lanzó una mirada de advertencia al guarda de seguridad, que permanecía inmóvil junto a la puerta. Solo cuando las pisadas del encargado dejaron de oírse, aquel hombre relajó sus facciones y se dirigió a Julia y Candela:

—José es muy receloso con todo lo que concierne a la fundación, pero especialmente con lo que está relacionado con la fundadora —excusó al encargado—. Le gusta que todo esté en orden y protege lo que tiene que ver con ella como si le fuera la vida en ello. Pero, en el fondo, tiene buen corazón. Solo se muestra así para evitar problemas. Mi nombre es Fernando. Si necesitan algo, pídanmelo, ¿de acuerdo? Mientras tanto, las dejo a su aire. Me sentaré en esa silla de allí y no las molestaré.

Tras darle las gracias, ambas se pusieron los guantes y se dirigieron al pasillo.

—Es curioso, porque por alguna razón había dado por hecho que la madre de Eduardo y Eleonor se conocían desde que eran jóvenes —comentó Julia—. Sin embargo, debieron de empezar a relacionarse cuando Eleonor llegó a la ciudad, después de haber contraído matrimonio con Víctor y de haber tenido a Leo. En fin, vamos a ver si encontramos algo.

Ambas abrieron el primer cajón y se centraron en el interior de aquellos grandes archivadores. Siguiendo una exhaustiva organización, lo primero que hallaron fue un gran número de cartas que Eleonor había enviado a artistas a quienes sustentaba económicamente para que pudiesen desarrollar sus obras. En ellas no solo les hacía encargos, sino que también les aconsejaba y les transmitía ánimos. Debidamente catalogadas, en otro apartado, había invitaciones a bailes celebrados en el jardín de Olavide, así como a eventos a los que Eleonor había acudido junto a su marido. Dentro de los documentos de temática administrativa relacionados con la finca, les llamó la atención una partida de gastos que reflejaba las obras que Eleonor había puesto en marcha para acondicionar un edificio abandonado en la parte este del jardín y convertirlo en un aula donde los hijos del servicio pudiesen recibir lecciones. Quizá aquel proyecto inicial había culminado con la apertura de su propia escuela, alrededor de la cual giraban casi todos los documentos a partir de 1948. Julia y Candela leyeron por encima varias cartas en las que Eleonor pedía financiación a diferentes autoridades, así como papeles con trámites burocráticos, las cuentas administrativas de su puesta en marcha y, posteriormente, de su gestión; incluso listados con los nombres de sus alumnas. También encontraron una noticia de periódico enmarcada en la que se anunciaba la apertura de la escuela, en 1950.

La escuela de doña Eleonor de Velasco, XV duquesa de Olavide, abre sus puertas con la intención de contribuir a la mejora de la educación de niñas y jóvenes con edades comprendidas entre los cinco y los dieciocho años. El edificio, situado en el número 10 de la calle de Santiago, ha sido profundamente remodelado y acondicionado durante más de un año para tal fin. A la inauguración acudirán diferentes personalidades del mundo del arte, conocidos y amigos de los respetables duques de Olavide.

Con cierto desaliento, madre e hija comprobaron que la mayoría de los documentos eran de índole profesional. Tras examinar el contenido de los cajones, sin apenas tiempo para mucho más, lanzaron un vistazo a un armario metálico cerrado con candado situado al final del pasillo. Al acercarse, descubrieron junto a él un cuadro colgado en la pared del fondo, aislado dentro de un compartimento de metacrilato. Julia se aproximó para observarlo. Intuyó que era un retrato de Eleonor en el que no podía tener más de veinte años. Sus rasgos estaban dibujados con delicadeza y calidez y su figura aparecía envuelta en un halo de misterio, lo que le confería una apariencia enigmática. En una de las esquinas, el artista había firmado con una «V».

—Es el primer retrato que su marido hizo para ella. —Una voz a sus espaldas las sobresaltó.

Era José, el encargado de la fundación, que había regresado con exagerada puntualidad.

—Después vinieron muchos más —añadió—. La mayoría de sus cuadros están colgados en el despacho de Eleonor, la estancia que han podido visitar a su llegada. También hay cuadros de don Víctor en el vestíbulo y en la antigua aula de música, que actualmente estamos remodelando para convertirla en un salón de actos y conferencias. Se los mostraré antes de que abandonen la fundación si lo desean.

—Nos encantaría —aceptó Julia.

—Sin él saberlo, don Víctor nos facilitó enormemente la labor de documentación —confesó el encargado—. Tenía la costumbre de indicar en la parte trasera de sus obras la época y el lugar de sus composiciones, así como el nombre de la persona retratada.

—Es un retrato magnífico —aseguró Julia sin dejar de observar la luminosidad que desprendía la figura de Eleonor.

—¿Qué puede decirnos de esto? —se interesó Candela desviando la atención hacia el armario—. ¿Por qué se encuentra cerrado bajo candado?

—Porque en él se almacenan las pertenencias de doña Eleonor que tenían un profundo valor para ella —respondió el encargado escuetamente—. En fin, espero que hayan encontrado lo que buscaban. Las acompañaré hacia la salida —dijo señalando con cierta impaciencia la puerta.

Después de visitar el aula de música y echar un vistazo a los cuadros de la entrada, Julia y Candela abandonaron la fundación acuciadas por José, quien, sin molestarse en disimular, había acortado la visita al archivo todo lo posible. Una vez dejaron atrás el edificio, Candela sentenció:

—Ese hombre intentaba ocultar algo.

—¿Tú crees? —replicó Julia—. Yo diría que solo ha sido antipático.

—No, mamá —aseguró Candela ralentizando el paso—. Parecía encubrir algo o a alguien... —afirmó con rotundidad—. Es cierto que Eleonor no puede ser la madre de Santiago porque ni siquiera vivía en Madrid. Pero, aun así, sigo pensando que el motivo por el que la fotografía en la que salen nuestros antepasados cayó en manos de los duques de Olavide está relacionado con el bebé. Si te acuerdas, cuando me contaste lo que habías averiguado, comentaste que a Leo le había parecido una gran casualidad que nuestros familiares registrasen la partida de bautismo de Santiago en octubre de 1896, por las mismas fechas que había nacido él —recordó Candela, y se detuvo—. Sin embargo, el encargado ha dicho que Víctor y Eleonor se conocieron en Francia en 1897. Ambas fechas no concuerdan. A menos que... Leo sea el bebé de la fotografía y Víctor sea realmente su padre.

—¿Qué? —preguntó Julia meneando la cabeza, confundida.

—Los gritos de la criada que trabajaba en la casa de nuestros familiares, Remedios, demuestran que el bebé no siempre estuvo con sus verdaderos padres —musitó Candela con ensimismamiento—. ¿Acaso no dijo la abuela que le había llamado la atención la lujosa decoración del piso de Remedios? Quizá Víctor le ofreció la cantidad de dinero necesaria como para que le devolviese su bebé en secreto.

—En ese caso, ¿por qué se lo entregó primero? —cuestionó Julia.

—Porque es posible que ni siquiera lo supiera —aventuró Candela—. Por aquel entonces no estaba en la ciudad. Ya sabes que, después de nuestra visita al jardín, me tomé la libertad de acercarme a la Biblioteca Nacional. Quería consultar los ecos de sociedad de la época en busca de alguna noticia relacionada con los duques de Olavide.

—Sí —asintió Julia—. Me dijiste que las crónicas anunciaron que Víctor había abandonado la ciudad a mediados del año en el que nació Santiago y que no pudieron precisar su paradero durante los meses que estuvo fuera —recordó—. No fue hasta finales de año cuando la revista en cuestión relató que el duque de Olavide al fin había regresado. Mas apenas se quedó un par de días y volvió a marcharse de nuevo. Esa vez a Francia, donde supuestamente conoció a Eleonor.

—Exacto —afirmó Candela. Sus ojos lanzaron un destello mientras ponía en orden todo lo que habían descubierto—: Supongamos que Víctor tuvo a Santiago con otra mujer que desconocemos, fruto de una relación extramatrimonial. No sería disparatado pensar que, cuando esa mujer se dio cuenta de que estaba embarazada, decidiese entregar su bebé a una familia de bien en secreto. La abuela ha dicho muchas veces que, en aquella época, quedarse embarazada sin haber contraído matrimonio era el peor de los escándalos, la ruina social. Sin embargo, al regresar a la ciudad, Víctor se enteró de lo que había ocurrido y decidió recuperar a su hijo, y se lo arrebató a nuestros familiares, quienes lo habían acogido como si fuesen sus verdaderos padres. Chantajeó a una de las criadas para que se lo entregase y huyó a otro país con el bebé, a quien cambió el nombre de Santiago por Leo. Poco después contrajo matrimonio con Eleonor, pero con una salvedad. Seguramente, ella tenía conocimiento de la condición que debía aceptar para poder casarse con Víctor: cuidar del bebé como si fuera su verdadero hijo. Y es posible que llegase a quererlo como tal. Por ello, cuando los tres regresaron a Madrid y se instalaron en el jardín de Olavide, lo hicieron sin levantar sospechas. Nadie, ni siquiera el propio Leo, imaginó nunca que en realidad Eleonor no era su madre.

—Candela, quizá estemos suponiendo de más... —musitó Julia—. Esto desestructuraría por completo a la familia de Leo.

—Es solo una teoría, mamá. Una teoría que explicaría el motivo por el que la tumba de Santiago no está ni nunca estuvo en nuestro panteón familiar; así como los gritos llenos de culpabilidad de la criada. Además, no hay que olvidar que los tíos de la abuela borraron todo rastro del bebé. Eso solo puede significar que intentaban esconder algo que nadie debía saber.

—Tenemos que conseguir demostrar todo esto antes de compartir nuestra teoría —dijo Julia con precaución—. Leo está ya muy mayor, debemos tener cuidado.

—No le diremos nada, solo le pediremos un nuevo permiso para regresar al archivo. Estoy segura de que en ese armario se esconde la verdad de todo este asunto —afirmó Candela con rotundidad.

CAPÍTULO 34

Febrero de 1896

Ana

Carolina y Clara me observaron con preocupación y se acercaron para abrazarme. Una sensación extraña y ajena se apoderaba de mí cuando pronunciaba en voz alta la palabra «embarazo». Tan solo era consciente de que aquello era real y de que me estaba ocurriendo cuando veía los rostros de quienes quería contraídos por la inquietud.

—Oh, Ana... —musitó Clara.

—Somos tus amigas y estaremos a tu lado siempre —me aseguró Carolina—. Pase lo que pase.

Inés y yo les hicimos un hueco en nuestro sofá y ambas se sentaron a nuestro lado. Las cuatro permanecimos cogidas de las manos durante varios minutos mientras Úrsula nos observaba en silencio desde su diván.

—Siento mucho todo lo que te dije. —La voz de Inés rompió el silencio de la estancia con un sincero arrepentimiento—. Ya sabes..., cuando discutimos —añadió mirándome.

—Yo también lo siento —le aseguré—. No volveré a juzgar tus decisiones. Por mucho que intente ponerme en tu piel, solo tú sabes todo lo que estás viviendo en casa. Simplemente quiero que encuentres al hombre más maravilloso del mundo, porque eso es lo que te mereces.

—Y yo no quiero que te hagan sufrir —admitió Inés—. Por eso inculpé a Víctor, pero lo cierto es que no lo conozco, así que no tengo derecho a hacerlo.

—Quizá no ibas tan desencaminada... —sentencié con un hilo de voz.

La duda que estaba brotando en mi interior en torno a nuestra relación comenzaba a dar paso a la angustia. Cada día esperaba noticias suyas, pero continuaban sin llegar. En silencio, sufría preguntándome si le habría ocurrido algo. Había pasado demasiado tiempo como para que aquel largo y precipitado viaje tuviese un motivo razonable.

—Cariño, sé que eres muy reservada con tus sentimientos —intervino Úrsula mirándome—. Estamos al tanto de vuestros encuentros, pero apenas nos has contado detalles de vuestra historia. ¿Seguro que no quieres compartirla con nosotras?

Tomé aire antes de responder. Era cierto, había sido hermética con mis amigas, y ellas, tan bien como me conocían, habían sido prudentes con sus preguntas. Me resultaba difícil explicar con palabras todo lo que había ocurrido entre nosotros desde aquel primer encuentro durante el baile de invierno.

—Desde el principio, me transmitió la confianza suficiente como para mostrarme ante él tal y como soy —confesé bajando la vista—. Durante las largas horas que pasé en su estudio, ya sabéis, mientras me retrataba, me hizo sentir libre. Nuestras conversaciones no tenían límites, sus palabras me abrían las puertas al mundo del conocimiento. Todo ello mientras podía sentir su mirada traspasándome, asomándose dentro de mí. Así es él, siempre busca la verdad de lo que le rodea. No emite juicios ni censura lo que ve, sino que observa con comprensión y, precisamente por eso, consigue que las personas le revelen su verdadera naturaleza. No solo ahondó en ella, sino que supo hacerlo con respeto. A través de su retrato me hizo ver que era bella y necesaria.

—Ambos sois almas pasionales, repletos de emoción. —Tras escucharme con atención, Úrsula afirmó aquello lentamente, entrecerrando los ojos—. Estás enamorada de él, cariño. Y, por eso mismo, debes escribirle y contarle la verdad.

—Estoy de acuerdo con Úrsula —aseguró Clara—. Teniendo en cuenta todo lo que habéis vivido, estoy segura de que hay un motivo por el que llevas varias semanas sin tener noticias de él.

—Debes hacerlo, Ana —las secundó Inés.

—Dado que todavía no me ha escrito informándome de su regreso, esperaré unos días más —acepté—. Le enviaré una carta la semana que viene y le informaré de todo —les prometí.

Me aferré a la esperanza que transmitían sus palabras, yo también quería creer que todo aquello tenía una explicación y que pronto volvería a encontrarme con él.

—He de contaros algo —dijo Úrsula dando una larga calada a su pipa en forma de serpiente—. Una de las hermanas de mi madre, una tía a quien siempre querré por todo lo que me enseñó, fue una gran amiga de Victoria, la abuela de Víctor y la creadora del jardín.

—¿De veras? —pregunté sorprendida.

Úrsula dio una última calada y dejó apoyada la pipa sobre su diván antes de asentir.

—Mi tía se llamaba Galia. Falleció cuando yo era joven, pero su imagen permanece intacta en mi memoria, entre mis recuerdos más nítidos. Fue un ejemplo a seguir para mí, siempre la observé con admiración y, desde muy pequeña, tomé la decisión de que quería ser como ella. Era una mujer misteriosa, que siempre hacía lo que le venía en gana y a quien nunca le preocupó demasiado su reputación. En mi familia solían hablar con reprobación de sus actos, pero lo cierto es que yo sentía una profunda curiosidad por sus amistades, tan variopintas y de cualquier condición. Protagonizó muchos escándalos a lo largo de los años e incluso después de que una terrible enfermedad acabara con su vida siguió dando de qué hablar desde el más allá. Así era ella. —Úrsula agitó la cabeza con cariño, recordando a aquella mujer a quien tanto había llegado a parecerse ella misma.

—¿Qué fue lo que ocurrió? —preguntó Carolina.

—Mi tía Galia solía hablarme sin tapujos acerca de todo lo que hacía; sin embargo, hubo algo en lo que siempre fue hermética. Recuerdo que acudía con asiduidad a la finca del jardín de Olavide y participaba en las reuniones que allí celebraba la abuela de Víctor. Con el paso del tiempo, ambas se hicieron grandes amigas y mi tía perteneció a su círculo más íntimo. Pero siempre se comportó con misterio y recelo con respecto a esos encuentros. Decía que lo que ocurría entre los muros de aquel jardín debía permanecer allí dentro. Y lo cierto es que así fue durante muchos años. Pero pocos meses después de que Galia falleciese, en 1871, estalló el escándalo. Salió a la luz que aquellas reuniones, en realidad, habían sido encuentros prohibidos a puerta cerrada; se rumoreó que en ellos hablaban de magia y de artes oscuras. Cuando aquella teoría llegó hasta mis oídos, no dudé de su veracidad ni un solo segundo, esa era la razón por la que mi tía se había comportado con tanto secretismo en torno a aquellos encuentros. Durante días no se habló de otra cosa en la ciudad.

Mi mente evocó instantáneamente la visión de la casa de piedra que había visto en lo alto de una colina en mi última visita al jardín. Con una inexplicable certeza, supe que aquel era el lugar que la tía de Úrsula había visitado con asiduidad. Un escalofrío recorrió mi cuerpo al imaginarme a aquellas mujeres reunidas entre las paredes de aquel edificio encantado, hablando de temas prohibidos. Víctor me dijo que su abuela había mandado clausurarlo. En él, no solo había encerrado el recuerdo de sus amigas, sino también el secreto de aquellos encuentros. Sin embargo, la verdad había llegado hasta mí venciendo los entresijos del tiempo.

—Siempre con discreción y movida por el cariño que sentía por mí gracias a su relación con mi tía, Victoria se portó muy bien conmigo —continuó Úrsula—. Por aquel entonces, yo acababa de abrir la academia y ella me ayudó a consolidar mi reputación enviando cartas de recomendación a sus amistades en las que hablaba positivamente de mi proyecto. Lo sé porque varias alumnas me lo dijeron al llegar aquí. Nuestra relación se mantuvo en la distancia, pero una vez, hace ya muchos años, nos cruzamos en la ópera y me bastó una sola mirada para comprender la grandeza de su espíritu. Al verme entre la gente, se detuvo para observarme. Mis rasgos le recordaron a su querida amiga Galia y en su rostro advertí la tristeza, el eterno dolor que dejan las amistades cuando se transforman en ausencias; pero en su mirada también sentí que estaba orgullosa al comprobar en quién se había convertido la sobrina de su amiga. A través de ella supe que mi tía habría estado orgullosa de mí.

—Por supuesto que lo estaría —dijo Carolina—. Como todas nosotras.

—Qué mujeres más extraordinarias —afirmó Clara.

Úrsula asintió.

—Lo eran —dijo con los ojos resplandecientes.

—Es curioso que nos hayas hablado de tu tía justo ahora —señaló Clara pensativa—. Porque lo cierto es que yo también tengo algo que deciros, y está relacionado con mi tía Eulalia. Como ya sabéis, yo también siento una profunda admiración por su manera de vivir. Llevo muchos años soñando con viajar junto a ella. Y, al fin, se va a hacer realidad.

—¿De verdad? —preguntamos todas al unísono.

—Hace unas semanas, mi padre me anunció que volvía a marcharse de la ciudad, esta vez a Alemania, donde pasará una larga temporada trabajando. Al oír que me quedaba otra vez sola con mi institutriz, me armé de valor y hablé con mi padre para transmitirle mi deseo de viajar. Llevo tanto tiempo soñando con ello que fue incapaz de oponerse ante la firmeza de mi ruego. Incluso apostaría a que accedió a escribirle una carta a su hermana con cierto alivio, pues mi proposición puede ayudarle a mitigar la culpabilidad que siente cada vez que me deja sola. La respuesta no se hizo esperar y llegó ayer mismo, mi tía está encantada de que la acompañe en sus aventuras. Recorreremos varios países hasta llegar a Alemania, donde nos reuniremos con mi padre. Así que… ¡Me marcho en un par de meses y estaré viajando hasta que termine el año! —exclamó emocionada—. Os voy a echar terriblemente de menos, pero ya sabéis que siempre he querido hacerlo.

Todas nos alegramos por ella y gritamos con júbilo.

—Mi querida niña, cuando regreses de ese viaje ya no serás la misma —afirmó Úrsula—. Los viajes siempre nos cambian y nos hacen infinitamente más sabios. Me alegro mucho por ti.

El encuentro de aquel jueves no fue una reunión más. Todo estaba cambiando y nuestros caminos comenzaban a separarse. Sin embargo, desde la amplia visión que ofrece el paso de los años, puedo afirmar que no importa si nuestra amistad camina por senderos paralelos y cercanos o si esos senderos se alejan y se bifurcan. En lo más profundo de mi alma tengo la certeza de que nuestros caminos, tarde o temprano, se cruzarán de nuevo y volveremos a reencontrarnos. Porque la nuestra era, y siempre será, una amistad verdadera e inquebrantable.

CAPÍTULO 35

Febrero de 1896

Ana

Cuando recibí aquel sobre, firmado con una letra desconocida, supe que algo había salido mal. No me equivocaba: la carta en la que le informaba de mi estado a Víctor había caído en las manos equivocadas. La respuesta había llegado demasiado rápido. Apenas cinco días después de enviar mi misiva, vi desde la ventana de mi cuarto al repartidor, cruzando la plaza cargado con sobres. A pesar del cansancio que arrastraba, me apresuré a descender las escaleras hasta el portal y allí me entregó la correspondencia. Con el corazón desbocado, me encerré en el dormitorio y extraje el papel que cambiaría el rumbo de mi vida.

Cuánto lamento que nos hayamos tenido que conocer en estas circunstancias. Me temo que su carta no ha llegado a manos de mi hijastro y tengo la esperanza de que eso nunca suceda.

Lo sé todo. Manuel me ha puesto al tanto de los viajes que ha realizado en el carruaje de nuestra familia, de los encuentros furtivos que ha mantenido con el duque de Olavide, incluso de la noche que pasaron juntos en el estudio, sobrepasando cualquier límite de la decencia moral. Ha sido un insulto descubrir que todo eso ha tenido lugar delante de mí, dentro de los límites de mi propiedad. Me ha hecho sentir engañada y vapuleada en mi propia casa.

La vida me ha demostrado que el tiempo pone a cada uno en su lugar y puedo ver que usted ya ha comenzado a pagar las consecuencias de sus actos. Ha sido usted misma, con su carta, quien se ha delatado y ha confesado lo peor de todo: su embarazo fuera del matrimonio.

Sin embargo, la intención de estas líneas no es castigarla, sino advertirle de la delicada situación de mi hijastro. Antes de morir y conocedor del rumbo errático de su hijo, mi marido modificó su testamento para asegurarse de que Víctor no heredaría el querido jardín de su abuela hasta que no encontrase una mujer adecuada para él y contrajese matrimonio con ella. Como podrá imaginarse, usted, en su estado, se aleja terriblemente de las cualidades que debe tener la futura duquesa de Olavide y, por mi parte, no pienso consentir que eso ocurra nunca. Si existía alguna posibilidad de que su matrimonio con un duque fuese legítimo, la ha echado a perder y se ha condenado con sus actos. Así pues, teniendo en cuenta que su relación con él ya no tiene ningún futuro, le aconsejo que lo mejor que puede hacer es alejarse de mi hijastro.

Si hace lo que le digo, su decisión será recompensada. Usted sabe muy bien que, en sus circunstancias, jamás podrá ofrecerle la vida que desearía al bebé que lleva dentro. Además, si decide tenerlo en solitario, se condenará para siempre y jamás encontrará un marido que acepte su situación. Sin embargo, dispongo de una solución para ello. Una querida amiga mía lleva años luchando por ser madre, pero no consigue quedarse encinta. La desesperación y la tristeza al ver el sueño de su vida frustrado se están apoderando de ella y de su matrimonio. Solo quienes verdaderamente la conocemos sabemos de su angustia. Detrás de su aparente vida de lujos y despreocupaciones, se esconde una mujer vulnerable, con el corazón roto. Y, créame, llegados a ese extremo, está dispuesta a todo por ser madre.

Si usted consigue ocultar su embarazo durante los meses que resten hasta el parto y acepta mi propuesta, le doy mi palabra de que a ese bebé nunca le faltará de nada. Mi amiga lo acogerá como si fuese suyo y lo querrá con toda su alma. Ni decir cabe que gozará de una posición más que privilegiada y tendrá la oportunidad de llegar muy lejos en todos los sentidos. Por mi parte, haré un esfuerzo por olvidar las visitas que han tenido lugar en mi jardín y usted podrá dejar atrás este desafortunado suceso y continuar con su propia vida. Yo me encargaría de todo para orquestarlo con la máxima discreción.

Si, por el contrario, decide continuar junto a mi hijastro, tenga en cuenta que lo perderá todo. Su relación estará abocada al fracaso desde el principio, dado que su matrimonio nunca será legítimo. No me cabe duda del amor que siente hacia él, por eso mismo piense muy bien si quiere hacerle elegir entre usted o el jardín, teniendo en cuenta el valor que tiene para Víctor.

Espero que sopese mi generosa propuesta para que usted pueda rehacer su vida y acierte en su decisión, poniendo fin a este escándalo. Esta es la última oportunidad que tendrá para enmendar sus errores.

Sin nada más que añadir,

DOÑA OLIVIA DE VELASCO
XIV DUQUESA DE OLAVIDE

Al terminar de leer aquella carta, me tumbé en mi cama, me acurruqué y, lentamente, comencé a hundirme. Permanecí así durante días, alegando que estaba enferma. Debía tomar la decisión más difícil de mi vida.

CAPÍTULO 36

Marzo de 1896

Ana

Los ojos negros de Inés se agrandaron a medida que leía la carta de Olivia. Al terminar, alzó la vista hacia mí con un leve temblor de rabia en el mentón.

—Ana, no permitirás que esta mujer se salga con la suya, ¿verdad? —me preguntó asombrada.

Por toda respuesta, clavé la vista en el suelo, con los ojos inundados de lágrimas. Inés leyó en mi expresión y en mis oscuras ojeras cuál era la decisión que había tomado. Por la forma en la que me miró, supe que temía que fuese definitiva.

—No deberías precipitarte —me dijo hablando en susurros para que nadie pudiera oírnos—. Esa mujer solo intenta separaros, pero estoy segura de que no sería capaz de cumplir sus palabras. Solo busca infundirte miedo.

—Me temo que no es así —repliqué con lentitud—. En mis últimos encuentros con Víctor supe que me ocultaba algo. Pero no percibí malicia en sus actos, solamente desesperación y... cansancio. Ahora sé que intentaba protegerme de ella. Inés, esa mujer le hace sufrir, pero él lo soporta en silencio. Nunca la mencionó en nuestras conversaciones. Esa es la razón por la que siempre he tenido la sensación de que había una parte inaccesible en él.

Al decir aquello, recordé la imagen de Víctor y su madrastra cuando entraron en el salón el día del baile: la distancia y la tensión que se intuía entre ellos no habían sido imaginaciones mías. Era un alejamiento real e insalvable.

—No me creo que le tenga tanto miedo a su madrastra —razonó mi prima—. O que no pueda enfrentarse a ella.

—No es a ella —respondí—. Lo que le aterra es perder el jardín. Frente a eso, no puede hacer nada. La última voluntad de su padre es inamovible.

—¿Tan importante es el jardín para él?

—Es el legado de su abuela, quien se comportó con él como una madre y cuya ausencia le persigue día tras día. Si hay algo que le queda de ella, es ese jardín. Yo misma le aseguré a Víctor que siempre permanecería cerca de Victoria mientras estuviera entre sus muros. Ahora no puedo pretender alejarlo de allí. No quiero ponerlo en esa tesitura, Inés, porque sé que su sentido de la responsabilidad le llevará a renunciar a todo lo que le pertenece. No lo hará por convencimiento, sino por obligación y, si se aleja, no volverá a ser el mismo.

—Ana, estoy segura de que Víctor está dispuesto a todo con tal de estar a tu lado, especialmente cuando sepa que estás embarazada —insistió mi prima.

—No se lo diré —aseguré—. Ya lo he intentado una vez y mira lo que ha ocurrido.

Inés me miró con sus grandes ojos negros, pero no supo qué más decir. Supongo que comprendió que era demasiado tarde, quizá porque ella misma había tomado una férrea decisión con respecto a su matrimonio y no había permitido que nadie le hiciese cambiar de opinión. Tragó saliva y alzó su mano hacia mi vientre, rozándolo con suavidad.

—No puedo hacerlo elegir entre el jardín o nosotros —dije con un hilo de voz—. Nunca me lo perdonaría a mí misma.

Con un suspiro, devolví la carta de Olivia al sobre y la escondí en un bolsillo del vestido, deseando que aquel trozo de papel nunca hubiera llegado a mí y que aquellas palabras nunca se hubieran escrito.

—Hay algo más —anuncié sacando un nuevo sobre y tendiéndoselo a Inés con un leve temblor.

Sus ojos volvieron a agrandarse al ver el nombre escrito en el remite: Víctor.

—¿Ha regresado a la ciudad?

—Recibí esta carta dos días más tarde de la misiva de Olivia —asentí—. Pero, para entonces, ya era demasiado tarde.

Mi prima extrajo el papel y sus ojos saltaron de línea en línea, moviéndose con rapidez de un lado a otro de la carta.

—Oh, Ana… —dijo al terminar de leerla, levantando la mirada hacia mí con una profunda tristeza.

No pude retener las lágrimas y ella me empujó con cuidado a su lado para que me tumbase sobre su regazo. Con movimientos suaves, me acarició el cabello. No sé cuánto tiempo permanecimos así, porque el cansancio después de tantas noches en vela me venció y me quedé dormida sobre ella.

Cuando abrí los ojos de nuevo, se oían voces en el salón.

—Creo que ya han llegado todos —me susurró Inés alterando mi sueño.

Tras unos segundos de incomprensión, me incorporé lentamente y recordé lo que ocurría. Aquel día era el cumpleaños de mi tío Nicolás y, con la intención de darle una alegría en medio de su difícil situación, mi tía Dolores le había organizado una pequeña celebración. No era nada ostentoso, tan solo había invitado a la hermana de mi tío y a su marido, así como a mis padres y a mí.

—¿Te ves con fuerzas de jugar a la berlina? —susurró mi prima.

—Sí, no te preocupes —respondí—. Estoy preparada para disimular.

Aparenté seguridad, pero lo cierto es que estaba muerta de miedo. Sabía que tarde o temprano tendría que enfrentarme a mis padres y contarles la verdad. No podría disimular y ocultarles mi embarazo durante mucho más tiempo. Pero todavía no estaba preparada, necesitaba aunar las fuerzas y el coraje necesarios para confesarles que había cometido precisamente lo que ellos tanto temían: había manchado mi reputación antes del matrimonio. Pero no de cualquier manera, sino de la peor forma. Mi prima me abrazó cuando la voz encendida de mi tío Nicolás llegó hasta nosotras alzándose por encima de la de los demás.

—¡Ana! ¡Inés! —gritó—. Va a empezar el juego.

Ambas nos pusimos en pie y nos dirigimos hacia el salón. Pese a que solo estaba a unos cuantos metros del cuarto de mi prima, cuando alcancé el otro lado del pasillo, sentí un brusco contraste y la calma que había conseguido en el cuarto de mi prima se esfumó. Me vi obligada, en medio de aquel alegre ajetreo, a hacer un gran esfuerzo para no desentonar, pues lo único que quería era meterme en la cama y no salir de allí.

Los invitados ya se habían distribuido por la estancia, dispuestos a cumplir con la tradición familiar de jugar a la berlina en cada cumpleaños. Como mi tío Nicolás era el homenajeado, estaba sentado en una silla, a cierta distancia del resto del grupo. Mi padre, a quien no le hacían demasiada gracia aquellos juegos, se quedó con el papel de portavoz. Era él quien debía ir preguntando a los demás jugadores, en voz baja, por qué creían que mi tío estaba «en berlina»; es decir, sentado solo y apartado del resto. Afortunadamente para mí, aquel juego no requería de esfuerzo físico. Solo debía afirmar cualquier ocurrencia que explicase el motivo por el que mi tío estaba allí sentado. Cuando terminó la ronda de respuestas, mi padre anunció en voz alta y en desorden todas las explicaciones que se habían ofrecido. Mi tío Nicolás frunció el ceño, señal de que estaba valorando cuál de nuestras respuestas era la que le había parecido más original.

—Que dé un paso al frente quien haya dicho que estoy aquí sentado porque «me marea cumplir años» —anunció al cabo de unos instantes.

En esa parte del juego era habitual que los participantes se mirasen entre sí y volasen las acusaciones. Sin embargo, impaciente por tomar asiento, decidí omitir el suspense y avancé un paso hacia delante, anunciando que yo era la elegida.

—¡No podía ser de otra forma! —rio mi tío señalándome—. ¿Quién iba a ser, sino Ana?

Abandonó su asiento y yo ocupé su lugar. El juego continuó de la misma forma. Mi padre fue repitiendo la misma pregunta a todos los participantes: «¿Por qué crees que Ana está en berlina?». Observé cómo se agachaba para escuchar el susurro de mi primo Tomás y que se reía ante su ocurrencia infantil.

—Vaya imaginación tiene este niño —dijo incrédulo, entre la sorpresa y la carcajada.

Por supuesto, debíamos esperar a oír su comentario al final de la ronda de preguntas. Pero Tomás habló de nuevo, en voz alta:

—No me he imaginado nada, es la verdad.

Mi padre continuó riéndose.

—Eso es imposible —le dijo a mi primo revolviéndole el pelo con cariño.

—No lo es, yo escuché cómo se lo contaba a Inés —aseguró el pequeño.

En aquel momento, mi padre dejó de reírse. Yo miré a mi prima, pero ella no me devolvió la mirada. Observaba fijamente a su hermano y comprendí que estaba pensando en lo mismo que yo. Por más que intentó llamar la atención de Tomás, mi primo no se fijó en ella. Absorto en su mundo infantil, miraba en todas direcciones y no vio el gesto de advertencia de su hermana. El semblante de mi progenitor adoptó una expresión de extrañeza. Volvió a agacharse junto a él y, entonces, los demás se dieron cuenta de que ocurría algo y dejaron de hablar. En medio de un silencio expectante, le preguntó a Tomás:

—Hijo, ¿qué dices que escuchaste?

—Que la prima Ana está esperando un bebé —repitió con inocencia, ajeno por completo a la repercusión de sus palabras—. Por eso siente tanto cansancio y está sentada en berlina.

Los invitados se rieron al oír la ocurrencia, pero, al ver que mi padre permanecía inmóvil y no respondía a aquella broma, alargaron la risa hasta que abandonó el humor y rozó el nerviosismo. Muy lentamente, todavía agachado junto a Tomás, mi padre miró a Inés y después se giró hacia mí.

—¡Silencio! —bramó elevando su voz por encima de los demás.

Sentí que iba a desmayarme. El corazón me latía con tanta fuerza que no oía nada más que su bombeo retumbando con desesperación en mi pecho. La vista se me nubló durante unos segundos, pero los gritos de mi padre me devolvieron a la realidad.

—¿Por qué demonios estás tan pálida? —bramó—. ¡A casa! ¡Vamos, levántate de ahí! ¡Baja ahora mismo a nuestra casa!

Experimenté todo con varios segundos de retraso. Vi la gran figura de mi padre levantándose y viniendo hacia mí, pero su rostro inundado por la furia no era más que una imagen borrosa. Tan solo un segundo después sentí la fuerza de su mano apretándome el brazo hasta hacerme daño para obligarme a ponerme en pie. Cuando quise hacer el esfuerzo de levantarme, mi padre me llevaba en volandas y estábamos bajando las escaleras hacia nuestro piso. Tras nosotros oía los sollozos de mi madre, que nos seguía tambaleante por las escaleras. Ni siquiera esperó a que ella entrase en casa y cerrase la puerta, sus gritos retumbaron con rabia por el hueco de la escalera. Me llevé las manos a los oídos para amortiguar la inesperada potencia de su voz, pero él me lo impidió. Me apartó las manos y con una brusquedad impropia en él continuó agarrándome del brazo, zarandeándome.

—¿Quién demonios te crees que eres? —gritó—. ¿Cómo osas humillarme delante de todos mis allegados? ¡Te da igual hundir la reputación, el nombre de la familia que te ha criado y por la que tantos años llevo luchando! ¿Cómo te crees que hemos llegado hasta esta posición? ¡Con mucho esfuerzo, con mucho trabajo y actuando siempre con honra! Para que ahora vengas tú y lo eches todo a perder. ¡Maldita sea! ¡No pienso consentirlo! ¿Me oyes?

Los sollozos que emitía mi garganta se confundían con los de mi madre, que yacía sobre el suelo en una esquina del salón, observándonos con los ojos desorbitados.

—¡Nos has engañado, nos has mentido, has actuado como una mísera mujer de la calle! ¡Exactamente igual que las mujeres de ese maldito barrio que te atreviste a visitar! Te hemos brindado la mejor educación y tú has actuado a nuestras espaldas, yéndote con Dios sabe quién. —Como si hasta ese momento no hubiera sopesado aquella parte, preguntó desquiciado—: ¿Quién es el padre? Vamos, ¡dime! ¿Quién es él?

Su mano me apretaba con tanta fuerza el brazo que comenzaba a sentir un hormigueo, porque me estaba cortando la circulación. Sin embargo, me juré a mí misma no emitir un solo sonido. No podía descubrirlo.

—¡Habla, Ana! —gritó aún más fuerte—. ¿Quién es? ¡Confiesa o te juro que no querré volver a verte en mi vida!

Sentía cómo su ira y su desesperación iban en aumento ante mi silencio, pero yo apreté los labios con toda la fuerza de la que fui capaz, hasta que sentí el sabor metálico de la sangre en la boca. Estaba tan concentrada en aquel dolor que tardé en procesar el escozor ardiente que impactó en mi mejilla. Asustada, retrocedí.

—Esteban, por favor, no la golpees. —Con un hilo de voz mi madre le pidió que se detuviera.

Por un segundo pareció recapacitar, pero entonces el segundo golpe impactó sobre mí.

—¡Habla! —exigió de nuevo.

Con la visión borrosa, distinguí que mi madre se ponía en pie, apoyándose en las paredes. Al tantear con su mano una superficie sobre la que impulsarse, tiró un espejo apoyado en una de las estanterías de la pared. El sonido del cristal al romperse en mil pedazos me resultó aterrador. Mi madre se acercó hasta mi padre y le rodeó la espalda en un intento para que se calmase.

—Esteban, respira durante unos segundos. No hagas nada de lo que puedas arrepentirte —le pidió en un susurro.

Aprovechando aquella tregua, mi cerebro al fin tomó el control de la situación. Vencí el aturdimiento y conseguí levantarme. Con pasos tambaleantes me dirigí a mi habitación. Abrí el armario, cogí una bolsa de tela y metí algunas de mis pertenencias. Un par de faldas, varios cuerpos, dos abrigos... Apoyándome en las paredes regresé al salón.

—¡Eso es, márchate! —bramó mi padre mientras mi madre intentaba retenerlo—. Es lo mejor que puedes hacernos. No eres digna de esta familia. ¡No quiero volver a verte nunca más!

Los sollozos me impedían respirar y sentía que me ahogaba. El corsé me apretaba en la cintura acentuando aquella desagradable sensación. Mi madre intentaba calmar a mi padre, pidiéndole con voz suplicante que no me golpease. Pero no se atrevió a mirarme. No contradijo sus palabras. Sintiendo un terrible dolor, abrí la puerta y me marché de allí. Estaba preparada para su furia, para sus gritos, también para enfrentarme a su desprecio por haberlos engañado, pero no para que me golpease. Me llevé una mano congelada al lugar de la bofetada para intentar aliviar el escozor ardiente de mis mejillas; el dolor traspasaba la piel hacia mi interior.

Sin mirar atrás, eché a correr. Esquivé en el último segundo un carruaje que cambió de rumbo. Estaba aturdida y sentía que avanzaba a ciegas, sin aliento. Cuando llegué a la academia, bajé al sótano y me desplomé en un sofá. El aire no regresó a mis pulmones hasta que apareció Úrsula y me rodeó con sus brazos.

CAPÍTULO 37

Mayo de 1990

Julia encontró a su madre recostada en un sofá del salón de su casa. La tarde anterior, al regresar de la reunión semanal con el club de lectura, había recibido una llamada de su hermano Jaime. Estaba en casa de Josefina porque, al parecer, había sufrido una crisis nerviosa. Sin embargo, como él mismo confesó, bajando la voz para que su madre no pudiera oírlo, estaba seguro de que no había sido más que una estratagema para reclamar atención.

—Madre, ¿qué tal te encuentras? —le preguntó Julia acercándose a su lado.

—¿Cómo voy a estar? —musitó Josefina—. Muy cansada después de lo que me pasó ayer. Tuve que molestar a uno de tus hermanos, porque últimamente no hay forma de dar contigo —añadió.

—Perdóname por no haber respondido a tu llamada, pero no estaba en casa.

—¿Se puede saber qué estabas haciendo? —preguntó Josefina con escepticismo—. ¿O acaso es un secreto? —añadió observando con sorpresa a su hija, que permanecía frente a ella sin mediar palabra.

Julia cogió aire con lentitud antes de responder. Normalmente habría dejado pasar aquel comentario, pero en aquella ocasión se obligó a hallar las palabras que nunca se había atrevido a formular y que quemaban su interior.

—Madre, te invito a que hagas memoria y pienses en todas las tardes que he pasado contigo, ya sea aquí o en el club. También en todas las veces que he salido corriendo y he acudido tras recibir una de tus llamadas, incluso de noche. Si no me equivoco, en ninguna de esas ocasiones les has pedido explicaciones a mis hermanos acerca de su ausencia, ¿verdad?

Josefina observó perpleja a Julia. Quiso defenderse, pero la confusión ante aquella inusual salida de tono de su hija anuló su capacidad de respuesta.

—Bien, pues te pido que no des por sentado que siempre voy a ser yo quien venga corriendo —concluyó Julia—. Somos cuatro hermanos en esta familia y todos tenemos exactamente la misma responsabilidad hacia ti.

—Si tú lo dices —masculló Josefina.

Julia suspiró con cansancio y se dejó caer en uno de los sofás. Su hermano Jaime tenía razón. Conocía demasiado bien las artimañas de su madre para conseguir que se le prestase atención cuando sentía que esta era insuficiente y, claramente, fingir aquel supuesto malestar había sido una más. Por si aquello no bastaba para demostrar su disgusto, Josefina permaneció en silencio durante varios minutos, actuando como si se hubiese olvidado de su presencia. Ante aquel comportamiento infantil, Julia agitó la cabeza con impaciencia, sin ánimo para alargar más aquel pulso invisible.

—Te iba a contar cómo fue nuestra visita a la fundación de Eleonor, pero, si estás tan débil, lo mejor será que lo dejemos para otro día —aseguró con sutileza.

—De eso nada —respondió Josefina mientras se incorporaba dejando a un lado su resentimiento—. Ya que has aparecido por aquí, al menos te dignarás a contármelo. Llamaré a Eduardo para que él también venga, no vive lejos de aquí. Así no tendrás que narrarlo dos veces.

Imprimiendo a sus movimientos cierto dramatismo, Josefina se levantó, buscó en su agenda de contactos el número correspondiente y lo marcó en el teléfono. Una hora más tarde, el timbre vibró con un sonido metálico y una de las asistentas de Josefina guio a Eduardo hasta el salón, donde lo esperaban.

—Buenas tardes —saludó al entrar en la estancia—. No se pongan en pie por mí, por favor —añadió con un gesto de la mano—. Y perdonen la tardanza, pero a mi edad uno hace lo que puede. Mis hijas dicen que un andador agilizaría mis movimientos, pero entonces parecería viejo de verdad. ¿No creen? —comentó con su sonrisa afable.

—Le agradecemos que haya acudido pese a lo repentino de la llamada —le aseguró Julia valorando su esfuerzo.

—Por nada del mundo me lo perdería —dijo Eduardo, y tomó asiento en uno de los sofás—. Sé de buena tinta lo importante que era esa escuela para Eleonor y estoy deseando saber qué han hecho con ella.

—En ese caso, le complacerá saber que está muy bien conservada —le informó Julia—. Han reacondicionado algunas salas para darles un uso diferente, pero han respetado la distribución original de la escuela.

—Eso es estupendo —asintió Eduardo—. Me alegra saber que preservan su gran obra.

—En realidad, el recorrido que nos ofreció el encargado de la fundación fue muy breve —dijo Julia recordando su trato arisco—. Pero nos permitió visitar el aula de música, la gran biblioteca y el despacho de Eleonor, que se conserva tal y como ella lo dejó.

—Hace muchísimos años de aquello, pero yo fui uno de los afortunados que acudió a la inauguración de la escuela —rememoró Eduardo con la mirada inundada de nostalgia—. Recuerdo perfectamente un gran cuadro de Eleonor situado en el vestíbulo. Por supuesto, lo había realizado su marido, pero esa obra era especial para ella, porque fue su última creación. Víctor murió un par de meses después de finalizarla. Aquel día, al verme situado frente al cuadro, Eleonor se me acercó y me confesó que lo había mandado colgar en la entrada de su escuela para que todo aquel que llegase pudiese admirar el talento de su marido. Espero que todavía siga ahí.

—Lo vimos al entrar —asintió Julia—. Me llamó la atención por sus grandes dimensiones. Aunque en el retrato Eleonor debía de rondar los setenta años, se adivinaba en su expresión que fue una mujer muy hermosa. Tanto ese cuadro como otro que albergan en el archivo me dieron la sensación de que tenían algo hipnótico. No sabría decir lo que es. Quizá la mirada de ella o los cuidadosos trazos de él.

—A mi humilde parecer, es una combinación de ambos —apuntó Eduardo—. Creo que Víctor sabía captar con maestría la atracción que ella ejercía sobre la gente a su alrededor. Eleonor tenía una belleza, un saber estar y unos modales muy singulares.

Julia evocó las diferentes instantáneas de la vida de Eleonor que lucían enmarcadas y colgadas en su antiguo despacho. En la fugaz visita que el encargado de la fundación les había ofrecido por las estancias principales, apenas habían tenido tiempo para observarlas con detenimiento, pero el rótulo que acompañaba a una de ellas, como si de una connotación personal se tratase, se había quedado grabado en su memoria. Se trataba de una fotografía en forma de óvalo rodeada por un marco de plata ornamentado, colgada en la pared principal del despacho. En la imagen, la luz suave que incidía sobre el rostro de Eleonor realzaba sus facciones, otorgándole cierto exotismo. Sin embargo, la mirada de Julia rápidamente se había posado sobre la frase escrita a mano alzada y firmada por Eleonor bajo el retrato: *La enseñanza es la esperanza del futuro*. Al leerla, el recuerdo de su reacción cuando Candela anunció que iría a la universidad había atravesado sus pensamientos y la boca se le llenó de remordimiento. Aunque aquellas palabras habían sido escritas hacía muchos años, Julia sintió que eran un recordatorio trazado expresamente para ella.

—Pero, más allá de sus formas, lo más formidable de ella era su extraordinaria generosidad —continuó Eduardo—. No solo estaba pendiente de que nunca nos faltase nada a mi madre y a mí, sino que se comportaba así con toda nuestra familia. De hecho, cuando yo era pequeño, los tíos de mi madre también solían acompañarnos en nuestras visitas al jardín de Olavide, y llegaron a mantener una gran amistad con ella. Y, en el plano profesional, qué puedo decir... Pese a que nos encontrábamos en plena posguerra, Eleonor no se acobardó. En aquella difícil época, emprendió una larga batalla legal para conseguir los permisos necesarios para poder abrir la escuela. Recuerdo que, durante años, buscó colaboradores, socios y apoyo en todas las instituciones posibles, y que desembolsó cuantiosas cantidades de dinero de su propio bolsillo. Estaba decidida a brindarles la oportunidad de aprender a todas aquellas jóvenes de la ciudad en situaciones desfavorables. Y lo consiguió... Vaya si lo consiguió. —Eduardo enarcó las cejas y emitió una breve carcajada de admiración—. Pese a que la escuela había abierto con la idea de acoger en sus aulas a niñas en situación de pobreza por un módico precio, en cuestión de meses la calidad de sus clases adquirió tanto prestigio que llegaron jóvenes de todas las edades y clases sociales.

A medida que escuchaba a Eduardo, Julia sintió que el confuso sentimiento que había comenzado a abrirse paso en su interior durante la visita a la fundación de Eleonor iba definiéndose hasta convertirse en una dolorosa verdad: ella misma tenía mucho que aprender de aquella mujer que había vivido tantos años atrás.

—También se dijo que, en secreto, daba lecciones a niños que la necesitaban, pese a que en aquel momento la educación se impartía por separado —relató Eduardo—. Incluso corrían rumores de que por las noches había luz en el edificio. Algunos vecinos aseguraron que había habilitado clases nocturnas para que también los adultos pudiesen acudir a su escuela después del trabajo. Sinceramente, no me extrañaría que esto fuese cierto, teniendo en cuenta su valentía a la hora de transgredir las normas. Pese a que en aquella época las labores domésticas y las normas de urbanidad eran conocimientos que se consideraban imprescindibles en la educación de las mujeres, Eleonor los omitió de su plan de estudios. En su lugar estableció lecciones de física, geometría, historia natural o nociones de comercio. Esto le acarreó grandes problemas e incluso tuvo que enfrentarse a amenazas, que le obligaron a ser muy cuidadosa con el personal que trabajaba dentro de su escuela y hermética con el contenido de las lecciones que allí se enseñaban. Gracias a su gran empeño, muchas jóvenes pudieron estudiar y la escuela fue considerada una de las más prestigiosas de la ciudad durante muchos años.

Julia asintió y valoró si realmente era posible que aquella mujer, a la que Eduardo atribuía tanta generosidad y coraje, escondiese un gran secreto en lo más profundo de su ser. Por un momento se sintió tentada de plantear la teoría de Candela, pero se detuvo, consciente de su posible repercusión. En su lugar se limitó a comentar:

—Me sorprendió escuchar que Eleonor no siempre residió en Madrid.

—No, Eleonor se crio en Francia —dijo Eduardo—. Muchos de sus familiares por parte materna vivían allí. Sin embargo, no hablaba mucho de su familia, era más bien reservada en ese tema. Por lo poco que sé, su padre había fallecido cuando contrajo matrimonio con Víctor y su madre lo hizo poco después. Quizá por eso decidieron mudarse a Madrid. La amistad con mi madre debió de surgir al poco de llegar, porque en mis primeros recuerdos aparece Eleonor.

—Eso es lo que me suponía —asintió.

En aquel punto de la conversación, Julia se detuvo para mirar a su madre, quien todavía no había intervenido. La mujer se limitó a observar su impecable atuendo y a estirar innecesariamente las solapas de su chaqueta antes de preguntar con impaciencia:

—En fin, ¿en el archivo había algo interesante o no?

—Lo cierto es que sí, madre —respondió Julia—. Pero todavía es pronto para hacer ninguna conjetura. No quisiera precipitarme.

—¿Qué tontería es esa? —protestó Josefina—. Aquí los únicos implicados que quedamos vivos somos Eduardo y yo. Y, por desgracia, no nos sobra el tiempo, así que tenemos derecho a conocer lo que sea que sospechéis.

—Te olvidas de Leo —le recordó Julia—. El hijo de los duques de Olavide y un gran amigo de Eduardo. Él también podría estar involucrado en todo esto. De hecho, si fuese posible, me gustaría hablar con él —añadió dirigiéndose a Eduardo—. Necesitamos más tiempo en ese archivo. Hay varios fondos que custodian bajo llave, pero estoy segura de que él podría autorizarnos para que los consultemos.

—Me temo que la salud de Leo cada vez está más deteriorada —confesó Eduardo con pesar—. Hablé hace un par de días con Belén, su mujer. Está preocupada por él. Ambos creemos que, hasta que todo esto no se resuelva, es mejor mantenerlo al margen. Cualquier mínimo esfuerzo le resulta un ejercicio agotador. En cualquier caso, Belén nos ayudará —aseguró—. Le pediré que vuelva a llamar a la fundación.

—Gracias, Eduardo. —Julia se sintió satisfecha por haber dado un paso más—. Estoy segura de que el final de todo este asunto se acerca.

—Eso espero —sentenció Josefina—. Porque tanta espera y tanto misterio están crispando mis nervios. De hecho…, le ruego que me perdone, Eduardo, pero creo que voy a retirarme a mi cuarto —añadió poniéndose en pie—. Me encuentro muy cansada.

—Lamento mucho si me he explayado demasiado en mis recuerdos —se disculpó él poniéndose en pie con dificultad—. Mis hijas dicen que me pierdo en el pasado, pero Eleonor fue una persona tan importante que me cuesta resumir lo vivido con ella. En cualquier caso, yo ya me marcho.

—No se preocupe, querido —lo tranquilizó Josefina—. Los recuerdos se vuelven nítidos y cobran un sentido especial cuando el final se acerca. —Con la mirada perdida, permaneció unos instantes junto al sofá, inmóvil. Al salir de aquel trance, se alisó la falda y continuó sus pasos hacia la puerta del salón—. No tenga prisa, quédese hablando con mi hija.

—Pero, madre… —dijo Julia extrañada ante aquel comportamiento huidizo, tan impropio de Josefina.

No tuvo oportunidad de terminar la frase, porque, tras un leve asentimiento a modo de despedida, Josefina se dio la vuelta y se alejó. Con un nudo en el estómago, Julia observó la delgada silueta de su madre desaparecer en un quiebro del pasillo.

CAPÍTULO 38

Mayo de 1990

Julia había perdido el hilo de la conversación. Distraída, no podía evitar pasear su mirada por los diplomas y reconocimientos enmarcados detrás de su terapeuta. Las emociones surgidas a raíz de los descubrimientos de los últimos meses se arremolinaban sin control en su interior. Adela dejó de hablar y le preguntó con suavidad:

—Julia, ¿hay algo que te preocupa?

La pregunta de su terapeuta la devolvió a la realidad. No sabía en qué punto había desconectado de la conversación. Mientras buscaba las palabras para responder, entrecruzó las piernas, se quitó la chaqueta y la dobló con pulcritud sobre las rodillas.

—Estaba pensando en que durante estos meses... ha habido días en los que me he sentido más cerca de mí misma que nunca —confesó con un nudo en la garganta—. Aunque, para ello, he tenido que alejarme de mi madre. Es contradictorio, porque cuando vuelvo a su lado, me persigue la culpabilidad y el remordimiento por no haber estado con ella cuando me necesitaba. Pero una vez me alejo, siento que puedo respirar. Respirar de verdad, porque, si paso mucho tiempo con ella..., me falta el oxígeno —admitió con un hilo de voz.

—Cuidado, Julia, porque no se trata de alejarte de tu madre —precisó Adela—. El objetivo de estas sesiones es comprender por qué se comporta así, para que puedas perdonarla por ello, aceptándola tal y como es. Es un proceso largo y requiere de tiempo.

—Alcanzar la aceptación se me antoja tan complicado...

—¿Por qué? —se interesó Adela.

—Porque aceptar su manera de ser implica asumir que nunca va a respetar mis cambios ni mis decisiones.

—Un momento —la interrumpió su terapeuta—. Detente a pensar en todo lo que has avanzado durante este tiempo. Cuando llegaste a mi consulta, el miedo que sentías ante el rechazo de los demás, asociado inconscientemente con la pérdida, te había llevado a abandonarte a ti misma. Poco a poco has conseguido plantarle cara a ese miedo, centrándote en tus objetivos y aspiraciones. Y ahora, en vez de asustarte, la desaprobación de tu madre ante tus decisiones te indigna. Es muy importante que valores y te recuerdes a ti misma todo lo que has conseguido resolver. Es en la seguridad que te proporciona tener presente lo que has logrado donde encontrarás la solución al conflicto que me planteas.

—Es cierto que estoy intentando definir los límites —aceptó Julia—. Pero ¿de qué me sirve si mi madre continúa sobrepasándolos y reclamándome cada vez más atención?

—En ese caso, aún no has terminado de construir esas barreras, necesitas seguir elevándolas. Como te he dicho antes, este es un proceso lento y debes tener paciencia. Cuando sientas que tu madre atraviesa fronteras que no debe traspasar, impídeselo. Las veces que haga falta. Con calma, pero con rotundidad. No permitas que encuentre fisuras por las que colarse en decisiones que solo tú puedes tomar. A su edad, Josefina no va a cambiar su manera de pensar, pero sí que puede aprender a callarse a tiempo, a guardar su opinión para sí misma. No será fácil, pero, si mantienes este propósito con firmeza, la opinión de tu madre irá perdiendo su influencia sobre ti y ella también se dará cuenta.

Julia asintió, pero su mirada continuaba perdida.

—También es importante que comprendas algo —añadió Adela reclamando su atención—. A causa del miedo a terminar como lo hizo su madre, Josefina ha aprendido a pasar sus días con rigidez y eso le ha impedido abrir su mente, conocer a mucha gente y vivir experiencias maravillosas. Ese miedo se lo inculcaron sus tíos, debido, seguramente, a una experiencia traumática mal gestionada. Pero detrás de ese miedo, Julia, se esconde el amor. El amor de Rosario por su hermana, cuya pérdida le provocó un gran dolor. Y el amor de Josefina hacia ti. Aunque no sea capaz de expresarlo, porque nunca le enseñaron a hacerlo, ella te quiere y desea que no te suceda nada malo. El problema es que siente que pierde el control cuando las personas y los acontecimientos se salen de su rígido mundo, y por eso censura y rechaza. Su forma de supervisar las vidas de las personas a las que quiere, aunque incorrecta, es su manera de demostrar lo mucho que le importan. Detrás de la fachada autoritaria e impecable que tu madre se ha impuesto a sí misma se esconde una mujer asustada. Es fundamental que entiendas y aceptes esto, porque es lo que te llevará al perdón.

En silencio, Julia cogió un pañuelo y se secó las lágrimas que corrían por sus mejillas.

CAPÍTULO 39

Marzo de 1896

Ana

Cariño, ¿estás segura de tu decisión? —me preguntó Úrsula sentada detrás de mí.

A través de los ventanales del salón de su casa, yo observaba el ir y venir de la gente. Aquel movimiento me resultaba ajeno, como si yo ya no formase parte de él. Estaba preparada para aislarme y esconderme del ruido, de las miradas y de los comentarios. Debía hacerlo. Tenía que proteger al bebé que crecía en mi interior.

—¿Qué clase de vida podría ofrecerle? —respondí con amargura—. Ya ni siquiera cuento con el respaldo de mi familia. Y, sin un padre, estaría condenado incluso antes de nacer. No me asusta perder mi reputación, lo que me aterra es no poder darle la vida que se merece.

Mis ojos se inundaron de lágrimas y la vista de la calle a través del cristal se volvió borrosa. El contorno de los viandantes se difuminó hasta convertirse en cientos de manchas que iban y venían.

—He de renunciar a él para que pueda tener la vida que yo nunca podré ofrecerle —dije mientras las lágrimas corrían por mis mejillas.

—Cariño, sé que tu corazón es grande y generoso, pero temo que esto sea demasiado. No quiero que te arrepientas.

—Lo sé. Pero he tomado mi decisión y así se lo he hecho saber a la madrastra de Víctor. Ya no hay vuelta atrás.

Me sequé las lágrimas y me aparté del ventanal. El aroma del incienso inundaba el aire de la estancia, tenuemente iluminada por varias velas. Úrsula, envuelta en una nube de humo, estaba recostada en uno de los sofás. Evitando encontrarme con su mirada cargada de preocupación, me senté junto a ella y me tapé con una manta.

—Cuando todo esto haya pasado, intentaré comenzar de nuevo —susurré.

Úrsula asintió, pero guardó silencio. No quiso insistir, pese a que saltaba a la vista que no estaba de acuerdo con mi decisión.

—Hoy ha venido a verte tu prima, ¿verdad? —dijo al cabo de unos minutos, desviando el rumbo de la conversación.

—Sí, estuvo aquí esta mañana, cuando tú te encontrabas en la academia, preparando las clases —respondí—. Me ha contado que mi padre ha cambiado mucho. Se va temprano a trabajar, regresa muy tarde y apenas si pronuncia palabra cuando está en casa. Manuela se encarga de todo, porque mi madre lleva varios días sin salir de la cama.

—Todo está demasiado reciente, Ana —dijo Úrsula con comprensión—. Dales tiempo, es lo que necesitan ahora mismo.

Dejé escapar un largo suspiro.

—Hace unos días, mi tía Dolores estuvo hablando con mi madre y le propuso que se marchase unos meses al pueblo hasta que se encontrase mejor. Allí tiene antiguas amigas y el cambio de aires le puede venir bien. Al parecer, mi madre le ha pedido a Manuela que haga las maletas. Seguramente se marche esta misma semana.

—Le vendrá bien, estoy segura —afirmó Úrsula.

—Han acordado que les dirán a todos que yo me marcho con ella, para justificar mi ausencia y evitar los comentarios —añadí.

Úrsula asintió mientras llenaba sus pulmones con el aire del tabaco.

—Cariño, sé que estás dispuesta a encerrarte aquí durante varios meses, pero he pensado que podrías bajar por las mañanas a la academia y ayudarme a preparar las clases de la tarde. A esas horas estoy sola, no hay nadie más. Es el edificio contiguo a este y hay una puerta trasera que comunica el portal con el patio de la academia. No correrías peligro, nadie te vería.

—Lo pensaré —le prometí—. Puede que me venga bien.

—También quería hablar contigo de otro tema —continuó—. Nuestras reuniones de los viernes se han visto interrumpidas por todo lo que ha ocurrido estas últimas semanas y me temo que ya no será posible retomarlas. Pero me gustaría teneros a todas juntas una vez más, hacer una última reunión.

—Sería maravilloso —le contesté ilusionada—. Clara se marcha en dos semanas de la ciudad, así que podríamos hacerla a principios de abril —propuse.

—Estupendo —asintió Úrsula—. En ese caso, hablaré con las demás. Y ahora voy a ver si pongo en marcha estos pobres músculos agarrotados. —Se puso en pie y me dio un beso en la frente—. Puedo dejarte aquí sola durante un rato, ¿verdad?

—Por supuesto, no te preocupes por mí. Estaré bien —aseguré esforzándome por sonreír.

—Ya sabes dónde está la comida. Volveré en un par de horas.

Úrsula se despidió de mí y, tras el chirrido de la puerta, escuché el sonido de sus tacones repiqueteando contra la madera de los escalones, cada vez más tenue a medida que descendía. Finalmente, la casa se quedó en silencio y me dirigí a la mesita de noche del cuarto que Úrsula había puesto a mi disposición. Allí estaba la última carta que Víctor me había enviado y que no había sido capaz de volver a leer desde entonces. Abrí el cajón y cogí el sobre con un leve temblor. Repasé con los dedos su nombre, escrito en el remite con trazos firmes. Con un largo suspiro, me armé de valor y extraje el papel, dispuesta a releer sus líneas:

Querida Ana:

Lamento mucho esta larga espera. Mi intención era ausentarme de la ciudad tan solo un par de semanas, pero finalmente mi viaje se prolongó más de lo que deseaba. Sin em-

bargo, todo ha sido por una gran razón y al fin puedo anunciar que traigo buenas noticias para nosotros. Como te prometí, en enero le hablé a Olivia de ti, pero, como imaginaba, su reacción no fue la que me habría gustado. Incapaz de rendirme, decidí salir en busca de un antiguo amigo de mi abuela, que durante años fue su fiel consejero. Tardé varias semanas en dar con él, pero finalmente lo encontré asentado en un pequeño pueblo a muchas horas de aquí.

No me gustaría tener que contarte a través de una carta los inconvenientes que, por desgracia, podrían poner en peligro nuestra unión y por los cuales decidí pedirle ayuda a este buen hombre. Te prometo que te lo contaré a su debido tiempo. Por ahora, me basta con que sepas que el motivo de mi viaje y de esta larga espera ha sido mi intención de disponer todo de la manera adecuada para que mi mayor deseo pueda cumplirse: casarme contigo. Ya no me puedo imaginar una vida sin ti, Ana, y te aseguro que estoy dispuesto a hacer todo lo que esté en mis manos para conseguirlo. Mientras tanto, debo pedirte paciencia hasta que me asegure de que nada ni nadie podrá interponerse entre nosotros.

Muy pronto te escribiré para que nos volvamos a ver y hagamos pública nuestra relación.

Con mi más sincero afecto,

VÍCTOR

Desde que había recibido aquella carta, un remolino de angustia me oprimía el pecho. Lo había echado todo a perder al revelarle a Olivia mi estado. Ya nada de lo que Víctor hubiese conseguido importaba, no existía ninguna posibilidad de que nuestro matrimonio fuese legítimo y de que él pudiese heredar el jardín. Su madrastra me había dejado muy claro que, después de conocer todo lo que había ocurrido, no pensaba permitir que formase parte de su familia.

Mientras las lágrimas rodaban por mis mejillas con impotencia, volví a guardar aquel sobre y me acurruqué en la cama. Justo antes de que el cansancio me venciese, en el último instante de la vigilia, sucumbí a la tristeza y me permití imaginarme cómo habría sido mi vida junto a él.

CAPÍTULO 40

Abril de 1896

Ana

Pese a que había atravesado cortinas cientos de veces, en esa ocasión lo hice con cautela, como si fuese la primera vez.

—¿Cómo puede ser que se me haga raro estar aquí? —preguntó Inés apesadumbrada, describiendo en voz alta el ánimo de las cuatro.

Úrsula, ya recostada sobre su diván, nos miró con cariño y nos dijo:

—Queridas, tenemos mucho que contarnos, así que sírvanse una taza de té y siéntense a mi alrededor. —Y añadió con una sonrisa—: Como en los viejos tiempos.

Las cuatro nos acercamos al samovar y después nos dejamos caer en los sofás, excepto Carolina, que permaneció en pie.

—Antes de empezar, dejadme que os diga algo —anunció—. Es una noticia estupenda, que seguro que os levantará el ánimo como a mí. Ocurrió ayer, pero quería esperar a decíroslo en persona a todas juntas. Resulta que acompañé a mi madre al centro para hacer unas compras y, cuando ya nos íbamos, se nos antojó un dulce del obrador de la Puerta del Sol. Estaba atestado de gente e íbamos muy cargadas, así que le dije que la esperaba fuera con las cestas. Mientras mi madre estaba dentro, sentí que alguien me daba unos toquecitos en el hombro. Al girarme... ¡me encontré con Milagros! Esbozando una sonrisa, me transmitió la mejor de las noticias: su hija está muy cerca de recuperarse por completo. ¡Ya consigue ponerse en pie y cada vez se encuentra mejor!

—¿De veras? ¡Qué gran noticia! —exclamó Clara llevándose una mano al pecho.

—¡Y todo gracias a vosotras! —nos felicitó Úrsula—. Cuánto me satisface que las medicinas la hayan ayudado.

—Me alegro mucho por ella. —Sentí una profunda alegría al saber que la joven finalmente había conseguido superar la enfermedad.

—Ya os pedí disculpas, pero sigo lamentando no haberos acompañado... —confesó mi prima.

—No te preocupes, tenías motivos de peso para ello —la tranquilizó Clara—. ¿Tú qué tal estás, Ana? —añadió dirigiéndose a mí—. Siento no haberte ido a ver esta semana, pero con todos los preparativos del viaje me ha sido imposible.

—No tienes que pedirme perdón por nada, faltaría más —le aseguré—. Desde que vivo con Úrsula, has venido a verme un par de veces por semana. Te estoy más que agradecida, igual que a todas. Ahora que no puedo salir, vuestras visitas me llenan de ánimo y de alegría. Además, más allá del cansancio que siento, me encuentro bien, no os tenéis que preocupar por mí.

—Doy fe de ello —dijo Úrsula riéndose—. La pobre duerme como un lirón.

—¿Y tú, Inés? —preguntó Carolina—. ¿Qué tal va todo? Ya sabes…, con tu prometido, Guillermo —añadió con cautela.

No podía decirse que mi prima mostrase euforia ni ilusión ante la noticia de su compromiso. Sin embargo, en aquel último mes habíamos notado en ella una nueva calma. De alguna forma, la tranquilidad que le reportaba haber conseguido mejorar la difícil situación de su familia la hacía feliz. Aquello era parte de la nobleza de su espíritu, se conformaba con que a su alrededor los demás fuesen felices.

—Hace unos días vino a nuestra casa junto a su madre y estuvimos hablando de la ceremonia —respondió—. Ya hemos acordado que será a principios del próximo año. Mi idea era hacer algo discreto, no quiero nada ostentoso. Pero la familia de él se lo está tomando muy en serio. Quieren organizar una gran fiesta para celebrar nuestro enlace y, dado que aseguraron desde el primer momento que ellos pagarían hasta la última peseta, solo puedo acatar sus deseos. Tengo la sensación de que es la boda de los padres de Guillermo, en vez de la nuestra. Pero lo cierto es que, mientras respeten mi decisión de que el vestido sea lo más sencillo posible, lo demás pueden organizarlo como quieran —aseguró encogiéndose de hombros—. Y ahora no hablemos más de mí. Cuéntanos, Clara, ¿cómo van los preparativos del viaje? ¿Cuándo te marchas?

—Me voy el próximo lunes, así que apenas me quedan tres días en la ciudad —confesó emocionada, con sus mejillas enrojecidas—. Mucho me temo que no voy a pegar ojo de aquí a la semana que viene.

—Cuéntanos, ¿adónde iréis? —le pregunté.

—¿De verdad queréis que os lo cuente? —dijo Clara titubeando—. Quiero decir, que me muero de ganas por hacer este viaje, pero me habría encantado irme sabiendo que vosotras estáis igual de felices, o incluso más, que yo. Me da miedo que ahora sea cuando más nos necesitemos y yo no vaya a estar aquí para apoyaros.

—¡Oh, vamos Clara! —exclamé—. En medio de mi situación, te aseguro que tu ilusión me hace inmensamente feliz.

—Lo único que te pedimos es que nos escribas a menudo y nos cuentes cada detalle de las ciudades que visites —le pidió Carolina.

—Eso está hecho —aceptó Clara sonriendo—. Pues... mi carruaje me llevará hasta Sintra, donde pasaré un par de semanas con mi tía, y después viajaremos por la costa de Portugal y recorreremos el norte de España. Atravesaremos la frontera hacia Francia y continuaremos nuestro viaje hasta llegar a Alemania. Mi tía me ha dicho que veremos acantilados y paisajes maravillosos.

—No me cabe duda —intervino Úrsula—. Disfruta de cada instante y, cada noche, anótalo todo en tu diario. Así, cuando regreses, podrás revivir cada detalle del viaje cuantas veces quieras.

—Lo haré —prometió Clara.

—Si no me equivoco, hay alguien más que tiene algo importante que confesar —auguró Úrsula girándose hacia Carolina.

—Nunca te equivocas —admitió ella sonrojándose—. Veréis..., lo cierto es que conocí a un joven la semana pasada, en el baile que organiza la compañía de mi padre anualmente. Es el hijo de uno de sus compañeros, se llama Sebastián. Bailé con él más de la mitad de las piezas mientras manteníamos una conversación amena y, sobre todo, muy divertida, que se prolongó durante horas. Es un joven educado, con ademanes naturales, pero sin duda lo que más me gustó de él fue lo mucho que me hizo reír. Al terminar la velada, se ocupó de que nuestras madres hablasen para concertar otro encuentro. Mañana van a venir a merendar a casa.

Al oír aquella noticia, me dejé llevar por la dulce ilusión de Carolina, sintiéndola como si fuese propia. Tras el forzado compromiso de mi prima con Guillermo y el final de mi relación con Víctor, lo que más deseaba era que alguna de nosotras encontrase felicidad en su matrimonio.

—Úrsula, faltas tú —apuntó Clara—. ¿Qué tal van las clases?

—Como siempre, querida —respondió sonriendo—. No creo que mi vida sufra ya demasiados cambios, por fortuna para mí. Me gusta mi rutina y adoro a mis alumnas. No pido mucho más.

Úrsula se incorporó y rectificó:

—Miento. En realidad sí que hay algo que os quiero pedir. Me gustaría que hiciésemos una ceremonia de despedida, aunque ya sabéis que este lugar siempre será vuestra segunda casa y podréis venir cuando queráis.

—¿En qué consiste? —nos interesamos.

—Quiero que todas penséis en lo que habéis aprendido durante estos años en mi academia. No hablo del conocimiento musical, por supuesto, sino de aquello que os ha dejado huella, algo que queráis agradecer de vuestro paso por las aulas. Me gustaría que lo escribierais en un papel que después guardaré cuidadosamente. Así, siempre que quiera recordaros, acudiré a ellos. Será una bonita forma de que vuestro agradecimiento perdure en el tiempo y me alcance siempre que lo necesite.

—Suena estupendo —afirmamos todas.

Úrsula asintió, se puso en pie y se dirigió a un pequeño armario en el fondo de la habitación.

—Aquí tenéis, papel y pluma —dijo girándose hacia nosotras y los dejó en la mesa central.

Durante largos minutos las cuatro permanecimos en silencio mientras sentíamos la mirada de Úrsula posada sobre nosotras.

—Me acuerdo del extraño hombre que llegó un día vestido con ropas andrajosas, pero con su mejor intención, para anunciar que estaba dispuesto a contratarnos para llevarnos de gira —recordó Carolina riéndose.

—¡Oh, es verdad! —exclamó Clara—. El pobre estaba tocado del ala.

—Fue un suplicio calmaros ese día —aseguró Úrsula—. Todas os creísteis cada palabra de ese pobre hombre. En vuestras cabezas, el término «gira» prometía tantas cosas buenas que enseguida empezasteis a organizar a qué país viajaríais primero. ¡Mis pobres niñas inocentes! No sé cómo se pudo colar ese hombre en la academia.

Todas reímos al recordar el disgusto que Úrsula se había llevado en aquella ocasión.

—Para mí el mejor momento fue en un concierto de Navidad, tendríamos seis o siete años como mucho —rememoró Inés—. Las mayores nos invitaron a subir al escenario en la última canción. Las habíamos espiado durante tantas tardes, asombradas por lo bien que cantaban, que nos sabíamos aquel villancico a la perfección. Cuando la música comenzó a sonar, nosotras lo entonamos con tanta seguridad que las alumnas mayores, sorprendidas, guardaron silencio y al final terminamos cantándolo por ellas.

—Madre mía, es cierto —dije haciendo memoria—. Éramos muy pequeñas.

—Yo creo que fue el primer o el segundo año —aseguró mi prima.

Era curioso cómo cada una había escogido con qué recuerdos quedarse, pese a que las cuatro habíamos vivido lo mismo. Solo cuando estuvimos satisfechas con nuestros agradecimientos, alzamos la vista del papel, acaloradas por la concentración y el esfuerzo para no dejar nada atrás.

—Podéis doblarlos e introducirlos aquí —nos pidió Úrsula haciendo tamborilear sus uñas sobre una caja de estilo chinesco que tenía sobre su regazo—. Me gustaría que, antes de meter el papel, compartáis en voz alta uno de vuestros agradecimientos. Aquel que consideréis más importante o el que os apetezca que sepan las demás.

—Está bien, empiezo yo —dijo Clara.

Se levantó de su asiento, se acercó hasta Úrsula, introdujo el papel en la caja y añadió:

—Me gustaría darte las gracias por enseñarnos a respetarnos. Por impedir que compitiésemos y nos criticásemos entre nosotras. En tu academia hemos sido un gran coro en el que cada una tenía una función igual de importante que la de al lado. Siempre hemos cantado como una sola voz. El mundo entero debería de funcionar así, nadie es más que quienes le rodean y, al mismo tiempo, todos somos profundamente valiosos.

Úrsula asintió y permaneció en silencio, con un resplandor en la mirada. Carolina fue la siguiente en levantarse.

—Yo quiero agradecerte que nos hayas enseñado el valor de la empatía. Aquí dentro nos hemos comportado como una gran familia. Cualquier sentimiento era respetado y, si decidíamos compartirlo con las demás, teníamos la seguridad de que nos escucharían con comprensión. Nos has enseñado a ponernos en la piel del otro y a tener siempre presente que la nuestra no es la única realidad que existe.

A continuación se levantó Inés. Mientras doblaba su papel antes de introducirlo en la caja, dijo:

—Me temo que yo seré breve. Me gustaría agradecerte mil cosas diferentes, pero lo cierto es que todo puede resumirse en lo siguiente: gracias por ayudarme a encontrar mi propia voz. Sé que no es perfecta, como yo tampoco lo soy, pero no me importa mientras sea sincera y emane de mí con libertad.

—¡Qué bonito! —exclamó Carolina.

Por último fui yo quien se puso en pie.

—Yo quiero darte las gracias, Úrsula, por enseñarnos a luchar. Contigo hemos aprendido la importancia del trabajo y del esfuerzo. Pero de una manera real, no idealizada, pues desde pequeñas sabemos que hay cosas que no dependen de nosotras y que difícilmente podemos cambiar. Con independencia de lo que se espera de cada una, hemos aprendido que el conocimiento enriquece la vida y nuestra realidad. Nunca está de más aprender, aunque los demás no quieran oír nuestra opinión. Gracias por enseñarnos a afrontar nuestro futuro de la forma más sabia posible.

Sin que sus ojos dejasen de brillar, Úrsula lanzó un hondo suspiro y asintió lentamente. Cuando regresé a mi asiento, nos observó y se dirigió a nosotras, emocionada:

—Ahora me toca a mí. Porque yo también tengo mucho que agradeceros. Más tarde lo escribiré en un papel para guardarlo junto a los vuestros, pero quiero daros las gracias antes de que os marchéis. Habéis sido unas alumnas maravillosas, pero también las mejores amigas que he podido tener durante años. Me habéis enseñado que la amistad no entiende de edades. Junto a vosotras he revivido mi pasado, mi infancia y mi adolescencia. He revivido miedos e inseguridades, pero me los habéis mostrado con tanta sinceridad y honestidad que gracias a vosotras he aprendido y reflexionado acerca de los míos propios. Por si fuera poco, me habéis hecho el mayor de los regalos: convertiros en mujeres bondadosas, justas y decididas. No tengo duda de que caminaréis en la dirección correcta, porque habéis aprendido lo más importante: a respetaros entre vosotras y a confiar en vuestro instinto.

Úrsula se detuvo al ver que no podíamos reprimir las lágrimas.

—No estéis tristes, mis niñas. Las puertas deben cerrarse a su debido tiempo, porque solo así llegarán nuevas personas a nuestra vida. Es necesario aceptar el final de una etapa para que nazca un nuevo comienzo.

En aquel instante, las cuatro nos levantamos y abrazamos a Úrsula. Lo hicimos a la vez y terminamos cayéndonos unas encima de otras, llorando y riendo al mismo tiempo. Por encima de nuestras voces se alzaba la de Úrsula, imponente, grandiosa, generosa… Exactamente como ella era.

CAPÍTULO 41

Abril de 1896

Ana

Tan solo un día más tarde de aquella última reunión tuve que enfrentarme al momento que tanto había temido que se produjese. Mientras ayudaba a Úrsula a organizar las partituras y los atriles para las clases de aquella tarde, alguien llamó a la puerta de la academia y accionó el timbre agudo de las campanillas, que resonaron a través del patio central. Úrsula acudió a la entrada y regresó unos instantes después.

—¿Qué ocurre? —pregunté.

—Alguien quiere verte, cariño —anunció con seriedad.

Mis piernas temblaron cuando llegué a la entrada y me encontré con él.

—Víctor... —susurré.

—Ana. —Se acercó a mí y me abrazó—. ¿Qué ocurre? ¿Estás bien? ¿Por qué no estás en tu casa?

Su cálido olor me devolvió en el acto un sinfín de recuerdos que hasta ese momento había tratado de evitar. En un instante pasaron ante mí con tanta intensidad que temí ser incapaz de controlar la emoción.

—Úrsula tenía mucho trabajo y me pidió si podía venir hoy a ayudarla —mentí.

—Ya veo… Me he asustado al ver que no había nadie en tu casa.

Tragué saliva y dirigí mi vista al suelo. No soportaba no decirle la verdad, pero sabía lo que ocurriría a continuación. Tenía que estar preparada para ocultarle el mayor secreto de todos.

—¿Qué ha pasado, Ana? —insistió con preocupación—. ¿Estás bien? ¿Por qué dejaste de responder a mis cartas?

—La última que recibí fue en la que me anunciabas que habías regresado a la ciudad —dije con sinceridad—. No me ha llegado nada más desde entonces.

Mi prima Inés había estado pendiente del buzón, pero sin encontrar ningún sobre a mi nombre desde que había abandonado mi hogar. Víctor me observó con incomprensión.

—¿Cómo es posible? —preguntó extrañado—. Te he escrito cada semana desde entonces, incluso varias veces al ver que no obtenía respuesta…

Su voz se apagó, al mismo tiempo que tensaba la mandíbula y su mirada se oscurecía. Aunque solo duró unos instantes, supe en quién estaba pensando. Solo había alguien que podía ensombrecer su expresión con tanta dureza y ahora sabía quién era: Olivia. Mas, como siempre había hecho, reprimió su dolor, se lo guardó para él.

—En esas cartas, te decía que durante estas semanas me he mantenido en contacto con el antiguo asesor de mi abuela y me ha informado de que las cosas avanzan por el buen camino —me aseguró—. Sé que todo esto me está llevando mucho más tiempo del que te prometí, pero quiero hacer las cosas bien. En el momento en el que anunciemos nuestra relación, no quiero que nada ni nadie que no seas tú ocupe mis pensamientos.

Mi cuerpo tembló al oírle hablar de un futuro que nunca sucedería. Sin poder evitarlo, retiré mis manos de entre las suyas y di un paso hacia atrás. Cogí aire y, haciendo acopio de valor, comencé:

—Víctor...

—Ana, entiendo que estés molesta conmigo —me interrumpió él al ver mi expresión—. Sé que te debo una explicación. Por eso estoy aquí. Debí habértelo contado desde el principio, pero lo cierto es que las palabras se me resisten cuando se trata de algo que me ocasiona tanto sufrimiento y acostumbro a refugiarme en el silencio. Sin embargo, he venido para explicártelo todo de una vez. Por fin vas a comprender por qué me marché de la ciudad y a qué me refiero cuando digo que debemos avanzar con prudencia.

Levanté mi mano para pedirle que se detuviera.

—Es demasiado tarde, Víctor —murmuré.

—¿Qué? —preguntó él—. ¿A qué te refieres?

Me sentí fatigada. Sabía que estaba a punto de quebrar para siempre el curso de nuestras vidas. Por un momento quise gritar la verdad, que estaba embarazada, que esperaba un hijo de él. Estuve a punto de hacerlo, pero en el último instante cerré los ojos. Me recordé a mí misma que, si había tomado aquella decisión, era por él. Aquella era la única forma de que conservara el jardín de su familia, el lugar al que pertenecía.

—Me refiero a que han cambiado muchas cosas desde que te marchaste —dije abriendo los ojos—. Te agradezco todos tus esfuerzos para que nuestra relación funcione, pero me temo que es demasiado tarde. Debemos aceptar que no estamos hechos el uno para el otro, porque, de ser así, todo sería mucho más sencillo.

Sentí que algo en mi interior se estaba desgarrando cuando vi que su rostro se apagaba hasta quedar demacrado. Sin embargo, cogí aire una última vez y sentencié:

—Es hora de que cada uno continúe con su vida.

El dolor de su mirada humedecida me sobrecogió. No quedaba ni rastro del joven esbelto y distante que había visto entrar aquella noche lejana en el casino de baile. Aquella coraza de defensa con la que se protegía del sufrimiento había desaparecido. Lo tenía ante mí, vulnerable, frágil, desnudo, conteniendo las lágrimas. Tras varios segundos con la mirada perdida, me preguntó en un susurro:

—¿Hay otro hombre?

—Sí —le mentí, en un intento desesperado por que aquello se terminase cuanto antes.

Víctor asintió lentamente. Se acercó a mí hasta que sus labios rozaron mi frente y, sin dejar de observarme, retrocedió hasta la puerta.

—Hazme un último favor —me pidió—. Asegúrate de que ese hombre respeta tus inquietudes antes de casarte con él. Es lo mínimo que te mereces. No me equivoco al afirmar que eres la mujer más maravillosa que he conocido y que nunca conoceré. —Incapaz de reprimirlas, las lágrimas se derramaron por su rostro—. Te deseo lo mejor, Ana.

Tras aquellas últimas palabras, se colocó su sombrero, abrió la puerta y se alejó de mí. De nosotros.

CAPÍTULO 42

Agosto de 1896

Ana

Las oleadas de dolor cada vez se sucedían con más frecuencia. Apenas me concedían unos segundos para coger aire antes de la siguiente embestida.

—Lo estás haciendo muy bien, cariño. Ya no queda nada.

—Respira, Ana.

Úrsula, Carolina e Inés no se habían separado de mi lado desde que habían comenzado las primeras contracciones. Su presencia me infundía valor mientras empleaba todas mis fuerzas en empujar, tratando de sobrellevar el penetrante tormento que resquebrajaba mis entrañas. El sudor resbalaba por mi frente, tenía el pelo empapado y los dientes me castañeteaban por el esfuerzo. Por momentos sentía que me mareaba, pero aquello solo duraba unos instantes, porque mi cuerpo enseguida se ponía de nuevo en tensión, preparándose para poder hacer frente a una nueva oleada de dolor.

—Coja aire —me aconsejó la matrona—. Llene sus pulmones.

Al escuchar sus palabras me di cuenta de que estaba jadeando. Obedecí y busqué con dificultad una bocanada de aire. La punzada ya no me daba tregua, atravesaba mi cuerpo como si estuviera a punto de partirse en dos.

—Ahora, Ana. Empuje —me ordenó.

Un desgarro se abrió paso en mi interior y grité desesperada.

—Ya no te queda nada, cariño —me animó Úrsula—. Ya casi está fuera.

—Estamos contigo. Ya se acaba —prometió Inés.

Bajo la promesa de que aquel agudo dolor pronto remitiría, empujé con desesperación, apretando con fuerza los dientes. Entonces, debajo de aquellas intensas oleadas, sentí al bebé revolverse en mi interior, intentando abrirse camino para llegar a este mundo. Noté cómo se deslizaba por el canal que se había abierto en mi cuerpo.

—Veo la cabeza —anunció la matrona—. Vamos, coja aire. Una última vez y saldrá fuera.

Con un último y poderoso golpe de dolor, empujé hasta desinflarme, hasta que un tímido llanto quebró el aire.

—Ya está aquí —anunció la matrona cogiendo entre sus manos aquel pequeño cuerpo; era un niño.

Al tenerlo ante mí, el mundo se detuvo durante unos instantes. Con asombro, observé la precisión y la belleza con la que mi cuerpo había formado aquella vida. Traté de retener aquella imagen antes de que se lo llevaran y lo alejaran de mí, pero no tuve el tiempo suficiente, porque, en el mismo instante en el que la matrona cortó el cordón que nos unía, un agudo dolor me dobló por la mitad.

—¿Qué ocurre? —preguntó Inés a mi lado con preocupación.

—Rápido, cójalo —ordenó la matrona tendiéndole el bebé a Carolina.

Se sentó de nuevo frente a mí y me exploró internamente, concentrada en sus movimientos, mientras yo me retorcía.

—¿Está bien? —insistió mi prima nerviosa.

—Cariño, ve a mojar la almohadilla con agua fría para cambiársela —le pidió Úrsula—. Está sudando, hace mucho calor aquí dentro. Carolina, llévate al bebé de aquí, por favor.

La matrona permaneció varios minutos en silencio palpando mi interior.

—Ese cansancio tan persistente… —musitó.

A medida que su sospecha se convertía en certeza, sus ojos se agrandaron.

—Y eso explicaría también por qué el parto se ha adelantado tanto —dijo para sí misma antes de dirigirse a mí con urgencia—: Míreme. Debe prepararse. Viene otro bebé.

CAPÍTULO 43

Junio de 1990

José, el encargado de la fundación Eleonor, no se molestó en disimular su desagrado cuando Julia y Candela llamaron al timbre. Sin apenas mediar palabra, las condujo de nuevo a través del patio interior hasta la angosta escalera de caracol.

—En su llamada telefónica, la señora Belén reiteró la importancia que parece tener para ustedes la correspondencia de doña Eleonor de índole personal —dijo cuando llegaron al archivo, pronunciando con displicencia las últimas palabras.

—Eso es —asintió Julia—. Estoy segura de que así se lo hicimos saber a usted en nuestra anterior visita.

—No osaría abrir ese armario sin el permiso directo de un familiar de Eleonor —aseveró José—. Sin embargo, dado que Belén me ha concedido expresamente la autorización, no me queda más remedio que hacer una nueva excepción con ustedes.

Una vez en el archivo, avanzó hasta el final del pasillo, extrajo una llave de uno de los bolsillos y accionó el candado, que cedió con dificultad. Julia y Candela se preguntaron cuánto tiempo llevaba aquel armario cerrado.

—Encontrarán todo organizado en cajones, por diferentes fechas —les informó el encargado señalando el interior—. Además de correspondencia y objetos, hallarán también un apartado de fotografías. Les ruego que se aseguren de dejar todo en el lugar correspondiente.

—Por supuesto —asintió Julia molesta por las advertencias disfrazadas de súplicas de aquel hombre.

—Por último y por expreso deseo de la señora Belén, debo concederles más tiempo —añadió con sequedad—. Así que tienen hasta el cierre de la fundación, a las seis en punto. Estaré arriba por si me necesitan.

José se dio media vuelta y abandonó el archivo, no sin antes intercambiar varios susurros con Fernando, el hombre de seguridad. Sin tiempo que perder, madre e hija se pusieron los guantes y comenzaron su búsqueda en el contenido de aquel armario.

—¿Empezamos por las fotografías? —propuso Candela—. Puedes empezar por el primer cajón y yo me pongo con el segundo.

—Perfecto.

Julia extrajo las fotografías y las examinó. Se conservaban tanto los negativos en placa de vidrio, cuidadosamente envueltos en tela, como el positivado de las imágenes en gelatina de plata. La mayoría eran retratos de Eleonor junto a su marido y su hijo realizados en un estudio llamado Kâulak, como anunciaban unas letras doradas en el reverso. Con fondos luminosos y limpios, los sujetos retratados eran los indiscutibles protagonistas de aquellas elegantes composiciones. Fechadas cada medio año, a lo largo de ellas las suaves facciones de Eleonor se iban acentuando, sin perder el halo de atracción y elegancia que la caracterizaba. Junto a ella, siempre sujetando con delicadeza su mano o rodeando su espalda con un brazo, aparecía Víctor, su marido. Pese a que no sonreía en las fotografías, su postura era relajada y la expresión de su atractivo semblante, cercana. Sin duda, el cambio más significativo era el de Leo. Apenas treinta instantáneas reflejaban su transición de bebé a adolescente. Sus rasgos dulces e infantiles se iban perfilando a medida que crecía, hasta que, en las últimas imágenes, su mentón se endurecía siguiendo la misma forma del rostro de su padre.

—¡No me lo puedo creer! —exclamó Candela de repente.

—¿Qué ocurre? —preguntó Julia examinando la fotografía que su hija sostenía entre las manos.

En ella, Eleonor aparecía sentada en un *chaise-longue*. Detrás, posaba Víctor con una mano apoyada sobre el hombro de su mujer. Junto al duque, había un hombre que no conocía.

—¡Están con Titta Ruffo! —anunció Candela emocionada—. Uno de los mejores barítonos de esa época. ¡Mira, debió cantar para ellos! —exclamó maravillada cogiendo entre las manos la siguiente fotografía.

Sobre el papel fotográfico se apreciaba un numeroso público elegantemente vestido, sentado en sillas dispuestas frente a un escenario que Julia reconoció enseguida. Habían estado allí durante la visita guiada al jardín: se trataba de una exedra semiderruida bajo la que se conservaba el busto de Victoria, la XII duquesa de Olavide y fundadora de aquel jardín. En el reverso de la fotografía había una breve anotación: *Concierto de Titta Ruffo en mi cuarenta cumpleaños, 1918.*

—Cualquiera diría que has nacido a principios de este siglo —dijo Julia observando a su hija con admiración.

—Me informo y leo acerca de todo lo que me interesa —respondió Candela encogiéndose de hombros.

Julia miró las fotografías que estaba repasando su hija, eran la continuación de la serie de retratos del primer cajón. En aquella nueva década, ya no quedaba rastro de la delicadeza de los rasgos angelicales que Leo había tenido cuando era un niño. De una fotografía a la siguiente, iba adquiriendo corpulencia y estatura, hasta llegar a la edad adulta. Además, a partir de 1910, la mayoría de las fotografías estaban tomadas al aire libre, en diferentes escenarios del jardín de Olavide. Quizá debido al entorno natural, en contraste con la seriedad del estudio, sus posturas parecían más distendidas e incluso podían adivinarse sus sonrisas. Aquello les confería un aspecto mucho más cercano que en las primeras, en las que la ausencia de naturalidad les otorgaba la apariencia de personas inalcanzables, pertenecientes a un pasado demasiado lejano.

Julia y Candela abrieron los siguientes cajones y comprobaron que, al llegar a la década de 1930, el material fotográfico se reducía de forma considerable. Seguramente, no habían tenido ánimo para continuar con aquellos retratos durante el tiempo que duró el gran conflicto bélico que asoló el país y que los obligó a abandonar la capital. La producción volvía a retomarse a mediados de 1940, cuando los achaques por la edad comenzaban a ser evidentes. Las figuras de Víctor y Eleonor habían menguado y las arrugas en sus rostros eran profundas. Julia contempló el último retrato que había de ambos, en el que Víctor había desviado su mirada de la cámara en el momento del disparo y observaba con cariño a su mujer. Desprendían tanta intimidad que Julia se sintió una intrusa colándose en aquel instante que solo les pertenecía a ellos.

—Parecen un matrimonio muy feliz, ¿verdad? —dijo Candela acercándose para ver la fotografía.

—Desde luego —musitó Julia sin apartar la vista de ellos—. Estas imágenes son el recorrido de toda una vida juntos y el cariño que se demuestran permanece intacto de principio a fin.

—Además, apenas hay fotografías después de que Víctor falleciese. He echado un vistazo a la década de los cincuenta, pero, salvo algún retrato de Eleonor junto a su hijo, no hay mucho más. Debía de estar volcada en la escuela. Sin embargo, tiene que haber algo... Si no, ¿por qué el encargado se ha mostrado tan reacio a abrir este armario?

—Tienes razón —asintió Julia—. Vamos a ver la correspondencia. Deberíamos intentar encontrar algo de los familiares de Eleonor, porque me imagino que a ellos más que a nadie les confiaría con sinceridad sus preocupaciones o sus miedos. Déjame que consulte el apellido de Eleonor de soltera, la guía lo mencionó cuando estuvimos en el jardín... —Julia rebuscó en su bolso hasta dar con su cuaderno—. Aquí está, Eleonor Martínez. Debería aparecer en algún remite, pues ese es su apellido familiar.

Ambas abrieron el cajón con la correspondencia personal de Eleonor y se repartieron las cartas. Apenas unos minutos más tarde, Candela musitó:

—Mamá, mira esto.

Entre las manos sostenía un sobre oscuro en cuyo remite figuraba el nombre de Rosario Alcocer, la tía de Josefina. Julia reconoció la céntrica dirección desde la que había sido enviada, correspondía a la casa palacio que había pertenecido a sus familiares y en la que su madre se había criado. Candela abrió el sobre y extrajo un antiguo papel doblado a la mitad. Cuidadosamente, lo alisó sobre la superficie metálica del armario y ambas leyeron aquellos trazos de tinta negra procedentes de otra época.

Estimada Ana:

Las lágrimas me empañan la vista mientras escribo estas líneas. Estos últimos meses han estado llenos de angustia y de mucho dolor. Por momentos, he sentido que la culpabilidad terminaría ahogándome. Estoy segura de que esto ha sido un castigo por lo que hice, mas ojalá no hubiera tenido que pagar por ello mi dulce y querida criatura. Con todo el dolor de mi corazón, me veo obligada a redactar estas líneas para comunicarle su fallecimiento. Mi pobre niño..., ojalá hubiese sido yo y no él.

Nunca debí aceptar la proposición de Olivia, pero estaba tan cansada de luchar en vano durante tantos años por una vida nueva que nunca llegaba... La amargura se estaba enraizando en mi corazón y el cansancio me impedía pensar con cordura. Por eso, cuando llegó su carta, me aferré a ella. Acepté sin pensarlo. Me cegó la desesperación y el egoísmo: creí que aquella era mi recompensa tras tanto sufrimiento. Cometí el mayor error de mi vida, pero si hay algo que puedo y debo jurar es que lo acogí como a mi propio hijo y lo colmé de todo el amor y el cariño del que fui capaz. Era mi sueño hecho realidad. Llevaba años preparándome para ese momento. Él era todo lo que anhelaba en esta vida. Mas su vida no me pertenecía...

Por eso, después de una larga enfermedad, Dios quiso que finalmente su alma escapara de mí. Ocurrió dos noches atrás: mientras dormía tranquilo, decidió marcharse para siempre. Y, aunque yo no sea su verdadera madre, le aseguro que esta pérdida la lloraré hasta el final de mis días.

Ya no puedo deshacer mis actos, aunque estoy segura de que no hay un castigo más oscuro para una persona que el dolor que yo siento ahora mismo. Una única certeza se abre paso en este abismo: no merezco que mi bebé descanse junto a mí. Debe hacerlo junto a usted, de quien nunca debió separarse. He roto el acuerdo, he averiguado su identidad y su paradero, y le revelo mi propio nombre, solo para pedirle que acepte este ruego. Junto a esta carta, me he tomado la libertad de enviarle la última fotografía que nos hicimos con Santiago para que pueda verlo una última vez.

Sé que nunca podrá perdonarme por lo que he hecho, mas mi conciencia me perseguirá de por vida si no intento devolverle lo que un día le robé, aunque ya sea demasiado tarde.

Sintiendo un profundo e irremediable dolor,

Doña Rosario Alcocer
Condesa de Palafrugell

Al terminar de leer, las dos se miraron con asombro.

—Estaba equivocada —musitó Candela—. Esta carta desmiente mi teoría: Leo y Santiago no pueden ser la misma persona. La noticia del fallecimiento de Santiago era cierta.

—Sin embargo, los dos nacieron por las mismas fechas y Eleonor atesoró la foto de Santiago hasta el final de sus días —le recordó Julia.

—¿Es posible que en realidad fueran... hermanos? —preguntó Candela.

—Quizá los separaron al nacer —aventuró Julia—. Nuestros familiares acogieron a Santiago en su hogar, pero falleció apenas unos meses más tarde. A su muerte, Rosario y Vicente decidieron tirar todas sus pertenencias y enterraron su recuerdo en la memoria. Debido al dolor, pero sobre todo a la culpabilidad que les acechaba por lo que habían hecho: acoger en su hogar a un bebé que no era suyo. Ese es el verdadero motivo por el que nunca le hablaron de Santiago a mi madre.

—Su tumba no está en el panteón familiar porque quisieron que Santiago descansase junto a su verdadera madre

—añadió Candela—. Sin embargo, la carta no está dirigida a Eleonor, sino a Ana Fernández —apuntó mirando el sobre con incomprensión—. La dirección tampoco es conocida, la enviaron a Francia.

—No hay tiempo que perder —dijo Julia volviendo a centrarse en la correspondencia personal—. Tenemos que averiguar qué hacía esta carta entre las pertenencias de Eleonor y si ella es en realidad la verdadera madre de Leo y de Santiago.

Ambas continuaron su búsqueda en silencio. Uno a uno, comprobaron el remite de cada sobre, pero no encontraron ni rastro del apellido familiar de Eleonor. Echaron un vistazo al interior del armario y, salvo varios objetos personales y las fotografías que ya habían revisado, no había mucho más.

—Quizá hayamos buscado el apellido equivocado —aventuró Julia tamborileando los dedos sobre la superficie del armario—. Probemos con Fernández, dado que ese es el nombre que figura en la carta que escribió Rosario.

Deshicieron el montón en el que habían ido colocando los sobres descartados y volvieron a empezar. Apenas unos minutos más tarde, Julia ahogó una exclamación.

—Tengo una carta escrita por un tal Esteban Fernández —anunció.

Con manos temblorosas, abrió la solapa y extrajo el papel guardado en el interior del sobre. Sus ojos y los de Candela se deslizaron con premura por cada línea.

Hija:

Te preguntarás por qué no he escrito antes esta carta. Sabes bien que nunca he sido un hombre de muchas palabras, pero esta vez he callado demasiado tiempo. Dentro de mí, todo lo que no te dije clama por salir de una vez. Te lo debo a ti, más que a nadie.

No creas que desde que te perdí he vuelto a ser feliz. El día en el que te marchaste, la compañía aterradora y asfixiante de tu ausencia se instaló en nuestro hogar y ha ido consumiéndonos lentamente desde entonces. Nos ha arrebatado la sonrisa, la alegría y la esperanza. Quizá hubiese podido soportar este castigo si hubiese caído únicamente sobre mí, pero ver a tu madre apagándose día a día, empequeñeciéndose a medida que la tristeza en su interior crecía, cada vez más profunda e insondable, me rompía el corazón. Ella es, sin duda, quien más ha sufrido con todo esto.

Quiero que sepas que la furia dejó de ahogar el dolor hace mucho tiempo. La rabia se fue desvaneciendo hasta que el arrepentimiento lo inundó todo. No podía negarme a reconocer mi mayor error por más tiempo. Fue una insensatez creer que tú y tus actos me pertenecíais, intentar trazar tu vida sin tenerte en cuenta. A través de la mente de esta sociedad, te juzgué y te aparté de mí. No podía ver nada más que las terribles consecuencias que desencadenarían tus actos. Fui incapaz de atravesar esa niebla de inconsciencia para poder llegar hasta ti, que te encontrabas al otro lado, en tu estado más vulnerable.

Si de algo estoy seguro es de que el nuevo siglo y todos los cambios que ya han empezado a producirse han llegado en el momento exacto, para demostrarme lo equivocado que estaba. Ahora sé que uno no puede aferrarse mucho a nada, porque, cuando está convencido de sus creencias, estas dejan de ser ciertas. Si hace unos años alguien hubiese afirmado que habría máquinas que volarían o trenes que conectarían el mundo, la gente se habría reído ante semejante disparate. Sin embargo, ya es una realidad. Igual que lo es el hecho de que el juicio, la moral y los valores de esta sociedad ya no son lo que eran. Y no nos engañemos: no es el constante devenir de los tiempos lo que consigue que avancemos, sino las personas que creyeron que era posible. Hija mía, si te estás preguntando por qué te cuento esto, es porque ahora sé que tú eres una de ellas.

Al fin comprendo esa fuerza que siempre has albergado en tu interior. Tu madre y yo intentamos corregirla hasta la extenuación, pero todo fue en vano. Hay fuegos que no se pueden apagar, como esa valentía que nace en tus entrañas y que te ha permitido alcanzar el destino que estaba escrito para ti. Esa es la única verdad, pese a que te abandoné a tu suerte y traté de impedírtelo, seguiste tu camino desde el principio, desde que naciste.

Por eso, ahora que estás a punto de regresar a la ciudad, bajo otro nombre y apellido, solo quiero decirte que no temas. Aunque no lo creas, esto también forma parte de tu destino. Dentro de ti está todo lo que necesitas y puedo asegurarte que contarás con nuestro apoyo, no diremos ni una palabra. Todo saldrá bien.

Dicho esto, solo me queda transmitirte que no aspiro a tu perdón. No puedo, después de lo que te hice. Solamente tengo la esperanza de reencontrarme contigo, de volver a verte ahora que sé que regresarás. Me encantaría ser testigo de esa felicidad que me consta que sientes, conocer a tu marido y a mi nieto. Aunque yo no logré ser un buen padre contigo, me aporta mucha paz saber que tú estás siendo una gran madre para él.

Lo siento, de la manera más dolorosa y desde lo más hondo de mi corazón. Siento haberte negado mi ayuda y mi compasión, siento haberte echado de nuestra casa de la manera más cruel posible y siento haberme perdido tantos años de ti que ya nunca volverán. Son demasiados cargos los que pesan sobre mí y comprenderé que no quieras volver a verme. En ese caso, te pediré que accedas a que tu madre forme parte de nuevo de tu vida. Nada le haría más feliz.

Con cariño,

TU PADRE

—No había otra mujer... —susurró Julia al terminar de leer llevándose una mano al pecho—. Era ella misma desde el principio.

—No lo entiendo —dijo Candela negando con la cabeza.

—Ella es la madre de Leo... Y de Santiago —musitó Julia.

Lentamente se giró hacia el cuadro colgado al final del pasillo y avanzó hacia él. Sin mediar palabra, cogió entre sus manos el soporte que lo protegía y, con un rápido movimiento, lo descolgó de la pared.

—Mamá, ¿qué haces? —le preguntó Candela en un susurro, sorprendida ante su comportamiento.

Pero Julia no se detuvo. Le dio la vuelta al cuadro y, entrecerrando sus ojos, se centró en el reverso. Sobre la antigua superficie de madera, trazada muchos años atrás a carboncillo, Víctor había dejado por escrito la información que Julia necesitaba: *Ana, en el estudio de mi jardín.* A continuación había dejado constancia del año en el que la retrató. Los trazos de los números se habían difuminado con el paso de los años y, en un primer vistazo, la última cifra generaba confusión. Sin embargo, al fijarse mejor, Julia comprobó lo que sospechaba: era el año 1895.

—Perdone, señora —le llamó la atención el guarda de seguridad mientras se acercaba con pasos veloces hacia Julia—. Pero tengo que pedirle que deje la obra en su sitio. No tiene permiso para hacer eso.

—Por supuesto —respondió Julia, y colgó de nuevo el cuadro.

Dio dos pasos hacia atrás para observarlo con perspectiva; aquella muchacha de mirada cristalina y cabello rizado, con las ondas sueltas y libres, era la mujer que estaban buscando desde el principio.

—Eleonor y Ana son... la misma persona —musitó girándose lentamente hacia Candela y Fernando, quienes la miraban con expectación—. Cuando era joven, Ana se enamoró de quien no debía y, lo que es peor, se quedó embarazada —recapituló—. Cuando sus padres se enteraron de su estado, la echaron de casa. El matrimonio entre ella y Víctor no era viable, por alguna razón que sospecho que tiene que ver con esa tal Olivia que menciona nuestra antepasada en su carta. Desde luego, fue ella quien intermedió entre Rosario y Ana y consiguió que le entregase uno de sus bebés: Santiago. No podría decir si Ana fue consciente durante el embarazo de que en su cuerpo no crecía solo un bebé, sino dos. Quizá ella sabía que no podría hacerse cargo de ambos en su precaria situación. En cualquier caso, decidió quedarse con su hermano, Leo, y se alejó de la ciudad para comenzar una nueva vida en otro país. Cuando Víctor regresó a Madrid a finales de 1896, tras medio año ausente, se enteró de todo lo que había ocurrido y decidió partir hacia Francia para reencontrarse con Ana. Pocos meses más tarde, Rosario les escribió la carta que hemos encontrado, donde les comunica que el hermano de Leo había fallecido. Después de pasar un año en el país vecino tomaron la decisión de regresar. Y lo hicieron. Pero Ana ya no era la misma, adoptó una nueva personalidad y fingió ser otra persona, seguramente con la intención de que Olivia los dejase en paz. Regresó siendo Eleonor, una joven de ascendencia francesa a quien Víctor había conocido en uno de sus viajes. Pero lo cierto es que ambos se conocían desde mucho antes de lo que aparentaron y la prueba es este cuadro.

—Siempre supe que nuestra señora ocultaba algo... —La voz de José los sobresaltó a sus espaldas.

Los tres se giraron al unísono hacia él, sorprendidos por su presencia. Una mueca contraía su cara, pero aquella vez no expresaba molestia, sino confusión por lo que acababa de escuchar. Abrumado por aquella revelación, posó su mirada en un punto infinito.

—Se vio obligada a abandonar a su propia familia y a forzar ese cambio de identidad para poder llevar la vida que deseaba... —musitó.

—Pero ¿cómo pudo conseguirlo sola? —intervino Candela—. Apenas era una niña.

—No estuvo sola —aseguró José, con la mirada todavía perdida—. Eleonor no compró este edificio para abrir su escuela por casualidad. Quería esta propiedad en concreto y luchó por ella durante largos años, hasta que consiguió su objetivo. Por eso la inauguró tan tarde, con setenta años. El motivo de su insistencia era que aquí se había ubicado una academia de música que perteneció a una mujer a quien Eleonor quería mucho, llamada Úrsula. Mi padre, que trabajó codo con codo con nuestra fundadora como asesor y administrativo de la escuela, me contó que siempre se refería a ella con una profunda admiración. En efecto, en la antigua sala de música hay un retrato de Úrsula realizado por Víctor. Supongo que lo recordarán, lo vieron en su anterior visita. Se trata de una mujer de unos sesenta años, de grandes proporciones, recostada sobre un antiguo diván rojo. Como saben, en la actualidad el aula se encuentra en trabajos de restauración y, curiosamente, hace un par de semanas, al descolgar ese cuadro me llamó la atención una inscripción en la parte trasera. Era una dedicatoria con la letra de Eleonor que decía: *Fuiste una mujer excepcional. Me ayudaste en el momento más delicado de mi vida. Gracias a ti encontré la fuerza para construir mi propio camino. Mi querida Úrsula, siempre me sentiré cerca de ti entre estas paredes.* Al parecer, cuando su profesora de música falleció, Eleonor inscribió estas palabras a modo de homenaje y mandó colgar el cuadro en la misma estancia en la que un día ella misma había sido alumna de aquella mujer que tanto la había ayudado. Después de lo que hoy han descubierto aquí, las palabras de nuestra fundadora cobran relevancia. Sin ninguna duda, mandaré tallar su dedicatoria para que figure bajo la obra.

—Increíble... —sentenció Candela.

Julia asintió mientras observaba de nuevo el retrato colgado al final del pasillo. La figura de Ana aparecía envuelta en luz, brillaba por encima de un fondo oscuro, repleto de cuadros. Contemplándola, Julia no pudo evitar preguntarse si eso era precisamente lo que Ana había significado para Víctor, si ella había sido la luz que le había rescatado de la oscuridad.

—Supongo que he de pedirles perdón —admitió José—. No quería que nadie se inmiscuyera en los asuntos y objetos de nuestra fundadora. Mi padre siempre me advirtió de que no intentase profundizar demasiado en su vida, pues a todas luces había algo en su pasado que no encajaba. Yo mismo me di cuenta cuando los historiadores, mientras organizaban el archivo, fecharon el retrato de Eleonor en 1895, año en el que supuestamente todavía no conocía a su marido. Me encargué de que guardasen silencio y de que el cuadro permaneciese en este sótano para evitar que nadie pudiese descubrirlo. Poco después me avisaron de que habían aparecido dos cartas que iban dirigidas a un nombre desconocido, las mismas que ustedes acaban de leer —dijo señalando los antiguos sobres, todavía abiertos—. La labor que mi padre me había encomendado era proteger y salvaguardar aquel secreto, fuese cual fuese, por temor a que saliera a la luz y perjudicase la imagen de Eleonor. Así pues, ordené que guardasen las cartas en este armario y lo cerrasen bajo llave. Sin embargo, ahora que han destapado todo esto..., creo sinceramente que la verdad no hace sino engrandecer su figura y su valentía. Yo mismo me encargaré de anunciarlo y de que se sepa.

—Todo esto es gracias a ti —dijo Candela aferrando el brazo de su madre con cariño.

Julia asintió. Al comprender que al fin habían conseguido desvelar el fondo de aquel asunto sintió un profundo alivio, pero había algo más. Se sentía conmocionada. Había descubierto el secreto mejor guardado de una mujer que había vencido todas las imposiciones que habían intentado impedir que alcanzase su destino. Cien años atrás había desafiado las normas de su entorno, no había dudado en hacerse pasar por otra persona para poder vivir con quien quería y había luchado por la enseñanza de las jóvenes hasta sus últimos días.

La fuerza de su mirada ya se adivinaba en el retrato que Víctor le había hecho cuando era muy joven. A Julia le dio la sensación de que aquellos ojos almendrados, vivaces y enérgicos, buscaban encontrarse con los de ella. Entonces le sostuvo la mirada a través del tiempo, de los años que las separaban. Aquella joven retratada en la calidez del estudio de Víctor había llegado a ser una mujer excepcional. Tuvo el coraje de imaginar un futuro que no había llegado a ver, pero que comenzaba a despuntar por el horizonte del devenir de los tiempos.

CAPÍTULO 44

Agosto de 1896

Ana

Un leve llanto me despertó en la quietud de la noche tórrida que caía sobre la ciudad. Aturdida, me incorporé para abrir la ventana, pero no había corriente, el aire en las calles estaba estancado. Volví a recostarme en la cama y cogí en brazos el pequeño cuerpecito que descansaba a mi lado.

—Ya, ya. —Traté de calmarlo mientras lo colocaba junto a mi pecho para alimentarlo.

Tomé sus manos diminutas, que se agarraban con una inusitada fuerza a mis dedos. Acaricié su piel suave, escuché sus tenues sonidos y me sentí abrumada ante la delicadeza y la inocencia que desprendían los poros de su piel. Al cabo de unos minutos, volvió a quedarse dormido. Yo me apoyé en la almohada y permanecí inmóvil, con él entre los brazos.

Mi cuerpo estaba exhausto tras el torrente de emociones y de sensaciones de aquel día, todavía dolorido en la parte baja del vientre. Me sentía vulnerable y terriblemente culpable por lo que había hecho. Sin embargo, la inesperada llegada de aquella segunda vida, por primera vez en muchos meses, me había dado esperanzas. Amparada por la calma que me infundía aquella promesa, cerré mis ojos.

—Cariño, ¿cómo estás?

La voz de Úrsula me sacó de aquel duermevela y me devolvió la consciencia, al mismo tiempo que mi corazón se desbocaba.

—Todo ha salido bien, ¿verdad? —pregunté.

—Sí, mi niña —dijo Úrsula sentándose a mi lado y acariciándome el cabello—. Como te expliqué antes, mandé avisar al carruaje en cuanto nació y llegó poco después, tal y como acordasteis.

—Supongo que no descendió nadie —susurré.

—No, cariño. Es mejor así. Saber quiénes son solo te hará más daño.

—Quiero confiar en que estará bien.

—Lo estará —me aseguró Úrsula.

Yo misma había puesto la condición de que se lo llevasen lo más rápido posible para no arrepentirme de mi decisión. Sin embargo, todo sucedió tan rápido... Solo había alcanzado a verlo de espaldas mientras la matrona lo limpiaba, porque entonces el dolor había vuelto a baldar mi cuerpo y se lo habían llevado del cuarto. El parto del segundo bebé había sido tan largo que, cuando por fin terminó, fue demasiado tarde. Ya se había ido, tal vez muy lejos de mí. No había podido despedirme de él, ni siquiera había visto su rostro. Y, aun así, sabía que lo echaría de menos el resto de mi vida.

—Llevaba meses mentalizándome para el momento en el que se lo llevasen, pero nada en este mundo podría haberme prevenido del dolor que siento en este momento —confesé.

—En esta vida existen pocas casualidades —me consoló Úrsula—. Este pequeñín que sostienes entre tus brazos ha llegado sin avisar para salvarte de ese dolor. Ha nacido para concederte una segunda oportunidad.

—Pero no la merezco —sollocé.

—Por supuesto que la mereces —me aseguró—. Solo un corazón como el tuyo renunciaría a un gran amor por pura generosidad. Has dejado marchar a las personas que más te importaban para protegerlas y ahora la vida quiere protegerte a ti.

Úrsula cogió al bebé en brazos y solo entonces reparé en el cuenco humeante que había dejado apoyado en la mesita de noche y que desprendía un cálido olor. Aquel aroma me recordó que estaba hambrienta, llevaba horas sin comer.

—Ahora come, mi niña —dijo tendiéndome una cuchara—. Ha sido un día muy largo. Necesitas reponer fuerzas. Yo te sujeto a este precioso pequeñín —añadió observándolo con dulzura.

Hice lo que me decía y vacié el cuenco en cuestión de minutos. Úrsula, atenta a mis movimientos, se levantó a por más.

—Gracias, Úrsula.

Cuando regresó con el cuenco lleno, me lo tendió y me colocó varios cojines detrás de la espalda, para asegurarse de que estuviera bien.

—De verdad, gracias —repetí con lágrimas en los ojos—. Si de alguien he aprendido esa generosidad, ha sido de ti.

—No seas tonta. Vamos, come.

Le sonreí con cariño. Aquella manera de restarle importancia a mis palabras era su escudo para frenar su propia emoción. Minutos después, no me pasó desapercibida la lágrima que se deslizó por su mejilla y que se retiró con discreción mientras observaba a mi hijo.

—Me gustaría hablarte de algo si no estás muy cansada —me dijo cuando vacié el segundo cuenco.

—Estoy bien —le aseguré.

—Verás..., el destino quiso que, justo hace una semana, recibiese una carta de una antigua alumna —me contó—. Luisa, la recuerdo perfectamente, porque era una muchacha brillante y excepcional. Quería preguntarme qué tal iba todo y también informarme del proyecto que se trae entre manos junto a un grupo de mujeres. Hace ya tiempo que se marchó a vivir al sur de Francia y, al parecer, tras muchos años de trabajo, acaban de abrir una escuela para hijos de emigrantes españoles asentados en esa zona. Son tierras prósperas y muchas familias han encontrado trabajo allí gracias a la agricultura, pero los niños no entienden el idioma. En el mejor de los casos, terminan abandonando la escuela local y, en el peor, los obligan a trabajar a ellos también. Así que han puesto en marcha este proyecto con la idea de que los niños puedan continuar con los estudios. El edificio es muy grande y, además de las aulas, han habilitado habitaciones para las maestras y para mujeres viudas, que se encuentran solas o atraviesan problemas económicos. A cambio, ellas ayudan en la escuela haciendo la comida para los niños o impartiendo clases de lo que pueden. —Úrsula dejó escapar un largo suspiro antes de añadir—: Te cuento todo esto porque creo que allí podrías encontrar un hogar para ti y para este bebé. Por mucho que me pese, ambas sabemos que aquí, rodeada de gente que te conoce, no conseguirás rehacer nunca tu vida. Y, aunque seguiría conviviendo contigo todo el tiempo que fuese necesario, no puedes seguir escondiéndote para siempre, cariño.

Al oír su propuesta quise responder, pero las palabras se me atragantaron. Aquello era una posible solución, pero, al mismo tiempo, supondría alejarme definitivamente de mi familia, de mis amigas y de Víctor. Y, sobre todo, de ella. De Úrsula.

—No te preocupes, no tienes que responder ahora —se apresuró a añadir—. Solo quiero que lo pienses, ¿de acuerdo? No te lo diría si no supiera que Luisa os acogería como si fueseis su familia. Estaréis en muy buenas manos. Y, por supuesto, yo me encargaría de los billetes de tren, no tienes que pensar en el dinero.

Úrsula se levantó, recostó a mi hijo junto a mí y me dio un beso en la mejilla.

—Ahora debes descansar, aún quedan un par de horas hasta que amanezca. —Antes de abandonar el cuarto se giró una última vez y me dijo—: Durante estos meses tan difíciles, tu coraje se ha engrandecido. Lo has dado todo por los demás. Pero ha llegado el momento de que viertas ese valor sobre ti misma. Ya no debes pensar en nadie más, solo en ti. A partir de ahora serás todo lo valiente que quieras ser, mi querida Ana.

CAPÍTULO 45

Octubre de 1896

Ana

Mis piernas temblaron cuando descendí del carruaje. El edificio de hierro de la estación del Norte se me antojó frío e inquietante, envuelto en los resquicios de la niebla matinal. Afortunadamente, ellas estaban a mi lado. Me ayudaron a transportar el escaso equipaje que nos llevábamos con nosotros mientras yo sostenía a mi hijo en brazos.

Al entrar en la estación, de forma instintiva rodeé su pequeño cuerpo con las manos para protegerlo del gran frenesí que reinaba en el vestíbulo y en los andenes. Seguí por inercia los pasos de Úrsula, que avanzaba entre la gente desprendiendo su elegancia habitual. A nuestro alrededor, los mozos se afanaban con agilidad en transportar y cargar las maletas de los pasajeros mientras estos últimos intentaban detener el tiempo al despedirse de sus familiares, antes de partir hacia un largo viaje. Mi querida maestra nos guio hasta el andén correcto y se detuvo ante una impresionante máquina negra que bufaba un humo blanco y espeso por la chimenea, con silbidos que anunciaban su inminente salida.

Una a una, con lágrimas en los ojos, mis amigas fueron abrazándome y despidiéndose de nosotros.

—No importa lo lejos que estemos, no hay distancia que pueda quebrar lo que nos une —se despidió mi prima—. Te escribiré todos los días.

—Cuidaos mucho —me pidió Carolina—. Hablaré con Sebastián para que me lleve a visitaros, te lo prometo.

Úrsula tomó mi rostro entre sus amplias manos y me dijo:

—Comparte con los demás lo que aquí has aprendido. Ese será para mí el mayor motivo de felicidad después de tantos años de enseñanza. Mereces encontrar tu sitio, mi querida Ana.

—Ojalá logre ser algún día tan generosa como tú has sido conmigo durante estos meses —susurré estrechándola entre mis brazos—. Gracias por todo lo que has hecho por mí.

Tras girarme una última vez para retener la imagen de las tres en el andén, me apresuré a subir al vagón, me acomodé en el asiento que me correspondía y estreché a mi bebé entre los brazos. Cuando el tren arrancó entre silbatos y densas nubes de vapor, alejándose de la ciudad en la que siempre había vivido y de las personas a quienes más quería, rumbo a un nuevo e incierto futuro, las palabras de Úrsula regresaron a mi mente para calmarme: «A partir de ahora serás todo lo valiente que quieras ser».

CAPÍTULO 46

Junio de 1990

Al fin este misterio empieza a ver la luz —anunció Julia.

Estaba sentada en uno de los sofás del salón de su madre, frente a Josefina y a Eduardo. A través de los grandes ventanales se adivinaba un cielo de tormenta gris plomizo, que caía sobre la capital como un telón de acero.

—Llevo deseando este momento desde el mismo día en el que apareció la fotografía —sentenció Josefina encogida en el sofá—. Adelante, hija, por favor.

Julia cogió aire y comenzó su relato. A medida que les confesaba todo lo que habían descubierto en el archivo de Eleonor el día anterior, las miradas de Eduardo y Josefina atravesaron el desconcierto, la confusión y, finalmente, el asombro. Ambos permanecieron inmóviles mientras las palabras de Julia daban forma a un pasado que desconocían, intentando encajarlo en sus vidas.

—Eleonor..., o más bien debería decir Ana, quiso que uno de sus bebés creciese con nuestra familia —musitó Josefina al terminar de escuchar a su hija.

—Así es, madre —asintió Julia—. Quiso brindarle una vida que ella no podía ofrecerle. Tus tíos aceptaron movidos por la desesperación a la que les había conducido la imposibilidad de ser padres.

—Y entonces Santiago falleció pocos meses más tarde y su muerte les arrebató a mis tíos su felicidad para siempre. —Los ojos vidriosos de Josefina se humedecieron—. Yo llegué a sus vidas cuando ellos ya habían perdido todo lo que siempre habían querido. Por eso no conocí la alegría en sus miradas..., sino la tristeza y el dolor que ocuparon su lugar.

—Y a ello hay que sumar la pérdida de tu madre biológica —añadió Julia—. Dos golpes terribles para tus tíos en muy poco tiempo.

—Siempre he pensado que yo era la culpable de esa tristeza, de esos silencios... —confesó Josefina con un hilo de voz—. Cuando tan solo era una niña, me perseguía la convicción de que no me querían, de que mi presencia en su casa era un cruel y constante recordatorio para ellos del horrible destino que corrió mi madre. Sin embargo, ahora comprendo la verdadera causa de su aflicción, el vacío que se respiraba en aquella enorme casa... El problema no era mi presencia, sino la ausencia de Santiago.

Julia observó con preocupación a su madre. En las últimas semanas había menguado aceleradamente. En su figura percibió fragilidad, incluso una desconocida vulnerabilidad. Las lágrimas surcaban sus mejillas y se deslizaban a través de sus profundas arrugas.

—Por supuesto que el problema no eras tú, madre. —Se inclinó hacia ella y tomó su mano delgada y nudosa entre las suyas—. Estoy segura de que si hubo algo que les devolvió las ganas de vivir fue tu llegada a su hogar.

Josefina esbozó una sonrisa tenue, cansada, mientras las lágrimas continuaban brotando de sus ojos.

—No entiendo qué papel desempeñó en todo esto Remedios, la criada de mis tíos —musitó más bien para sí misma.

—Todavía quedan varias piezas por encajar en este puzle —admitió Julia—. No les traicionó, como pensamos en un primer momento, sino que es posible que hiciese lo contrario: ayudarlos. Quizá fue ella quien recogió el bebé cuando nació y lo acompañó hasta Santander, donde tus tíos se habían retirado con la intención de fingir el embarazo de Rosario. Es posible que, a cambio de aquel complicado encargo y para garantizar su silencio, nuestros familiares la recompensaran con una cuantiosa suma de dinero. Sin embargo, eso no fue suficiente para que desapareciese la culpabilidad que debía atormentarla por lo que había hecho, especialmente después de la trágica y prematura muerte de Santiago. Por cómo me describiste la escena que presenciaste en su casa, parece que el sentimiento de culpa se acentuó cuando os vio aparecer en su lecho de muerte. Al escuchar sus gritos, tu tío te pidió que abandonases la habitación, pero Rosario permaneció dentro, acompañándola. No sentía resentimiento hacia ella, sino compasión; es posible que aquella mujer todavía se sintiese responsable de lo ocurrido.

Josefina mostró su estupor con un leve movimiento de cabeza hacia ambos lados y, en silencio, se secó las lágrimas con un pañuelo. Solo entonces intervino Eduardo, quien hasta ese momento había permanecido callado, tratando de asimilar todo lo que había escuchado durante la conversación.

—Es increíble —sentenció—. Los modales de Eleonor eran tan exquisitos, se movía con tanta elegancia y naturalidad por su entorno... Nadie se atrevió a dudar de sus orígenes. Nunca imaginé que pudiese esconder un secreto tan grande —admitió esbozando una sonrisa incrédula—. Me pregunto dónde nacería en realidad y cuál sería su nombre real. Ahora se me antoja un verdadero misterio cómo se conocieron ella y mi madre.

—No puedo responderle a eso último, pero tengo aquí apuntados sus datos personales —Julia abrió su cuaderno y consultó las anotaciones que había tomado en el archivo—. Su nombre completo era Ana Fernández Vidal y la dirección de su casa familiar aparecía en el sobre de la carta que su padre le envió a Francia, en la que le pedía perdón: plaza de San Miguel, número uno.

—No puede ser... —negó Eduardo palideciendo.

—¿El qué no puede ser? —se alarmó Josefina.

—Esa es la misma dirección de mis abuelos, Dolores y Nicolás —dijo Eduardo frunciendo el ceño—. Cuando era pequeño, íbamos todos los domingos a visitarlos. Plaza de San Miguel, número uno, en el último piso, en la buhardilla. Y en el segundo piso del mismo edificio vivían los tíos de mi madre, quienes mantuvieron una gran amistad con Eleonor y asistían asiduamente al jardín de Olavide... ¿Qué nombre figuraba en el remite de la carta del padre de Ana? —preguntó.

Julia pasó las páginas de su cuaderno con rapidez.

—Esteban Fernández Gutiérrez —anunció.

—Maravilloso... —murmuró Eduardo con un leve temblor—. ¡Qué gran sorpresa del destino!

—¿Qué ocurre? —preguntó Josefina con impaciencia.

—Así se llamaba el tío de mi madre —respondió él con lentitud—. Esteban y, su mujer, Teresa. No llegaron a ser amigos de Eleonor gracias a mi madre, sino que Eleonor... ¡era su hija! Cuando ella y Víctor regresaron a la ciudad, Eleonor accedió a aquel reencuentro que su padre le rogaba en la carta. Su gran corazón la condujo hacia el perdón y ya nunca perdió el contacto con ellos... Pero eso no es lo más maravilloso de todo. Si Eleonor era la hija de los tíos de mi madre..., eso quiere decir que mi madre y ella no eran amigas, ¡eran primas!

—Espere un momento... —le pidió Julia realmente sorprendida ante aquella revelación—. Si ambas eran primas, usted y Leo en realidad son... familia.

—¡Cielo santo! —exclamó Josefina llevándose una mano al pecho mientras ahogaba una exclamación.

—¿Cómo se llamaba su madre, Eduardo? —le preguntó Julia—. Me temo que no se lo he preguntado hasta ahora.

—Inés —respondió—. Inés López Vidal.

—¡Claro! —recordó Julia sonriendo—. Vi su nombre en repetidas cartas entre la correspondencia personal de Eleonor. Toda esta historia es increíble —afirmó mientras agitaba la cabeza con incredulidad—. Cuando creía que este asunto estaba zanjado, aún quedaba por descubrir lo mejor.

—Lo es, sin duda alguna —secundó Eduardo visiblemente emocionado—. Eleonor escondía un gran secreto en su interior. Ahora comprendo esa enigmática personalidad que, tanto tiempo después, sigue ejerciendo la misma atracción sobre todos los que la conocimos.

—Y sobre quienes nunca llegaremos a conocerla —remató Julia.

CAPÍTULO 47

Diciembre de 1896

Ana

Como Úrsula me había asegurado, todas las maestras y las residentes de la escuela en Francia nos acogieron a mi hijo y a mí con los brazos abiertos. Nunca habría imaginado que en aquel lugar tan lejano, húmedo y desconocido encontraría una familia. Pero lo cierto es que así fue.

La escuela, situada a las afueras de un pueblo tranquilo, resultó ser un edificio de planta baja y tejado negro a dos aguas. Junto a ella se encontraba el edificio de piedra que servía de residencia para una veintena de mujeres, incluidas las maestras, así como sus hijos pequeños. Allí dentro, las unas cuidaban de las otras. La mayoría de ellas se habían quedado solas y no tenían otro lugar al que ir, así que convirtieron aquel edificio en un hogar y a las compañeras en familia.

El primer día, cuando me vieron llegar con el bebé en brazos, tras largas jornadas de viaje, salieron a recibirnos, se apresuraron a ayudarme con las maletas, me sirvieron una cena caliente y deliciosa y se aseguraron de que ambos nos sintiésemos a gusto. Muchos de sus hijos ya acudían a la escuela, así que, cuando vieron al mío, tan pequeño, enseguida lo convirtieron en el centro de atención y lo colmaron de cariño y de cuidados. Con el paso de los días, comprendí que aquel cálido recibimiento no había sido un acontecimiento puntual, sino que allí dentro las cosas funcionaban así. Pese a la distancia que me separaba de mi familia, ellas consiguieron hacerme sentir protegida y arropada entre aquellas paredes.

Luisa, la antigua alumna de Úrsula, se encargaba de dirigir la escuela junto a dos mujeres más. También actuaban como mediadoras si surgía algún problema dentro de la residencia. Enseguida reconocí en ellas el saber hacer y la determinación que, durante muchos años, había visto y admirado en Úrsula. Como antigua alumna suya, me conmovió comprobar todos los frutos que habían dado las semillas que depositó en cada una de nosotras. Luisa era una mujer ampliamente formada y culta, y a menudo nos quedábamos absortas escuchándola hablar después de cenar, al calor del fuego.

Además de su poder de oratoria y de su capacidad para conseguir que todo funcionase a la perfección, Luisa tenía un don para asignar a la persona correcta las diferentes funciones que se debían cumplir. Un par de semanas más tarde de nuestra llegada, pasado el tiempo suficiente para que nos hubiésemos instalado, me dirigí a su despacho para comunicarle que estaba preparada para encargarme de mis obligaciones. Ella no dudó, sabía exactamente cuál debía ser mi función.

—Nos encantaría incorporar clases de música a nuestra escuela. Hasta ahora hemos intentado buscar fondos para comprar algún instrumento, pero ha sido en vano. Además, no contábamos con la maestra adecuada. Sin embargo, esa persona llegó hace dos semanas. Sé que es una gran responsabilidad, pero creo firmemente en usted para este cargo. Seguiré luchando para conseguir dinero, mientras tanto, pueden aprender los conocimientos musicales básicos y, por supuesto, cada uno de nuestros alumnos cuenta con un poderoso instrumento, su propia voz. Será fantástico oírlos cantar, llenarán de vida la escuela. Cuando estén preparados, organizaremos actuaciones.

Había tenido a la mejor maestra posible para ello, así que, tras escuchar las palabras de Luisa, asumí aquella oportunidad y me puse manos a la obra, recordando todo lo que había aprendido de Úrsula. Además, el destino había querido que, durante los meses de embarazo, me enseñase la dinámica necesaria para planificar las clases. Tan solo una semana más tarde de aquella conversación asistí a las aulas de la escuela, pero con un rol muy diferente al que hasta ese momento estaba acostumbrada a desempeñar. El primer día, al situarme frente a todos aquellos rostros expectantes e ilusionados por la nueva asignatura, un escalofrío de emoción y de vértigo sacudió mi cuerpo al comprender que mi lugar en el aula había cambiado: ahora yo era la maestra.

Mi nueva vida se asentó con rapidez sobre aquella rutina. Por las mañanas dejaba a mi bebé a cargo de las mujeres que permanecían en la residencia preparando la comida y yo me dirigía a la escuela. Si había algún desperfecto que arreglar o ropa que enmendar, nos ocupábamos de ello cada tarde, antes de que se sirviera la cena. Tras un agradable rato de conversación en el salón principal, todas nos retirábamos a nuestros cuartos con nuestros hijos, momento que yo aprovechaba para organizar las clases del día siguiente.

Las semanas fueron pasando hasta que una de aquellas noches, mientras preparaba las clases, me sobresaltaron dos suaves golpes en la puerta. Miré a mi alrededor: la oscuridad ya había caído sobre los campos adyacentes, acompañada por una densa neblina que empañaba el cristal de la ventana del cuarto. Distraída, sin apartar de mi mente un juego que estaba ultimando antes de enseñárselo a los niños, me levanté para abrir. La figura que apareció al otro lado era tenue y borrosa, pero algo en mí se agitó al intuir su silueta. Por un momento pensé que estaba soñando. Pero entonces la luz de la vela me devolvió, lentamente, sus facciones.

—No puede ser… —murmuré.

Era él. Estaba allí. ¿Cómo era posible? Temiendo que aquello no fuese más que una ilusión, me lancé a sus brazos y lo abracé con fuerza. Enseguida comprendí que algo había cambiado desde la última vez que lo había visto. Lo más evidente era la espesa barba que enmarcaba su rostro y acrecentaba su madurez, pero había algo más, se intuía en sus movimientos… Era como si, al fin, hubiera conseguido liberarse de lo que llevaba mucho tiempo persiguiéndolo.

Cuando sus ojos se posaron sobre mí, me pregunté si pensaría lo mismo, si me vería diferente o estaría intentando asimilar aquella nueva impresión con la imagen que ya se había formado de mí. Me observó con tanta atención durante aquellos segundos que una intensa, incluso dolorosa, añoranza se abrió paso en mi interior. No pude contener por más tiempo la evidencia que me había esforzado en silenciar durante todos aquellos meses: lo había echado terriblemente de menos.

Víctor

Cuando regresé a Madrid, lo primero que hice fue ir a buscarla. Habían pasado muchos meses desde la última vez que la había visto y temía que fuese demasiado tarde. Pero, si algo había aprendido durante aquel largo viaje, era que merecía la pena llegar hasta el final.

Fue Úrsula quien me confesó que se había marchado. Quizá al ver la desolación que se apoderaba de mí, me pidió que me sentara a su lado y me confió la verdad. Había sido ella quien le recomendó que abandonase la ciudad para que pudiera construir una nueva vida, pero, sobre todo, para asegurar su propia seguridad. Ana debía alejarse de la mujer que la había amenazado con hundir su vida. La misma persona que había sido la responsable de nuestra separación. Mi cuerpo entero tembló de rabia al escuchar su nombre: Olivia.

Me maldije por no haber sabido ver el rastro de su sombra tras las palabras con las que Ana había puesto fin a nuestra relación, por haberme alejado de ella con tanta rapidez. Sin embargo, con el transcurrir del tiempo, he llegado a comprender que aquel reencuentro se produjo exactamente cuando debía suceder. En los meses en los que estuvimos separados hice un viaje que cambió mi vida y ahora sé que todo llega a su debido tiempo, ni antes ni después. Y también que de nosotros depende dejarnos arrastrar por las tormentas que de vez en cuando sacuden nuestras vidas o aunar las fuerzas necesarias para enfrentarnos a ellas. Solo al dejar de rodear la tempestad, al adentrarnos en su furia, hallaremos el motivo por el que se ha desatado y, en ese mismo instante, comenzará a remitir. Se marchará a otro lugar, porque su aprendizaje nos habrá alcanzado, habrá depositado en nosotros una de las muchas lecciones que nos acercarán a la sabiduría.

Mi propia tormenta cesó en el momento en el que llegué hasta aquella pequeña habitación y ella me abrió la puerta. Me bastó una mirada para comprender que, durante aquellos meses, la fuerza que dejaba entrever la muchacha a la que había conocido hacía un año en el baile se había convertido en la madurez de una mujer. Los acontecimientos que se habían precipitado desde entonces habían provocado aquel crecimiento. Sus grandes ojos me hablaron de su sufrimiento y de su dolor, pero, al mismo tiempo, desprendían más serenidad y firmeza que nunca. En ese preciso instante comprendí que ella era el destino de mi largo viaje.

CAPÍTULO 48

1896

Víctor

En el momento en el que Ana me dijo que era demasiado tarde, que no había llegado a tiempo, sentí una terrible necesidad de alejarme de la ciudad, de huir. Todos los esfuerzos que había hecho para que estuviésemos juntos ya no merecían la pena. Con la esperanza de que la distancia mitigase el dolor, monté a lomos de Atenea y me dejé llevar. Tomé senderos al azar, atravesé llanuras que parecían no tener fin y, solo cuando caía la noche, me detenía en alguna posada para descansar. El mayor momento de sosiego era el atardecer, cuando en soledad y en silencio sacaba el cuaderno de viaje y volcaba pensamientos y palabras sobre el papel, hasta que la falta de luz me obligaba a parar. Aquella fue mi rutina durante varios meses: limitarme a dejar que el tiempo transcurriese. Hasta que llegué al norte y allí, en medio de un cruce entre caminos, ocurrió algo que cambió mi rumbo o, mejor dicho, que me ayudó a encontrarlo.

Después de largas semanas de travesías, un día cualquiera me apeé de Atenea cuando el sol estaba a punto de ocultarse tras las montañas que se levantaban en el horizonte y decidí sentarme a descansar en una cruz de piedra. Con el cuaderno en la mano y la intención de retener en el papel aquella jornada que llegaba a su fin me dirigí hacia uno de los escalones, pero algo capturó mi atención. Tallado en la piedra había un símbolo que conocía demasiado bien, era la misma pata de oca que mi abuela había inscrito en el estanque principal del jardín. Busqué a alguien que pudiese explicarme aquella casualidad, mas era tarde y los caminos se habían quedado desiertos. Di un salto para subirme de nuevo a lomos de Atenea y me dirigí a la posada más cercana, donde pregunté por aquella cruz. El tabernero de aquel lugar alzó la vista y me observó con curiosidad antes de señalar hacia una mesa apartada en la que un hombre mayor bebía vino en silencio: «Él te lo explicará mejor que yo. Es el guardián de las historias de este lugar». Como si estuviese esperándome, aquel anciano me hizo un gesto con la mano y me invitó a sentarme a su lado. Con voz ronca y sabia me confió la verdad. Lo hizo con lentitud y parsimonia. No tenía prisa, la noche entera era nuestra.

—Verá, joven, para responder a su pregunta, primero necesito hablarle del primitivo Camino de Santiago, porque lo cierto es que usted, sin saberlo, ha llegado hasta él. Como sabrá, esta senda fue la más transitada de toda Europa durante la Edad Media. Miles de peregrinos la recorrían cada año y, por desgracia, esta circunstancia atrajo a todo tipo de gente con malos hábitos. Ladrones y vándalos asaltaban y robaban a los peregrinos e incluso cambiaban de sitio las indicaciones que señalizaban el camino correcto para conducirlos hacia zonas de peligro. Cuando el viajero se daba cuenta, era demasiado tarde.

»Por esto, y debido a que carecían de mapas, los miembros de una de las órdenes militares más importantes de aquella época, la Orden del Temple, idearon una guía para no perderse a lo largo del camino; un itinerario para evitar las zonas peligrosas. En un tablero dispusieron una serie de códigos que solo ellos conocían y que representaban puntos de referencia para guiarse a través de la senda y prevenir al viajero de lo que se iba a encontrar. Antes de partir, los integrantes de la orden estudiaban y memorizaban ese tablero, así como las diferentes etapas.

»Después, a lo largo del camino, los mismos símbolos del tablero que habían memorizado estaban inscritos en paredes, templos o piedras, junto al sendero. Cuando los miembros de la orden localizaban uno de estos iconos, dependiendo de su significado, sabían si iban por el buen camino o si, por el contrario, debían alejarse de allí. El símbolo que indicaba que estaban a salvo o que se acercaban a un lugar seguro para dormir era precisamente el de la oca, el mismo que ha visto inscrito en ese antiguo crucero. Si, por el contrario, se encontraban con el símbolo de una calavera, sabían que se habían desviado de la trayectoria y que debían dar media vuelta cuanto antes. En el tablero también aparecían los puentes que debían cruzar, las posadas en las que no correrían peligro, incluso los pozos con los que se encontrarían, como símbolo de limpieza espiritual. Curiosamente, con el paso de los años, aquel tablero se convirtió en un juego que todo el mundo conoce hoy como el juego de la oca. Pero ahora usted conoce la verdad: en su origen no era un pasatiempo, sino un mapa que podía salvar la vida a los viajeros.

»Supongo que se preguntará cómo pudieron hacer todo esto y lo cierto es que no estuvieron solos. Necesitaron ayuda y la encontraron en los maestros masones que erigieron cientos de templos y edificios sagrados a lo largo del Camino de Santiago. Los caballeros de la Orden del Temple se encargaron de brindar protección al gremio de los masones frente al abuso de las autoridades y, a cambio de esta seguridad, los constructores, quienes conocían a la perfección el camino, esculpían en los edificios que ellos mismos construían los símbolos que la orden necesitaba para guiarse a través de él.

Esa noche se abrió paso en mi interior la certeza de que estaba más cerca que nunca de comprender el mensaje del jardín de mi abuela. Aquel anciano me descubrió el significado de las tres rosas y de la pata de oca inscritas en la columna que alimentaba el estanque principal: simbolizaban el tácito acuerdo de protección entre aquellos maestros constructores medievales y los caballeros de la Orden del Temple. Sin embargo, sabía que había algo más. Mi abuela no podía haber elegido al azar aquel camino, a quienes le dieron vida y a su antiguo mapa. Y solo había una forma de averiguarlo. A la mañana siguiente, yo mismo emprendí un viaje a través de los senderos que durante miles de años han sido transitados. Me aventuré por el camino que, en la antigüedad, conducía al fin del mundo. Y fue en ese lugar, en el punto más alejado, donde meses más tarde comprendí que el final no es más que el comienzo de un nuevo viaje.

Mis pies estaban llenos de heridas y mis piernas flaqueaban por el cansancio acumulado tras un sinfín de largas jornadas caminando, cuando apareció ante mí el escarpado acantilado en el que desembocaba el camino. Lentamente avancé por aquella poderosa entrada de la tierra al mar. Allá donde mirase, no podía ver más que agua. Me sentí insignificante frente a la sobrecogedora inmensidad del océano que se abría ante mí mientras la fiereza del viento me zarandeaba, rugiendo con fuerza a mi alrededor. Aquel era el lugar al que nuestros antepasados acudían en busca de respuestas, la frontera con un mundo desconocido. Pero al alcanzarlo comprendí que no es el final lo que siembra en nuestro interior el conocimiento que anhelamos, sino el camino que nos ha llevado hasta él.

Victoria

Siempre quise dejar constancia en mi jardín del largo viaje de la vida. Empecé a concebir el mensaje mucho antes de que Víctor naciese, pero, cuando Galia me anunció su llegada, comprendí que la motivación de mis intenciones, y el fin último, era él. Quería acompañarlo y guiarlo a lo largo de ese camino, hasta el final.

En cada construcción, en cada sendero y entre la vegetación, dejé constancia del mensaje que tenía para mi nieto. No quería que a lo largo de la travesía perdiese de vista lo único que necesitaba para alcanzar su destino: su propia voluntad. Por eso mandé tallar las inscripciones en mi hogar. Debía desprenderse cuanto antes de todo lo demás, pues tan solo eran cargas que dificultarían su camino y le alejarían del propósito para el que nació. A lo largo del jardín, los senderos se bifurcan y ramifican. Desde lo alto siguen el mismo recorrido que él definirá a lo largo de los años, a través de sus decisiones. Porque lo cierto es que todo forma parte de un prolongado viaje en el que habrá subidas y bajadas, caminos sin salida, quiebros que le harán dudar de sus pasos. Como solía recordarle a diario cuando todavía estaba a su lado, no debe tener miedo, porque perderse es necesario. Cuando tema haberse equivocado de dirección, lo más sabio será detenerse y cuestionarse quién es y qué es lo que anhela alcanzar. Solo cuando descubra esas respuestas, comprenderá que no hay un único sendero correcto, sino que el camino adecuado es aquel que conduce hacia lo que uno quiere llegar a ser. Finalmente, el trazado del jardín desemboca en el casino de baile. El punto de encuentro entre el cielo y la tierra. El *finis terrae* del Camino de Santiago. Todas las respuestas y decisiones habrán ido encontrando el lugar correcto en su interior y entonces estará preparado para enfrentarse a lo desconocido. Un nuevo viaje dará comienzo.

Víctor

Dejé que el cansancio me venciera y caí de rodillas sobre la tierra húmeda del acantilado. Las lágrimas rodaban por mi rostro. Sabía muy bien quién quería llegar a ser. Sabía a quién necesitaba a mi lado. Y sabía también qué era lo que debía dejar atrás para conseguirlo.

En aquel instante, la sensación de que mi abuela estaba junto a mí se volvió nítida y certera, como si al alargar mi mano pudiese rozarla con los dedos. En un susurro, le di las gracias, y permití que el viento alzase con su fuerza mis palabras hacia el cielo. El rugido del aire me devolvió su voz: «Cuando halles el significado de este jardín, estarás preparado para alejarte de él».

CAPÍTULO 49

Diciembre de 1896

Ana

Esparcidos por el jardín se encuentran todos los elementos que forman parte del juego de la oca. —Los ojos de Víctor brillaron al recapitular aquel viaje y todo lo que había descubierto en él—. Los puentes, los senderos en forma de laberinto, la cárcel simbolizada por el edificio en ruinas que llamó tu atención en nuestro primer encuentro, el pozo bajo el casino de baile y el abejero, que representa la posada.

—Es increíble —admití maravillada—. Tu abuela no dejará de sorprendernos desde el más allá. Aunque… me vas a permitir que difiera en eso último, no creo que la posada sea el abejero, sino esa misteriosa casa de piedra en la que ella pasó tantas horas de su vida reunida con sus amigas.

—Sí —admitió Víctor—. Es cierto.

—Dime, ¿regresaste al jardín después de recorrer ese largo camino? —le pregunté—. Antes de venir aquí.

—Lo hice —respondió él—. Nadie estaba al tanto de mi regreso y, al llegar, me dirigí directamente al estudio, para evitar cruzarme con Olivia. La última noche, a modo de despedida, acudí al estanque principal y, aunque no lo creas, descubrí que mi abuela tenía una última sorpresa para mí. Aparté la maleza que crecía en la base de la columna para ver las tres rosas y el símbolo de la oca y, al hacerlo, apareció bajo las enredaderas una concha de peregrino tallada en la piedra.

Sonreí al escuchar sus palabras, aquel era el verdadero mensaje del jardín que nos había unido para siempre.

—¿Estás seguro de tu decisión? —le pregunté con cautela.

—Lo estoy —me aseguró—. Ahora sé que este es el único sitio en el que se hallan todas nuestras respuestas —dijo posando con suavidad su mano sobre el lado izquierdo de mi pecho, encima del corazón.

—Por eso el busto situado en la columna del estanque principal no tiene cabeza —susurré.

—Exacto. Hay determinados momentos en los que debemos olvidar todo lo que sabemos, prescindir de la parte racional y volver a aprender cuanto conocemos del mundo desde aquí. —Presionó su mano contra mí—. Por eso el estanque está construido exactamente en el corazón del jardín. De igual manera que el tablero del juego, que no es un juego, sino una guía, tiene forma de espiral y conduce hacia el interior. —Víctor hizo una pausa antes de añadir—: No volveré a alejarme de ti, Ana.

Solo entonces solté las bocanadas de aire que llevaba reteniendo desde su llegada y mi cuerpo al fin se relajó. Había esperado hasta escuchar lo que necesitaba oír: que Víctor había venido para quedarse. Su firme decisión no solo se desprendía de sus palabras, sino también de su mirada. Mientras llegaba hasta nosotros el eco del reloj del vestíbulo dando la medianoche, comprendí que tenía que confesarle toda la verdad.

—Ven —le dije tendiéndole la mano para que me siguiera—. Hay algo que debes saber.

Con cierto temor, cogí una vela e iluminé el estrecho pasillo que conducía al único cuarto de nuestra modesta habitación. Allí, bajo varias mantas, asomaba el rostro de nuestro hijo. Víctor se acercó lentamente hasta él y después se giró hacia mí, pidiéndome una explicación con la mirada.

—Úrsula no te lo contó todo —sentencié en un susurro—. La noche que pasamos juntos en el jardín me quedé embarazada. Te escribí contándotelo, pero todavía no habías regresado a la ciudad y Olivia interceptó la carta. Me delaté a mí misma, Víctor, y sus frías palabras me dejaron muy claro que nunca permitiría que te casaras con una mujer que había cometido el peor de los pecados. Yo había visto de cerca tu tormento, el dolor que tu madrastra te infligía, y comprendí que lo decía en serio; estaba dispuesta a hundir mi reputación con tal de impedir nuestro matrimonio. Además, me amenazó con lo que tanto te dolería: si, pese a todo, decidías continuar a mi lado, perderías el jardín para siempre. Y entonces mis padres descubrieron mi estado, y mi situación era tan vulnerable, la vida que iba a poder ofrecerle a nuestro hijo tan poco esperanzadora que… en un acto de desesperación, acepté lo que Olivia me proponía: entregar mi bebé a una familia que pudiese brindarle una vida mejor.

Víctor tomó mis manos entre las suyas, mirándome con incomprensión.

—No entiendo, Ana, ¿entonces…?

—No esperaba un bebé —admití en un sollozo—, sino dos. Pero no lo supe hasta el día del parto.

Víctor apoyó sus manos sobre la barrera de la cuna para sostenerse. Su expresión se contrajo por el impacto de aquella noticia. En su mirada no había reproche ni juicio hacia mis actos. Solo desconcierto y dolor.

—Si hubiera sabido que podría empezar de nuevo aquí, jamás habría cometido el error de entregarlo —gemí—. Pero, en aquel momento, ¿qué podía hacer?

—Lo sé, lo sé —dijo atrayéndome hacia él y rodeándome con los brazos—. Hiciste lo mejor para él.

Ambos lloramos en silencio durante varios minutos, hasta que Víctor se apartó con cuidado y se giró hacia la cuna. Observó a nuestro hijo y vi que las lágrimas resbalaban por sus mejillas y humedecían las sábanas que le cubrían. Después, con delicadeza, lo cogió entre sus brazos, acunándolo para que no se despertara.

—Hijo… —susurró.

Él frunció sus pequeños labios en un puchero, se estiró para encontrar una nueva posición en su regazo y después continuó durmiendo, ajeno a lo que pasaba a su alrededor. Víctor deslizó los dedos sobre su piel suave y sonrosada. Acarició sus pestañas largas y oscuras. Se detuvo sonriendo en los labios, tenían la misma forma que los míos. A la mañana siguiente, cuando se despertase, Víctor descubriría que nuestro hijo tenía los ojos verdes, como los suyos.

—Se llama Leo —dije acercándome a los dos y rodeando la espalda de Víctor con un brazo.

—Leo... —repitió con una sonrisa.

Víctor apoyó su cabeza sobre mi pecho, sin dejar de acunarlo.

—Ahora vosotros sois mi familia.

Me aseguró aquello como si fuese una promesa. La promesa más maravillosa de todas.

CAPÍTULO 50

Julio de 1990

Josefina contempló una vez más la antigua fotografía de sus tíos con Santiago, sosteniéndola con un leve temblor entre las manos. Alrededor, la familia escuchaba con atención las voces de Julia y de Candela mientras relataban los pasos que habían seguido para resolver aquel misterio del pasado. La sorpresa y el asombro se dibujaban en los rostros de su yerno, Miguel, y de sus hijos, Jaime y Javier, a quienes hasta ese momento Josefina había decidido mantener al margen de la investigación. Al observar sus gestos, no pudo evitar verse a sí misma reflejada en ellos. Meses atrás, cuando Eduardo le había entregado aquella imagen de sus tíos, a quienes siempre había querido y respetado como a sus propios padres, ella también había experimentado con dolorosa intensidad aquellas emociones. Desde ese instante se había apoderado de ella la impaciencia por revelar la identidad de aquel bebé y la razón por la que sus tíos lo acogieron en su hogar. Anhelaba una respuesta, quizá consciente de que no disponía de mucho tiempo para averiguar aquel secreto. Sin embargo, lo que nunca imaginó fue que, gracias a aquella fotografía, descubriría una verdad que no buscaba, pero que llevaba toda su vida deseando en silencio.

En lo más hondo de su corazón latía un amargo dolor. Nunca hablaba de ello, pero no podía evitar que los recuerdos, más vivos que nunca, acudiesen en su busca y la llevasen de vuelta a su gris infancia, en la que no hubo felicidad, juegos ni fantasía. En su lugar, y durante demasiado tiempo, se había esforzado, incluso desvivido, por complacer a su tía, convencida de que así conseguiría borrar aquella tristeza que le empañaba la mirada y la sonrisa. También luchó por granjearse un hueco en el corazón de su tío, quien parecía ver a otra persona cada vez que la miraba a ella. Mas no tardó en comprender que todos sus esfuerzos eran inútiles. No recordaba a qué edad había desistido, y aceptado, que aquel dolor, invisible pero tan intenso que parecía palpable, siempre sería un habitante más de aquella enorme casa. En cada estancia y en cada rincón, robándole los gestos de cariño que sus tíos le deberían haber brindado, se escondía aquella inquietante presencia.

Mientras Julia narraba a sus hermanos el desenlace de aquel misterio, Josefina posó los dedos sobre el bebé de la fotografía. Tantos años después, esa imagen había llegado a su vida para que al fin comprendiese que aquella presencia con la que había tenido que convivir era, en realidad, lo contrario: una ausencia. El recuerdo que la breve vida de Santiago había dejado para siempre en su casa. La huella inequívoca de que, antes que ella, el corazón de sus tíos había estado habitado por otro niño y quedó dañado para siempre tras la pérdida. Tanto que no consiguieron abrir su corazón a nadie más, ni siquiera a ella.

Cuando Josefina alzó la vista de la fotografía y regresó al presente, Julia y Candela ya habían concluido su relato y este había dado paso a todo tipo de comentarios y exclamaciones. En aquel instante, el sonido metálico del timbre interrumpió la acalorada conversación.

—¿Quién más falta? —preguntó Julia frunciendo el ceño—. Creía que ya estábamos todos.

Por toda respuesta, Josefina apartó la vista de la imagen y lanzó una rápida mirada de desaprobación al ajustado vestido que se había puesto su hija. Se puso en pie, le hizo un gesto a Eduardo para que la acompañase y ambos se dirigieron hacia las puertas corredizas del salón. Todos se giraron en esa dirección y vieron aparecer a una anciana mujer empujando con dificultad la silla de ruedas de un hombre mayor que ella. La apariencia de él era especialmente frágil, encorvado bajo el peso de los años.

—Leo... —murmuró Julia llevándose una mano a la boca y ahogando una exclamación al comprender que era el hijo de Eleonor y Víctor.

Eduardo, con pasos tambaleantes, se acercó hasta él y posó su mano con cuidado en uno de los hombros frágiles y menudos de Leo. A su alrededor, todos fueron testigos del reencuentro entre dos viejos amigos tras descubrir que eran mucho más que eso, eran familia. Con esfuerzo, Leo alzó su mirada débil y vidriosa del suelo y la fijó en Eduardo, en el mismo instante en el que una lágrima se deslizó por su rostro surcado por profundas arrugas. Ambos se observaron en silencio, conscientes de que los lazos que habían unido a sus madres eran más fuertes que nunca.

—Se ha despertado mejor que otros días, así que al final hemos podido venir —dijo Belén rompiendo aquel silencio mientras contemplaba a su marido con cariño.

—Cuánto me alegro de que así sea —respondió Josefina estrechando su mano y presentándole a su familia—. Pasen al salón, por favor. Pónganse cómodos.

Belén colocó la silla de ruedas junto a uno de los sillones, se sentó en él y se aseguró de que su marido estuviese bien. Leo, con un leve gesto de cabeza, le indicó que tomase la palabra por él. Todos centraron su atención en los nuevos invitados.

—Leo quiere que les enseñe algo que me ha pedido que buscase esta mañana. —Belén sacó un sobre del bolso—. Estoy segura de que les hará ilusión —añadió tendiéndoselo a Eduardo.

Con un leve temblor, Eduardo extrajo una antigua fotografía. Julia y Candela reconocieron al instante las letras doradas inscritas en la esquina inferior. Era el mismo sello que habían visto en el archivo de la fundación, había sido tomada en el estudio Kâulak. En la imagen aparecía Eleonor sentada junto a una mujer morena y, tras ellas, dos mujeres de cabellos claros con las manos sobre sus hombros. Las cuatro posaban con una gran sonrisa, parecían felices.

—La mujer sentada junto a Eleonor es mi madre, Inés —dijo Eduardo señalándola en la fotografía—. Detrás de ellas están Clara y Carolina, dos buenas amigas de ambas. Me acuerdo de ellas perfectamente. Clara era una mujer muy particular, puro nervio. Se recorrió medio mundo, siempre hacía lo que le venía en gana. Carolina era la más tranquila de las cuatro. Junto a ella, Eleonor fundó una asociación para ayudar a gente sin recursos. Hicieron una gran labor en hospicios y casas de acogida, mejorando la dignidad de las personas que allí vivían. —Eduardo le dio la vuelta a la fotografía y leyó en voz alta la nota escrita en el reverso—: *1898. Nuestro reencuentro. Mis queridas amigas.*

Con voz ronca y entrecortada, interrumpiéndose a sí mismo en busca de bocanadas de aire, Leo musitó:

—Salen tal y como ellas eran.

—Estoy de acuerdo, mi querido amigo —asintió Eduardo—. Muchísimas gracias. Cuando los seres queridos faltan, no hay nada como encontrarse con una antigua fotografía que uno desconocía.

—También tenemos algo para ustedes —anunció Belén dirigiéndose a Julia y a Candela—. Es lo mínimo que podemos hacer para agradecerles que hayan descubierto la verdadera historia de la madre de Leo. Si no fuese por ustedes, su osadía habría caído en el olvido. Ya he hablado con José, el encargado de la fundación, y él también está de acuerdo. Al parecer, hubo un cuadro por el que sintieron una especial atracción: el retrato que Víctor realizó para Eleonor cuando ella apenas era una muchacha. Lleva demasiado tiempo colgado en el sótano del archivo de su fundación. Ya es hora de que ocupe el lugar que se merece y estamos seguros de que ustedes sabrán brindárselo.

—Vaya, muchísimas gracias —dijo Julia emocionada—. Les aseguro que tendrá un lugar muy especial en nuestra casa.

—Hay algo más —continuó Belén—. En cuanto Eduardo me llamó para contarme lo que habían descubierto, me puse en contacto con el hombre que asesora las fincas de la familia de Leo. El jardín de Olavide se donó hace muchos años, pero todavía poseemos diferentes propiedades, entre ellas, un palacio situado en Cuéllar. Los antepasados de mi marido solían retirarse allí en sus vacaciones. Dentro de la finca, los bisabuelos de Víctor mandaron construir un antiguo mausoleo familiar, en el que no solo están enterrados ellos, sino también el padre y la madre de Víctor. Hace un par de días, el asesor se puso en contacto conmigo: han encontrado la tumba del pequeño Santiago. Es allí donde Eleonor y Víctor decidieron darle sepultura. No creo que su deseo fuera enterrarlo tan lejos de ellos, pero no tenían otra opción, no podían levantar sospechas. Pero eso no es todo, al buscar el registro del enterramiento, el asesor dio con el antiguo testamento del padre de Víctor. En él dejó por escrito que su hijo no heredaría el jardín de Olavide hasta que no contrajese matrimonio con una mujer, y cito textualmente, «digna para él». Además, dejaba en manos de Olivia, su segunda mujer, la aprobación de dicho matrimonio.

—Fue ella quien rechazó el matrimonio entre Ana y Víctor —intervino Julia—. No solo eso, sino que trató de evitar a toda costa que el embarazo de Ana saliese a la luz. En la carta que Rosario le escribió a Ana para informarle de la muerte de Santiago, constaba que fue Olivia quien le propuso que se quedase con el bebé. Lo que no podía saber esa mujer era que Ana no esperaba un bebé, sino dos.

—Estoy segura de que Olivia trató de separarlos —asintió Belén—. El hecho de que sea la única que no está enterrada en el mausoleo que acabo de indicar es bastante significativo. Además, Eleonor y Víctor jamás mencionaron su nombre. Lo único que Leo sabe de ella es que falleció años después de que sus padres regresasen a Madrid, si no me equivoco, de un paro cardiaco. El destino quiso que, finalmente, Víctor pudiese heredar el jardín de Olavide. Así es como debió de ser desde el principio, pues su abuela Victoria diseñó cada rincón con la ilusión de que un día su nieto sería el dueño de su legado. Por último, tengo una invitación para todos ustedes —añadió Belén con una sonrisa—. En la fundación de Eleonor están organizando una exposición para homenajear la figura de su fundadora y para dar a conocer la historia de su vida. Estaremos encantados de verlos en la inauguración.

—Eso es estupendo —celebraron todos.

—Estoy segura de que a ella le encantaría —afirmó Julia con un brillo sosegado en la mirada.

Josefina observó a su hija y después, lentamente, a cada uno de sus familiares. Por primera vez en mucho tiempo sonrió relajada. En los últimos meses el pasado la había acechado, como si una gran ola que había comenzado a formarse muchos años atrás amenazase con romper en el presente, arrastrando todo a su paso hacia las profundidades de un mar desconocido. Pero, si algo la había mantenido a flote, había sido precisamente la mayor certeza de su vida: adoraba a sus hijos y había tratado de hacerlo lo mejor posible. Nunca habría imaginado que al final de sus días aparecería aquel misterio y le brindaría las respuestas que llevaba esperando tanto tiempo. Gracias a su hija, aquella ola había perdido su fuerza, rompiendo con suavidad contra la orilla. Ahora el pasado estaba donde debía estar y sabía muy bien lo que eso significaba: estaba preparada para marcharse en paz.

CAPÍTULO 51

Julio de 1990

Una suave brisa de verano le dio la bienvenida al jardín de Olavide. Buscando refugio bajo las sombras de los árboles, Julia bordeó la casa de piedra situada en lo alto de una colina y se adentró por los senderos, dejándose llevar.

A medida que caminaba, sus pensamientos volaron hacia el misterio que al fin habían conseguido aclarar. De alguna forma sentía que su resolución le había brindado el mapa que necesitaba para comprender su pasado. Mientras cambiaba de dirección en una bifurcación, Julia reflexionó sobre el trazado laberíntico que habían ido conformando las decisiones de sus antepasados. Se había tenido que adentrar en él para poder llegar hasta el fondo de aquel asunto. Solo entonces, había tomado consciencia de los miedos, las inseguridades, los silencios y la falta de libertad que las mujeres de su familia habían ido heredando durante generaciones. Aquel legado de antiguas creencias, arraigadas en lo más profundo de su ser, las había atado y condicionado. Ella misma lo sabía muy bien. Si algo había aprendido en aquellos últimos meses era que no resultaba sencillo desmontar las convicciones que le habían inculcado. Pero entonces había aparecido Ana y, de alguna forma, desde la distancia de los años que las separaban, había ido guiando sus pasos gracias al testimonio de los suyos. A través de su vida, no solo había resuelto aquel misterio, sino que había encontrado un ejemplo de decisión y coraje que la ayudaría a continuar con el cambio que había comenzado meses atrás y que tanto necesitaba.

Los pasos de Julia la guiaron hasta un estanque en el que no había estado en su anterior visita, alimentado por un extraño busto sin cabeza en uno de los extremos. Atraída por aquel lugar, decidió descender por las escaleras de piedra y sentarse en un banco que había junto a la orilla. Varios pájaros alzaron el vuelo ante su presencia y la rodearon antes de perderse de vista.

Esbozó una sonrisa. Allí, dentro del jardín, se sentía especialmente cerca de Ana. Podía imaginarla caminando por los senderos, observando los mismos árboles que ella, quizá desde ese mismo banco. Se retiró el sudor que le empapaba la frente y observó el ir y venir de las libélulas que se posaban sobre la superficie del agua. La tranquilidad que protegía aquel rincón del jardín estaba en sintonía con la que ella sentía, tras haber liberado la pérdida y el miedo que su madre nunca había sabido reconocer. Josefina siempre había evitado emprender un viaje hacia su interior y, sobre todo, que los demás pudiesen acceder a él. Por esa razón, entre ella y sus seres queridos se había instalado una distancia muy difícil de salvar, porque comenzaba y terminaba en ella misma.

Julia alzó la vista hacia el cielo azul que se adivinaba entre las copas de los árboles más altos. Estaba orgullosa de haber roto el silencio en el que sus antepasadas se habían refugiado de la verdad, escondiendo todo aquello que no eran capaces de pronunciar. Al contrario que ellas, había alcanzado la fortaleza al dejar de luchar contra su propia vulnerabilidad. Además de aceptarla, se había atrevido a compartirla con Candela y aquella decisión le había proporcionado su apoyo y su cariño.

Para sacar a la luz la verdad, primero había tenido que alcanzarla en su interior. Comprender y aceptar de dónde venía le había permitido salvaguardar el amor que le precedía y soltar todo aquello que debía dejar marchar. Había tomado consciencia de los errores de las generaciones pasadas para poder perdonarlos. Se lo debía a sí misma y también a Candela. El camino de su hija debía conducir hacia la libertad que ella siempre había anhelado.

CAPÍTULO 52

Enero de 1898

Ana

Llegados a este punto, me detengo. Estas son las últimas líneas que escribo bajo mi verdadero nombre. Ha llegado la hora de renunciar a él, el momento de regresar. He de poner el punto y final a esta historia, que es la historia de mi vida. Hace un año, apenas unos días después de instalarnos en esta casa que con el paso del tiempo ha llegado a convertirse en nuestro hogar, Víctor me dijo: «Si el día en el que te marchaste de la casa de tus padres hubieras tenido la oportunidad de explicarte, de contarles nuestra historia desde el principio, ¿qué les habrías dicho?». Aquel día, después de acostar a Leo, me senté frente a este escritorio, empapé mi pluma en tinta y escribí la primera línea de estas páginas. Cada noche desde entonces, sin saber que llegaría un día en el que tendría que renunciar a ella y ocultarla, he escrito la verdad. A veces sola, otras acompañada por Víctor, quien también ha dejado por escrito cómo ha vivido este viaje que es tan suyo como mío.

Ojalá el final de esta historia no hubiese sido tan cruel. Quizá ni siquiera existiría si la carta que recibimos de la condesa de Palafrugell nunca hubiese tenido que ser escrita. Pero lo cierto es que aquellas líneas me desgarraron el corazón, arrebatándome de golpe mi único consuelo. En lo más profundo de mi ser, pese a que había perdido a mi hijo cuando nació, guardaba la esperanza de volver a verlo algún día. Saber que él estaba bien y que tenía una vida por delante calmaba el dolor de su ausencia. Pero, al leer esa carta, comprendí que lo había perdido por segunda vez y para siempre.

La salvación, cuando el dolor amenaza con anegarlo todo, se esconde en el corazón de quienes te quieren. Por eso ha llegado el momento de regresar: las palabras ya no llenan el vacío de las ausencias.

En el escritorio, frente a mí, apilo las cartas de Úrsula y de mi prima Inés, quien me cuenta con detalle lo mucho que ha crecido en los últimos meses su primer hijo, Eduardo. También están las de Carolina, felizmente casada con Sebastián y mamá de dos gemelos; y la última correspondencia de Clara, enviada desde Bélgica con una postal. Junto a las de ellas, guardo las cartas de mi madre. La primera tardó mucho tiempo en llegar, pero desde entonces las recibo semanalmente. Todas sus misivas, redactadas con una caligrafía impaciente y anhelante, finalizan con la misma frase: «Cuento los días para volver a verte». Por último, descansa junto a mí el sobre que llegó hace apenas unos días. En su interior, el perdón de mi padre aguarda una respuesta. Con una punzada de dolor, deslizo las yemas de mis dedos sobre su nombre, repasando los trazos pulcros y elegantes. Aunque sea difícil de alcanzar, sé que el perdón abrirá las puertas hacia nuevos comienzos. Y cualquier comienzo es sinónimo de esperanza.

Accederé a volver a verlo y no solo lo haré por mí, también por Leo. Lo observo dormir, tumbado en la cuna junto a mi escritorio. Su respiración es suave y acompasada. Está tranquilo, se siente a salvo. Sus rebeldes rizos dorados enmarcan su rostro. Le acaricio la frente, poso los dedos sobre sus párpados. Trato de memorizar sus mejillas sonrosadas, la dulzura de su expresión, sus inocentes y enormes ojos verdes. Me digo a mí misma que es demasiado pequeño, que él no recordará mi verdadero nombre. Y, quizá, sea mejor así.

Debo ocultar quién soy para que mi hijo pueda crecer cerca de la gente a la que quiero. Debo inventarme un pasado para encubrir lo que realmente ocurrió. Pero, sobre todo, para que Olivia jamás pueda reconocerme. Ese es el precio que he de pagar para poder regresar y llevar una vida para la que no he nacido, pero por la que estoy dispuesta a luchar hasta el último de mis días.

En estas páginas que no deben ver nunca la luz dejo por escrito todo lo que he sido. A partir de ahora responderé al nombre de Eleonor, pero en mi interior siempre seré Ana y esta siempre será mi historia.

CAPÍTULO 53

Victoria

Soy la luz dorada que baña las copas de los árboles en el atardecer.
Soy la libélula que se posa sobre el agua en calma,
la voz melódica de un ave que no sabes de dónde procede.
A veces soy la brisa que acaricia,
otras el viento que eriza la piel.
Soy una tímida flor que brota en primavera,
la enredadera que avanza por la pradera.
Soy la golondrina que revolotea en verano,
el rocío que empapa la hierba en invierno.
Soy el susurro que nace entre la vegetación y llega hasta tus oídos.
La quietud que se apodera del jardín en el silencio de la noche.

Alzo el vuelo y observo el mundo desde lo más alto.
Con inusual ligereza, me deslizo entre los senderos del jardín en el que tan feliz fui.
Nadie puede oírme ni verme ni tocarme.
Todo es abstracto, difuso, liviano.
Me sumerjo en el agua,
me fundo con el viento.
Acompaño a las hojas en su caída hasta la tierra,
donde yacen, igual que yo, satisfechas y orgullosas de su paso por la vida.

Uno siempre regresa al lugar en el que depositó sus mejores esperanzas.
Lo que un día alimentamos con el corazón nunca dejará de crecer.

Entre estos muros siempre estaré,
solo tienes que buscarme.

NOTA DE LA AUTORA

El jardín descrito en esta novela se encuentra en la ciudad de Madrid. Se trata del jardín de El Capricho, fundado en el siglo XVIII. A excepción del estudio de Víctor, todas las construcciones, ubicaciones y símbolos que aparecen a lo largo de la historia se han representado de manera fiel a la disposición en la finca. El mensaje del jardín es una interpretación libre y personal.

El personaje de Victoria se ha inspirado en la figura de la XII duquesa de Benavente: María Josefa Alfonso de Pimentel (1752-1834). Entre algunas de las numerosas hazañas que realizó esta mujer, quiero señalar que impulsó la creación de la primera asociación femenina de nuestra historia y emprendió una importante labor social en la ciudad de Madrid, dedicando grandes esfuerzos a reducir la elevada mortalidad infantil. Además, actuó como mecenas de los mejores artistas y escritores de la época. Cabe destacar también que diseñó, supervisó y dio vida al magnífico jardín de El Capricho, el lugar donde, muchos años después, nacería esta historia. Su compromiso social, así como con las artes y el conocimiento, fue constante a lo largo de su vida. Como muchas otras mujeres, la historia se olvidó de ella durante largos siglos. En los últimos años, varios estudios han rendido el homenaje que esta mujer, tan adelantada a los tiempos que le tocó vivir, merece.

Quien sienta la profunda curiosidad que yo misma experimenté hacia ella cuando empecé a estudiar su trayectoria podrá satisfacer su interés con la tesis doctoral de Paloma Fernández-Quintanilla, «La IX duquesa de Osuna, una ilustrada en la corte de Carlos III», que constituye una innegable y valiosa fuente de información para el proceso de documentación de esta novela.

Este libro
se terminó de imprimir en España
en el mes de mayo de 2023